OLIVER KERN

HIRSCHHORNHARAKIRI

FELLINGERS DRITTER FALL

KRIMINALROMAN

WILHELM HEYNE VERLAG
MÜNCHEN

Penguin Random House Verlagsgruppe FSC® N001967

2. Auflage
Vollständige deutsche Erstausgabe 02/2020
Copyright © 2019 by Oliver Kern
Copyright © 2020 der deutschsprachigen Ausgabe
by Wilhelm Heyne Verlag, München,
in der Penguin Random House Verlagsgruppe GmbH,
Neumarkter Str. 28, 81673 München
Redaktion: Tamara Rapp
Printed in Germany
Umschlaggestaltung: Martina Eisele Design, München,
unter Verwendung der Motive von: Bigstock (MichaelJBerlin,
VAV63, Micha Klootwijk), Schnapshaferl © Bayerisch-schenken.de
Satz: Buch-Werkstatt GmbH, Bad Aibling
Druck und Bindung: GGP Media GmbH, Pößneck
ISBN: 978-3-453-43981-8

www.heyne.de

Für Max

KATZENKLAPPE

Da ist ein Geräusch, das ich nicht hören will. Abgesehen davon, dass ich eigentlich überhaupt nix hören will, bin ich zu wenig bei mir, um zu erkennen, woher die Störung kommt.

Was ist da los?

Wo bin ich?

Das Denken tut weh wie ein Muskelkater. Nur halt im Kopf. Aber das Denken zu unterlassen, wenn es erst mal von irgendwelchen Neuronen und biophysischen Prozessen angestoßen wurde, ist wesentlich schwieriger, als wie sich einfach nicht zu bewegen, um Muskelschmerzen zu umgehen. Und dann auch das noch: Zusätzlich zu dem Geräusch und dem Schmerz bemerke ich ein Haar im Mund. Zwischen Zunge und Unterlippe. Und auch irgendwie am Gaumen. Extrem lästig, weil ich seiner nicht habhaft werde. Dafür ist meine Zunge zu schwer und aufgequollen.

Jede Wette, das Haar kommt vom Herbert. Schon bei unserem ersten Aufeinandertreffen hat er mir so ein lästiges Andenken verpasst, und dieser Tradition ist er seither treu geblieben. Wenn ich schlafe, steigt er mir gerne übers Gesicht. Vermutlich immer dann, wenn ich zu laut schnarche. Oder weil er Spaß daran hat, mich zu ärgern. Das ist einfach seine Art. Ebenso wie er zum Beispiel zu mir ins Bett schlüpft, obwohl er genau weiß, dass ich das ums Verrecken nicht leiden kann. Es ist ihm schlicht wurscht. Der Herbert ist ein rechter Ignorant und ein Quälgeist, der mir nur zu gerne seinen haarigen Hintern ins Gesicht reibt, wenn er mich wehrlos wähnt.

Freilich gibt's Erbaulicheres, als mit solchen Gedanken aufzuwachen, aber damit kann ich gerade noch so umgehen in meinem Zustand – einer Art Wachkoma. Nicht, dass ich so was schon mal durchlebt hätte. Nicht einmal im Ansatz. Ich stell's mir bloß so vor. Man liegt da, katatonisch, mental fragmentiert, kriegt aber alles mit. Hört, welche miese Prognose der behandelnde Arzt abgibt und wie einen die Verwandtschaft bedauert, während sie ans und ums Krankenbett schleicht. Man belauscht, wie sie darüber reden, wer was erben könnte und wann jetzt endlich der Wisch unterschrieben wird, damit jemand den Strom abstellt. Ja, zefix, man ist dabei, aber ausgeliefert; unfähig, auch nur eine Regung zu zeigen. Man kann sich nicht bewegen, nicht einmal die Zunge, um das Haar zu finden, das den Gaumen reizt.

Wenn mich an meinem momentanen Befinden etwas tröstet, dann einzig und allein die Erkenntnis, noch am Leben zu sein. Dass noch keiner den Stecker gezogen hat. Was allerdings gleichzeitig zu einer physisch wie psychischen Belastung wird. Noch bin ich ja irgendwie sediert. Bis auf den Muskelkater im Kopf verharrt der Rest meiner Nerven in Schockstarre. Allerdings ahne ich, dass das nicht so bleibt, wenn ich jetzt wirklich und vollständig aufwache. Und schlagartig die ganze eruptive Wucht der Erinnerung abbekomme. Die Nachwirkungen von einhundertfünfzig Jahren *Freiwillige Feuerwehr*. Respektive der Festivität zu ebenjenem denk- und feierwürdigen Anlass, auf der ich mich irgendwann gestern verloren habe. Ja, manchmal ist es eine Pein, sich zu erinnern, und trotzdem will man unbedingt wissen, was man vor sich selbst zurückhält.

Was war jetzt gestern?

Konzentriere ich mich ganz arg darauf, hallt noch immer die Blasmusik, die mit Garantie jenseits der zulässigen Lärmschutzverordnung gespielt hat, in meinen Gehörgängen wider. Ich hatte leider auch einen saudummen Platz, nämlich nah an der Bühne, wo mir nicht nur die krummen Tonleitern, sondern auch die Bassvibrationen in voller Stärke zusetzten.

Das weiß ich noch.

Aber sonst nicht mehr viel.

Vor allem nicht mehr, was später war. Und *wie* spät es war. Und wie ich nach Hause gekommen bin. Und überhaupt. Das ist fatal. Fatal wie das Erwachen selbst.

Dabei, fällt mir wieder ein, werde ich ja gar nicht von allein wach, sondern mit Vehemenz geweckt. Der Lärm hört einfach nicht auf. Im Gegenteil, er steigert sich noch. Da ist jemand im Treppenhaus, und nachdem ich auf das Läuten nicht reagiert habe, klopft diese Person nun gegen die Wohnungstür.

Depp, damischer!

Zwischen den Klopfattacken hallen gedämpfte Flüche durchs Treppenhaus. Und mein Name. *Fellinger, zefix! Fellinger, Herrgottsakrament!*

Ich meine die Stimme zu kennen, und wenn ich demnächst draufkomme, wem sie gehört, erschließen sich vermutlich weitere Aspekte im Zusammenhang mit dieser nächtlichen Ruhestörung. Aber so weit bin ich noch nicht. Noch wünsche ich mir, dass der Herbert die Tür aufmacht und dem

Schreien, Klopfen und Läuten mit einem Biss in die Wade ein Ende bereitet. Selbstverständlich würde der Herbert so etwas niemals machen, wenn ich es ihm auftrage. Der beißt nur, wenn er von sich aus will, niemals auf Befehl. Er nimmt grundsätzlich keine Befehle an. Demnach bleibt mir momentan nur die Hoffnung, dass er sich selber irgendwann ausreichend gestört fühlt, um dem Lärm aus dem Stiegenhaus von sich aus Einhalt zu gebieten.

Schön wär's!

Leider sind Türklinken nicht seine Sache, und eine Katzenklappe hat mein Vermieter nicht erlaubt. So weit kommt's noch, dass hier ein Loch in die dreifach mit Schlössern gesicherte Wohnungstür geschnitten wird. Das wäre doch komplett kontraproduktiv, wenn dann trotz der stahlverstärkten Verriegelung und der ausgefuchsten Schließmechanismen jeder in die Wohnung krabbeln könnte! Zumindest jeder, der schlank wie ein Handstaubsauger ist.

Der Herbert macht also nicht auf. Und der da draußen, der auch mit Katzenklappe nicht hereingekommen wäre, *hört* nicht auf.

Himmelherrgottnochamal!

Ich muss mich bewegen. Obwohl ich vorausahne, dass es mir den Magen umstülpen wird. Keine schöne Vorstellung. Außerdem wird es mir den Kopf zerreißen, das weiß ich jetzt schon. Erwische ich versehentlich zu viel Bier, strömt das Übermaß immer direkt ins Oberstübchen und reichert das Hirnwasser an. Womit es eng wird zwischen dem Denkmuskel und dem Schädelknochen. Im Gegensatz zur Hirnflüssigkeit sind im Bier nämlich Treibmittel, die den Druck über jeglichen Grenzwert hinaus anheben und die weiche Masse in Mitleidenschaft ziehen. Und das tut dann weh. Sakrisch weh!

Der Rabauke hat Geduld. Es hilft also nix.

Es dauert ewig, bis ich aufrecht stehe und mich in Bewegung setze. Der da draußen macht derweil unverdrossen weiter. Erst im Flur ahne ich nach und nach, wie schlecht es konditionell um mich bestellt ist. Kreizdeifenochamal, was hat mich da geritten, meinen persönlichen Alkoholzenit gestern so dermaßen zu überschreiten? Da kann nicht nur eine Laune im Spiel gewesen sein, das schaut mir eher nach etwas Seelischem aus. Nach etwas, das verdrängt werden musste. Und das Verdrängen hat eins a funktioniert. Mir will einfach nicht einfallen, was ich mit aller Promillegewalt zu vergessen suchte. Was hat mich nur in ein so unverantwortliches Besäufnis getrieben?

Endlich habe ich die Tür erreicht und öffne sie, um sofort klarzumachen, wie es mit mir steht. »Ich bin zu nix in der Lage!«, krächze ich krächzend, während ich durch einen trüben Schleier auf den Augen mein Gegenüber zu erkennen versuche.

»Leck mich am Arsch!«, sagt der Lechner, ganz ähnlich, wie er damals *Leck mich am Arsch* gesagt hat, als wir mit unschuldigen zehn Jahren auf dem Videorekorder vom Sepp seinem Papa heimlich die Raubkopie von *Freitag der 13.* anschauten und erstmals Jason Voorhees mit seiner Eishockeymaske vorm Gesicht auf dem Bildschirm erschien. Grobkörnig, an den Rändern leicht verzerrt und alles andere als brillant, Meilen entfernt von jeder HD-Qualität – aber nervenaufreibend und zum In-die-Hosen-Scheißen. *Leck mich am Arsch* also. Jetzt habe ich in etwa eine Ahnung, wie ich aussehe. Unscharf wie auf VHS und definitiv zum Fürchten. Wenn ich noch ein Fleischermesser in der Hand hätte, er würde vermutlich türmen. Oder auf mich schießen.

Leck mich am Arsch!

»Heute nicht!«, ächze ich. »Is' nix Persönliches, aber aufgrund der fragilen Verfassung meines Verdauungssystems nehme ich Abstand davon, heute an irgendetwas zu lecken, egal was du mir hinstreckst.« Wenn ich mich auch nur ein klitzekleines bisschen besser fühlen täte, würde ich den Satz mit einem süffisanten Grinsen abrunden. Doch ich scheue den Schmerz.

Mein Spezi seit Kindertagen verzieht keine Miene. Soweit ich es durch den Schmierfilm auf meiner Netzhaut erkennen kann, hat er die Hand auf der Dienstwaffe am Holster.

»Ich ergebe mich!«, lenke ich ein, schaffe es aber nicht, die Hände über den Kopf zu nehmen, weil der schlichtweg zu breit ist. Unterbewusst muss ich die Stimme unseres Postenkommandanten erkannt haben, sonst wäre ich nicht aufgestanden. Aus reiner Freundschaft habe ich mich gegen alle Widrigkeiten gestemmt und zur Tür gequält. Und jetzt, wo er so dienstbeflissen vor mir steht, kommt mein vernebeltes Hirn zu der Einsicht, dass es nicht der Polizeihauptinspektor Josef Lechner gewesen sein kann, der auf dem Feuerwehrfest an meiner Seite gezecht hat. So frisch und überschäumend von Tatendrang, wie er sich im Türrahmen vor mir aufbaut, muss er gestern relativ nüchtern nach Hause marschiert sein.

Also gut, was will er? Sind wir zum Frühschoppen verabredet? Allein der Gedanke, mir je wieder auch nur einen winzigen Bissen einzuverleiben, hebt meinen Magen gleich um zwanzig Zentimeter.

Davon abgesehen wird die Situation langsam peinlich. Hat er vor dreißig Sekunden noch Lärm gemacht wie ein Bekloppter, erfolgt jetzt erstaunlich wenig Interaktion seinerseits. Normalerweise würde er mich doch auslachen, weil ich so schrecklich schlecht beieinander bin. Die Schadenfreude müsste ihm doch geradewegs aus dem Gesicht springen! Stattdessen kommt er mir seltsam erstarrt vor – und ganz plötzlich fühle ich mich eingeschüchtert von der Uniform, der Autorität und diesem offiziellen Aufplustern.

»Zieh dir was an, ich muss dich mitnehmen!«, erklärt er schließlich.

»Wie spät?«, frage ich. Eine Art katermäßige Übersprungshandlung, weil ich nicht sicher bin, was er mir eben mitgeteilt hat.

»Halb elf! Und jetzt zackig!«

Da ich ganz allgemein nix mehr weiß, weiß ich selbstverständlich auch nicht mehr, wann ich ins Bett gekippt bin. Länger als vier Stunden kann's nicht her sein, sagt mir mein Biorhythmus. Es ist also kein Wunder, dass ich derart funktionsunfähig bin – mein Organismus benötigt mindestens die doppelte Menge an Schlaf.

»Komm am Nachmittag wieder«, schlage ich daher zu unser aller Wohl vor und will schon die Tür zuwerfen. Doch der Sheriff stößt seinen Fuß dazwischen, weshalb mir das elegante Abschneiden der Außenwelt misslingt.

»So viel Zeit bleibt dir nicht, Fellinger!«

»Zeit wozu?«, frage ich, von der einen auf die andere Sekunde deutlich wacher. Das übertrieben Amtliche in Lechners Stimme erhöht definitiv meine Konzentrationsfähigkeit.

»Um mich von deiner Unschuld zu überzeugen!«

»Unschuld?«, wiederhole ich.

»Du kannst freilich auch gleich gestehen«, sagt er, »das erspart mir die Arbeit.«

Auf einmal muss ich mich an der Tür festhalten. Der Trompeter vom Blechbläserverein, der gestern Abend ganz besonders falsch gespielt hat, fängt wieder an, in meinem Gehörgang zu tröten. »Und *was* soll ich gestehen?«

»Dass du es warst, der den Rosenberger Horst abgestochen hat!«

FINGERABDRÜCKE

»Duschen?«

»Zähne putzen, maximal!«, faucht er. »Und zieh dir was an, was nicht stinkt!«

Der Rosenberger Horst?

Das ist einer, den ich kenn, so wie ich die Leute hier halt kenn, aus dem Ort und der Gegend. Mehr auch nicht. Also warum sollte ich …? Ich verbiete mir, mich im Augenblick damit auseinanderzusetzen. Vor allem, weil es sich für mich anfühlt, als hätte es mir der Claus Kleber aus dem Fernseher heraus erzählt, kurz bevor ich auf der Couch einschlafe.

Der Rosenberger?

Das kann nur ein Irrtum sein.

Wie ferngesteuert torkle ich ins Bad und mache, was der Lechner mir aufträgt, weil es mir in meinem Zustand leichter fällt, Anweisungen zu befolgen, als selber zu denken. Der Wachtmeister ist mir hinterhergestiefelt und stellt sich in den Türrahmen, als hätte er Angst, dass ich mich der Festnahme entziehe. Festnahme? Wegen der Bierschwemme im Gehirn verzichte ich vorsichtshalber darauf, den Kopf zu schütteln. Ich mag auch nicht in den Spiegel schauen. So koordiniert wie möglich drehe ich das Wasser auf und beuge ich mich im Zeitlupentempo tief übers Waschbecken. Die Kälte aus dem Hahn verschafft mir eine gewisse Linderung. Stundenlang könnte ich so stehen bleiben; ein wenig hoffe ich sogar darauf, dass sich dieser schlechte Traum einfach fortspülen lässt. Doch dann vernehme ich am Wasserstrahl vorbei ein ungeduldiges Räuspern. Blind greife ich zum Handtuch. Nachdem ich mich für Sekunden dahinter versteckt habe und es schließlich sinken lasse … steht der Lechner immer noch da. Es wäre ja auch zu schön gewesen.

»Willst mir jetzt auch noch beim Biesln zuschauen?«, frage ich und deute auf den Lokus.

Der Oberpolizist runzelt die buschigen Brauen, dann zieht er die Badtür zu. Im letzten Moment schlüpft dabei der Herbert durch die uniformierten Beine und zum Türspalt herein. Er tapst über die grauen Fliesen zu mir her und mustert mich vorwurfsvoll. Ich zucke mit den Schultern.

Der Herbert ist ein grau-schwarz getigertes Ungetüm von Kater mit einem recht eigensinnigen Charakter, wie ihn Katzen ohnehin gerne haben. Ein Mischling, dessen Erbgut väterlicherseits angeblich von einer echten Wildkatze aus den Tiefen des Bayerischen Waldes stammt. Seine Statur ist mächtig, sein Schädel breit, und ich möchte wetten, alle anderen Kater in der Nachbarschaft verfluchen mich schon, weil ich ihn bei mir hab einziehen lassen. Er ist mir im Sommer zugelaufen. Aufgenommen habe ich ihn nicht etwa deshalb, weil ich ausgesprochen tierlieb bin, sondern vielmehr aus Dankbarkeit dafür, dass er mir kurz davor das Leben gerettet hat. Dass Katzen so was überhaupt können – oder besser gesagt: *wollen* –, war mir bis dahin nicht bekannt. Im Vergleich zum Hund, der ja quasi seit der Steinzeit darauf konditioniert wurde, sich todesmutig für Frauchen oder Herrchen zu opfern, hatte ich Katzen bisher eher so eingeschätzt, dass es ihnen wurscht ist, was mit den Zweibeinern passiert, mit denen sie ihr Habitat teilen. Was vermutlich auch zu hundert Prozent zutrifft; der Herbert wird da keine Ausnahme sein. Dass sein heroischer Einsatz mich vor dem Dahinscheiden bewahrte, war allein dem Zufall geschuldet. So gesehen, war ich ein positiver Kollateralschaden – sofern es so etwas gibt. Der Herbert, und das ist jetzt kein Blödsinn, hat wohl schlicht aus Rache gehandelt, als er dem Sauhund, der mich erschießen wollte, ins Genick gesprungen ist. Derselbe Schurke hat nämlich auch das Frauchen vom Herbert auf dem Gewissen, und nachtragend ist er durchaus, dieser Riesenkater. Aber das war eine andere Geschichte, und mir schwant, dass sie mir trotz aller bedrohlichen Situationen weniger Probleme bereitet hat als das, was mir heute bevorsteht.

Der Herbert schleicht rüber zum Katzenklo und hält seine Nase hinein. Dann späht er hoch zum Dachfenster. Hell leuchtet es da herein. Ich sehe blauen Himmel, nur leider hat das im Moment keinerlei positiven Einfluss auf meinen Zustand.

»Ich lass dich raus, aber ich sag's dir gleich: Ich weiß nicht, wann ich wieder zurück bin«, verkünde ich, mehr ratlos als pessimistisch. Der Kater macht mir sowieso nicht den Eindruck, als ob ihn mein Zeitplan interessiert. Trotz seiner Übergröße springt er elegant auf die Waschmaschine. Ich nicke anerkennend und öffne ihm das Dachfenster. Beim Herbert gibt es kein Zögern. Schon ist er raus und auf dem Dach. Sehnsüchtig blicke ich ihm hinterher, nicht ohne den Gedanken zu erwägen, denselben Weg zu wählen.

»Wie schaut's aus?«, ruft der Lechner von draußen durch die Tür, und verschreckt wende ich mich vom Dachfenster ab. Kurz darauf verlasse ich widerwillig mein Badezimmer.

Breitbeinig steht er im Flur und mustert mich. »Du hast den Pullover auf links«, sagt er.

»Macht nix, ich *bin* links«, knurre ich zurück. In der Verfassung, in der ich mich gerade befinde, ist mir die Klamottenlage völlig wurscht. Ärgern tut's mich trotzdem. Zum einen, weil ich genau weiß, dass ich gar nicht die Kraft aufbringe, das Oberteil jetzt noch mal auszuziehen und zu wenden. Zum andern, weil es mich immer aufregt, dass man das so sagt. *Auf links.* Eine Formulierung, die ich für völlig unüberlegt halte. Bei uns ist man ja eher konservativ, Tendenz Mitte/rechts, aber das drückt man nicht mit seinem Pullover aus. Also, was soll das? *Auf links.*

»Und reichlich dünn ist er auch, der Pullover«, stellt der Lechner fest, und das klingt jetzt auf einmal wieder fürsorglich.

»Benimm dich nicht wie meine Mutter!«, fahre ich ihn an. Mit seiner Freundlichkeit kann ich momentan genauso wenig umgehen wie mit seinem Diensteifer. Angepisst will ich nach meiner Jacke greifen, aber die hängt nicht an der Garderobe. *Drauf geschissen, draußen scheint eh die Sonne.*

Drei Minuten später treten wir aus dem Haus. Das Schuheanziehen hat uns noch etwas aufgehalten. Das ging nämlich nur im Sitzen, und hinterher bin ich nicht mehr alleine hochgekommen. Ich rechne es dem Lechner hoch an, dass er auf Handschellen verzichtet. Was mit Sicherheit gegen die Dienstvorschrift ist, wenn man einen mutmaßlichen Mörder abführt. Dass ich damit gemeint bin, will mir immer noch nicht so recht in den Kopf. Und weil der Lechner schweigt, während er neben mir hergeht, und es ohnehin nur ein paar Meter hinüber ins Revier sind, kann ich mir weiterhin nicht zusammenreimen, was hinter dieser kuriosen Anschuldigung steckt.

Es ist Freitag. Ein Brückentag. Gestern wurde nicht nur die Feuerwehr gefeiert, sondern auch die Einheit. Weshalb auf der mit heimischem Granit gepflasterten Marktstraße mehr los ist als sonst. Viele Leute haben frei. Ich im Übrigen auch. Worüber ich im Moment wirklich froh bin. Wenn ich bedenke, auch noch in der Dienststelle Bescheid sagen zu müssen, dass ich heute keine Aufträge abarbeiten kann, weil ich *verhaftet* bin ... *Bluadige Hennakrepf!*

Mir reicht's schon, dass uns die Leute, die uns zwischen den Häuserzeilen aus niederbayerischem Bauernbarock begegnen, misstrauisch hinterherschauen. Obwohl man mich mit dem Lechner ja öfter zusammen sieht. Aber halt nicht so. Er streng uniformiert und todernst. Und ich daneben käsweiß und mit leichten Gleichgewichtsproblemen. Das wirkt verdächtig. Man könnte beinahe auf die Idee kommen, dass die geschätzten Mitbürger unserer Luftkurortgemeinde bereits wissen, was ich verbrochen habe. *Angeblich* verbrochen, korrigiere ich mich, auch wenn die Blicke der Passanten was anderes zu sagen scheinen. Alle wissen, was passiert ist, nur ich bin ahnungslos.

Beim Betreten der Polizeiinspektion verstummen die Unterhaltungen und das Tastaturgeklapper. Hühnergleich sitzen die Ordnungshüter hinter ihren Schreibtischen und recken die Hälse, als hätte der Gockel den Stall betreten. Wobei der Vergleich hinkt, weil Hühner für gewöhnlich nicht hinter Schreibtischen sitzen. Der Kronawitter, die Silke, der Dichtl, auch bekannt als Radar-Rudi, und der Raik, unser neuer Polizeimeisterimport aus Thüringen, von dem ich den Nachnamen nicht weiß. Wobei man mit seinem Vornamen bei uns gestraft genug ist, da brauchst du gar keinen Nachnamen mehr. Jedenfalls sind sie trotz Brückentag alle schön versammelt – und alle hier im Büro. Es ist also keiner draußen auf Streife. Anscheinend sind alle darüber informiert, dass das große Kino sich heute auf der Dienststelle abspielt. *Den Fellinger, diesen Hundling, endlich hat's ihn erwischt!*

Muss eigentlich keiner den Tatort sichern? Kaum ist mir der Gedanke durch den Kopf geschossen, mault der Obergruppenführer auch schon rum. »Habts nix zu tun?!«, fährt er sein Personal an, und die Hühnerhälse zucken erschrocken zurück. Wir gehen nicht ins Büro vom Lechner, wo wir uns sonst austauschen. Er schiebt mich daran vorbei. »Ins Verhörzimmer!«, erklärt er. Ich war noch nie im Verhörzimmer von unserem Revier. Alleine das vermittelt mir, wie prekär meine Lage ist. Doch als der Lechner mir die Tür aufhält, bin ich enttäuscht. *Verhörzimmer!* Das hier schaut jetzt wirklich nicht aus wie diese kahlen, kalten Räume, die man aus Filmen kennt. Weder hat's eine Spiegelwand, hinter der die anderen sich ungesehen hinhocken könnten, noch einen Metallring an der Tischplatte, durch den man die Handschellen hätte fädeln können. Es ist eher so eine Mischung aus Ruheraum und Aktenlager. Die Videokamera und das Aufzeichnungsgerät funktionieren noch mit Magnetbandkassetten.

Und dennoch vermittelt mir nichts hier drin Zuversicht, schon gar nicht das Fenster mit dem getrübten Glas und den Gittern davor. Glücklicherweise lässt es Tageslicht herein, nur deshalb schnürt das Zimmer mir nicht gänzlich die Luft ab.

Der Rosenberger Horst?

Mir fällt immer noch nix zum Rosenberger ein. Wobei … Da war was. Kürzlich erst. Aber was? Mir ist bewusst, ich sollte so langsam draufkommen, jetzt, da ich mich gleich an den Verhörtisch setzen werde. Besser, ich bestehe sofort auf einem Anwalt.

»Kaffee?«, fragt der Lechner, was erst mal keine schlechte Alternative zu einem juristischen Beistand ist.

Ich nicke.

»Milch, Zucker?«

»Nur Aspirin«, vollende ich meine Bestellung, und dann geht auch schon die Tür hinterm Lechner zu, und ich weiß, ich komme hier nicht alleine wieder raus.

Noch während ich versuche, eine Methode zu finden, bei der ich nachdenken kann, ohne dass es mir grausam ins Hirn sticht, ist der Wachtmeister auch schon wieder zurück. Mit einem Tablett, auf dem er eine Thermoskanne, eine Wasserflasche und zwei Tassen zum Tisch balanciert und abstellt. Offenbar wappnet er sich für eine längere Unterhaltung. Wie als letzten Akt unserer innigen Freundschaft schiebt er mir eine Packung Schmerzmittel über den Tisch, nachdem er mir gegenüber Platz genommen hat. Unterm Arm klemmt noch eine lindgrüne Mappe, die er rechts von sich ablegt. Schweigend schenkt er Kaffee in die Tassen und stellt mir eine davon vor die Nase. Ich bediene mich großzügig an den Tabletten und trinke die halbe Wasserflasche leer, um den Brand einzudämmen. Augenblicklich grummelt es mir im Unterleib, und mein Magen protestiert, aber all das muss vorerst zurückstehen. Vorrangig gilt es, den Kopf klar zu kriegen.

»Macht das nicht normal die Kripo?«, frage ich schließlich.

»Erst reden wir!«, kommt es sehr ernst aus seinem Bud Spencer-Gedächtnisbart. Mittlerweile sieht er mit seiner dunklen Lockenmähne selbst in Uniform verwildert aus. Ich kann mich nicht entscheiden, ob ihn dieses verwegene Auftreten älter oder jünger macht als die Mitte vierzig, die er ist. Mein Jahrgang. Selbes Abschlussjahr. Nur rein familientechnisch ist er schon ein ganzes Stück weiter als ich. Verheiratet, zwei Kinder. Eine Ehefrau – und mit hoher Wahrscheinlichkeit noch ein Gspusi nebenher, obwohl ich immer noch nicht draufgekommen bin, um wen es sich dabei handelt. Vermutlich starre ich ihn dermaßen verständnislos an, dass er sich genötigt fühlt, seine knappen Worte näher auszuführen.

»Die Kollegen von der Kripo, also die wenigen, die wegen dem Brückentag nicht im Kurzurlaub sind, haben einen Großeinsatz draußen im Rottal. Aber ich rechne fest damit, dass bis zum Nachmittag einer zu uns rauskommt. Es pressiert ja nicht, da du als Hauptverdächtiger feststehst und aktuell keine weiteren Fahndungsansätze für nötig gehalten werden. Ich darf eh froh sein, dass sie uns wenigstens ein Team von der Kriminaltechnologie geschickt haben, sonst hätten wir auch noch die Tatortsicherung verantworten müssen.«

Ich stelle mir vor, wie der Kronawitter in seiner unbeholfenen Art sämtliche Spuren zertrampelt, und bin zumindest in der Hinsicht beruhigt, dass sich Profis dieser diffizilen Aufgabe angenommen haben. Auch wenn es letztlich schlecht für mich ausgegangen ist.

»Hauptverdächtiger«, krächze ich ihm entgegen.

Er nickt. »Folglich besteht meine Aufgabe darin, dich derweil einzukassieren und in Verwahrung zu nehmen, bis der Kollege vom Kriminalkommissariat anrückt. Ja, so schaut's aus, Fellinger«, vollendet er seine Erklärung darüber, warum ich ihm nun hier in seinem Verhörlagerraum gegenübersitze.

»Und der Rosenberger? Was hätte ich da jetzt für einen Grund gehabt, den abzustechen?«

»Den darfst du mir gerne nennen!«

»Das ist doch alles ein kompletter Schmarrn!«, poltere ich los, so heftig, dass es mir gleich wieder in den Schädel fährt. Irgendwas Spitzes mit Widerhaken.

»Der Verdacht auf ein Tötungsdelikt ist nun mal gegeben, und die Indizienlage ist recht eindeutig«, erklärt er mir und schlürft an seinem Kaffeebecher.

Ich schnaube. »Und die Indizien sagen was?«

»Deine Fingerabdrücke auf der Tatwaffe, sagen die.«

Jetzt hau ich auf den Tisch. Das hätte ich nicht machen sollen. Und zwar nicht etwa, weil der Lechner zusammenzuckt wie ein Singerl, wenn's blitzt, sondern weil es bei mir im Hirn gewittert und es mir den Magen aushebt, vor lauter Migräne. Nach einer Weile bringe ich winselnd heraus: »Kreizkruzifix, woher habt Ihr denn meine Fingerabdrücke?«

»Warst du nicht vor Jahren mal beim Eignungstest für den Polizeidienst in Landshut?«

Dass er mich jetzt dadran erinnern muss, an dieses eine, recht schwarze Kapitel meiner Beamtenlaufbahn. Sie wollten mich nicht bei der Polizei, wegen einem körperlichen Defizit. Einem angeborenen Knieschaden, der mich gelegentlich humpeln lässt, wenn ich unvorsichtig auftrete und es mir deswegen reinfährt. So gesehen nicht weiter tragisch, vor allem, weil ich damit leben gelernt hab. Für den Polizeidienst macht's mich eben untauglich. Aber meine Fingerabdrücke, die ich ihnen damals tatsächlich dagelassen habe, die haben sie hübsch behalten, diese Sauhamml. »Die sind nicht wieder gelöscht worden? Elendiger Polizeistaat, elendiger«, knurre ich. Haben wir nicht die strengsten und idiotischsten Datenschutzverordnungen weltweit? Nix darf ohne zehnfache schriftliche Einwilligung und notarielle Genehmigung gespeichert werden. Nix! Bis auf meine Fingerabdrücke, halleluja! Wenn ich nur besser beieinander wäre, ich würde vermutlich noch zwei-, dreimal auf den Tisch hauen vor lauter Zorn. »Das kann doch nicht sein, waren da nicht noch andere Fingerabdrücke?«

»Nur Fragmente, aber für die haben wir keine Treffer – falls sie überhaupt zu verwerten sind.«

Da haben wir es mal wieder. Dilettanten. »Fragmente? Was heißt das jetzt, Fragmente?«

»Außerdem haben wir da noch die hier gefunden«, fährt der Lechner fort, ohne auf mich zu achten, und legt einen Papierbeutel der Spurensicherer auf den Tisch. Ich habe gar nicht mitbekommen, wo er den hergezaubert hat. Meine Aufmerksamkeit weist nach wie vor arge Mängel auf. Jedenfalls hat der Beutel ein Sichtfenster, und da schimmert was durch, das mir bekannt vorkommt.

»Das ist doch deine Jacke?«

»Sie schaut so aus, wie wenn es meine sein könnte«, verbessere ich ihn und frage mich ernsthaft, ob ich gestern Nacht ohne Jacke heimgelaufen bin. In einer durchaus frischen Oktobernacht, in der man den nahenden Winter schon spüren konnte – und wo es obendrein von der Feuerwehrhallen bis zu mir schon ein guter Kilometer ist.

»Es *ist* deine, da war nämlich dein Portemonnaie drin.«

Das wird ja immer schöner. Ich klopfe auf die hintere Hosentasche, in der es im Normalfall steckt, aber heute ist natürlich alles anders. Heute bin ich ein Mörder.

WAIDMANN

»Also die Jacke samt Geldbeutel, in der Nähe von der Leich'«, fasse ich zusammen.

»Mit Blut dran«, setzt der Lechner nach, wie ein Torero, der eine *Banderilla* nach der anderen in den Rücken des Stiers sticht. Neue Widerhaken: ins Genick, aber auch in die Seele, die ohnehin schon vom schlechten Gewissen punktiert wird. Es sind diese Zweifel, die ich am allerwenigsten verstehe und die trotzdem vorhanden sind. So, als könnte ich tatsächlich … Nein, nein, nein, das kann nicht sein. Ich bring doch keinen um!

»Wir haben zwar noch keine Bestätigung aus dem Labor, ob das Blut an der Jacke mit dem des Opfers übereinstimmt, aber …«

Aber es schaut schlecht aus, vollende ich den Satz in Gedanken. Mehr als schlecht. Ich beuge mich etwas vor, ringe meinem rebellierenden Körper damit wenigstens ein kleines Maß an Haltung ab und lege meine zitternden Hände um den Kaffeebecher. Auch wenn ich mich am liebsten wieder unter meine Bettdecke verkriechen möchte, es ist an der Zeit, diesem Wahnsinn hier entgegenzuwirken. »Die Leich'? Wo habt ihr die überhaupt gefunden?«

Der Lechner schaut mich an, nicht wie mein Freund und Stammtischspezi, sondern wie ein Polizist. Ich müsste es ja wissen, wenn ich es war. Oder irgendwann draufkommen. Erinnerungen kehren nach einem Filmriss wieder zurück, nicht alle gleichzeitig, aber dennoch …

»Im Pufferholz, nicht weit von der Rodelbahn,« klärt er mich schließlich auf.

»Und warum hätte ich, nachdem ich von der Feuerwehr weg bin, in den Wald gehen sollen, wo meine Wohnung in der anderen Richtung liegt?«

»Vermutlich wegen der Orientierungslosigkeit, weil du so besoffen warst. Da fällt mir ein, es ist besser, wir machen gleich einen Alkoholtest. Oder am besten gleich eine Blutentnahme. Bei den Promille, die du immer noch haben dürftest, kann sich das später strafmildernd auswirken. Ich ruf schnell die Frau Doktor an.«

Jetzt fahre ich hoch und kann nicht anders, als erneut auf den Tisch zu hauen, doppelt so heftig wie beim ersten Mal. »Untersteh dich!«, kreische ich wie eine trocken gelaufene Kurbelwelle. »Du spinnst ja wohl, die Höllmüllerin anzurufen.«

Er nimmt eine deeskalierende Haltung ein, so wie sie es ihm beim letzten Seminar zum Thema *Aggressiv auffällige Personen und wie ich ihnen am besten gegenübertrete* beigebracht haben. Ich könnt mich glatt schon wieder reinsteigern.

Betont ruhig sagt er: »Klar, ich tät auch nicht wollen, dass meine Angebetete mich in so einem elendigen Zustand zu Gesicht bekommt, aber sie ist in allererster Linie Ärztin und hat daher mit Sicherheit schon Schlimmeres gesehen.«

Ich krieg kaum noch Luft, so heftig beutelt's mich innerlich. Nachdem es mir ohnehin schon miserabel geht, muss ich jetzt auch noch einen Haufen Energie darauf verschwenden, dass die Schmerztabletten wenigstens so lang im Magen bleiben, bis sie sich aufgelöst haben. Was wiederum heißt, es bleibt noch weniger Saft übrig, um mein Gehirn auf Touren zu bringen. *Atmen! In den Bauch! Denk an was, was dich beruhigt! Schweinsbraten mit Semmelknödeln!* Auweh, ein schlechter Gedanke! Nur mit viel Körperkontrolle bleibt das unten, was noch in mir ist. Vorsichtig sinke ich zurück auf den Stuhl. Als der Lechner die Höllmüllerin erwähnt hat, haben ein paar Synapsen tatsächlich ganz brauchbare Verbindungen geschaffen, stelle ich fest. Nur kurz, für den Bruchteil einer Sekunde, war da irgendwas, das womöglich für die Misere verantwortlich sein könnte, in der ich gerade stecke. Aber wie sehr ich mich auch bemühe, dieses gedankliche Wetterleuchten vollständig zum klärenden Gewitter werden zu lassen, es reicht nicht aus. *Gone with the wind* sozusagen, auch wenn's hier drinnen eher stickig ist. Es hilft nichts, ich muss mich der ganzen Sache langsam nähern, sie einkreisen, wenn man so will. Etwas einzukreisen ist für einen Einzelnen freilich schwierig. Da könnte man jetzt gut einen Freund gebrauchen, aber mein ehemaliger Freund, der Lechner, scheint sein Urteil schon gefällt zu haben.

»Was hast du vorhin überhaupt mit strafmildernd gemeint? Bist du denn schon davon überzeugt, dass ich es war?«

»Erdrückende Beweislast!«, lässt er verlauten und schaut bedauernd drein. »Außerdem gibt es einen Zeugen, der dich mit der Tatwaffe in der Hand beobachtet hat.«

»Wer?«

»Anonym.«

»*Anonym?!*« Schon wieder werde ich lauter, als es mir guttut. »Als ob es bei uns, wo jeder jeden kennt, so was wie

Anonymität gibt. Weißt du's wirklich nicht, oder darfst du mir den Anonymen aus ermittlungsrelevanten Gründen nicht nennen?«

»Der Kronawitter hat die Stimme nicht identifizieren können.« Aus dem Mund vom Lechner klingt das wie eine Entschuldigung. Und mit Recht! Polizeimeister Kronawitter, mein ganz spezieller Freund, mit einem Abschluss auf der Baumschule. Das ist ja zum Haareraufen! Mich haben sie in diesem Verein nicht gewollt, aber den Kronawitter hat man genommen. Es kann unmöglich mit rechten Dingen zugegangen sein, als der für den Polizeidienst vereidigt wurde. Aber bitte, man braucht auch Leute auf dem Revier, die man hänseln kann, wenn mal nichts los ist. Und hier in der Abgeschiedenheit des ostbayerischen Grenzgebiets ist praktisch nie viel los. »Ich sag dir schon lang, lass den nicht ans Telefon!«, mahne ich noch, bin aber gedanklich schon einen Schritt weiter. Da hat also einer bei der Polizei angerufen und mich angeschwärzt. Das ist eine wichtige Information …

»Mei, das hilft jetzt auch nicht weiter«, redet der Lechner in meine Überlegung hinein. »Jedenfalls schaut es schlecht für dich aus, wegen den Indizien und vor allem wegen dieser Aussage zur Tatwaffe.«

»Die Tatwaffe«, murmle ich, ohne die Spur einer Eingebung, welches Corpus Delicti damit gemeint sein könnte. Also bleibt mir keine Wahl, als nachzufragen. »Mit was bin ich dem Rosenberger angeblich ans Leder gegangen?«

»Sag amal, fällt dir denn überhaupt nix mehr ein?« Kopfschüttelnd hockt er da, der Polizeihauptmeister, und schnauft schwer. »Es wär wirklich besser, du erinnerst dich bald!«

Ich vollführe eine bedauernde, in Verzweiflung gerahmte Geste.

Er gewährt mir drei, vier Sekunden Bedenkzeit, dann zieht er ein Foto aus der Mappe, die er nun schon eine Weile unter seinen schwitzigen Fingern knetet, und legt es vor mir auf den Tisch. Die Aufnahme zeigt den Rosenberger, rücklings auf Moos liegend, umringt von Farngewächsen und dicken Baumstämmen im Hintergrund, in Jägerkluft und Kniebundhose, die Büchse geschultert. Den Hut mit dem Gamsbart neben sich. Beinahe idyllisch arrangiert. Ein Waidmann, zur Ruhe gebettet im dunklen Tann. Eingefangen im Morgenlicht, das schräg und dunstig durch die Bäume fällt. Ein Motiv für ein kitschiges Ölgemälde an der Wand einer Bauernstube, wären da nicht die um die Bäume gewickelten Absperrbänder und die gelben, durchnummerierten Plastikaufsteller der Spurensicherung. Und natürlich, allem voran, die vor Entsetzen geweiteten Augen, der auseinanderklaffende Trachtenjanker, darunter das blutgetränkte Hemd, das sich über des Jägers Ranzen spannt. Und das, was da mittig aus dem tiefroten Blutfleck emporragt.

»Ernsthaft?«, frage ich. »Ein Hirschgeweih?«

LÜNGERL

Genau genommen war es nicht das ganze Geweih, sondern nur ein halber Zwölfender also, der aus dem Unterleib vom Rosenberger herauswächst wie eine umgekehrt eingepflanzte, blattlose Staude. Aber mit meinen Fingerabdrücken dran. Die sind auf dem Foto zwar nicht zu erkennen, aber die Forensik ist eine Wissenschaft, und die Wissenschaft lügt nicht. Ich muss mich jetzt ernsthaft zusammenreißen. Wenn nur dieses depperte Aspirin endlich zu wirken anfangen würde.

»Woher soll ich denn dieses Geweih haben, Himmelherrgott!«, raunze ich.«

Der Lechner fährt sich durchs zu lange Lockenhaar. Früher ist er nie wie ein Hippie dahergekommen, ich vermute mal, er steckt in der Midlife-Krise und meint, er wirkt jugendlicher mit der Haarpracht und dem ganzen Kraut in Gesicht. Aber Kreizdeife, ich sollte mir jetzt weniger Gedanken um den Sepp machen, sondern was gegen die Vorwürfe unternehmen, die er gegen mich erhebt.

Der Rosenberger Horst. Jäger. Weiberheld … heißt es zumindest … und jetzt aufgespießt vom Hirsch. Durchaus ein angemessenes Ende, falls die sich gegen ihn gewandt hätten, die er ein Jägerleben lang abgeschossen hat. Mit dem Oktober endet die Schonzeit fürs Wild, egal ob Rot- oder Damwild, Hoch- oder Niederwild. Jetzt streifen die Männer in gedecktem Tannengrün wieder durchs Unterholz oder hocken an, um den Bestand auszudünnen. Und die Speisekarten der Gastronomen quellen über vor Wildspezialitäten aus eigener Jagd. Was dann wiederum genau mein Thema ist. Ich kenne meine Wirte und Hoteliers und besonders die, die Schindluder treiben, was das Hirschgulasch mit dunkler Waldpilzsoße und den geschmorten Wildschweinbraten angeht. Finde ich hier womöglich die Verbindung? Bin ich etwa im Rahmen meiner Tätigkeit als Hygieneinspektor für die Lebensmittelkontrolle Ostbayern auf etwas gestoßen, das zu einer Eskalation mit dem Rosenberger geführt hat?

Nein, das ergibt doch überhaupt keinen Sinn. Der Rosenberger *beliefert* die Wirtshäuser allenfalls … und egal, was ich in einer Restaurantküche auch Ekelhaftes entdecken mag, deswegen bringe ich doch keinen um. Vielleicht hat er es ja selbst getan, weil er das Töten nicht mehr ertragen hat. Quasi Harakiri mit dem Hirschgeweih. Und ich bin zufällig vorbeigekommen und wollte ihn davon abhalten. Weswegen auch meine Fingerabdrücke auf dem Geweih sind. Leider hab ich es in meinem Rausch nicht geschafft, den Selbstmord zu verhindern. Das wäre so traurig wie tröstlich … aber ist immer noch ein Schmarrn. Selbst wenn ihn das Gewissen dahingehend übermannt hätte, den Freitod zu wählen, dann doch wohl nicht mit einem Geweih! Er hatte schließlich sein Gewehr dabei. Und mit Sicherheit auch ein scharfes Messer zum Ausweiden. In jedem Fall irgendwas, womit es schneller und schmerzloser geht. Diese wirren Spekulationen machen einfach keinen Sinn, ich muss endlich Klarheit und Licht ins Oberstübchen bekommen!

»Vielleicht fange ich genau damit an«, murmele ich vor mich hin.

»Mit was?«, fragt der Lechner, der mich so konzentriert mustert wie beim Schafkopfen, wenn er versucht zu erahnen, welches Blatt ich auf der Hand habe.

»Mit der letzten, brauchbaren Erinnerung«, kläre ich ihn auf.

Er schaut auf die Uhr. »Dann geh aber nicht zu weit zurück, die Zeit rennt!«

»Mit dem Urknall werd ich schon nicht anfangen, du Hirsch! Und jetzt pass auf. Heute ist Freitag, gestern war der Feiertag, richtig?«

Der Polizeihauptmeister nickt.

»Folglich war ich am Mittwoch noch im Dienst … und da war ich … da war ich … zefix …« Ich blicke hinüber zum vergitterten Fenster, durch das gedämpftes Tageslicht fällt, und reibe mir die Schläfen. Mein Dienstplan liegt im Auto, vermutlich auf dem Beifahrersitz. Ich suche das Bild in meiner Erinnerung, die ausgedruckte Excel-Liste mit den Eselsohren …

Die Sonne blendet mich. Das ist an und für sich nichts Schlechtes, wenn es Anfang Oktober noch so schön warm ist. Weil es allerdings den ganzen Sommer über so heiß war, mehren sich die Stimmen, dass es endlich Zeit für einen Wetterumschwung wird. Allen voran jammern die, die immer jammern, nämlich die Bauern, deren Felder und Wiesen zu wenig Regen abbekommen haben. Ich hüte mich natürlich davor, Partei für das vorherrschende, mediterrane Klima zu ergreifen. Man weiß ja nie, wer einem zuhört. Das kann nämlich schnell mal zu einem Streit führen, wenn du im Wirtshaus die falsche Meinung äußerst. Egal ob diese Meinung nun politisch oder meteorologisch ist. Was mich angeht, streite ich von Amts wegen sowieso schon genug herum, da muss ich nicht auch noch meine Freizeit mit Geschrei und Gezeter verbringen.

Mein einziges Problem mit dem derzeitigen Wetter ist, dass ich bei der tief stehenden Morgensonne praktisch blind fahre, weil die Windschutzscheibe meines BMW dermaßen verschmiert ist. Die scharf abknickende Zufahrt zur Reiterstub'n finde ich trotzdem. Der Bachstätter, der Wirt vom Vereinslokal des Reiterklubs, bekommt schließlich öfter Besuch von mir. Und nicht zu Unrecht! Der Bachstätter ist nämlich ein Hundling und trickst, wo es nur geht, sowohl auf Kosten seiner Angestellten als auch vor allem zum Leid seiner Gäste.

Ich bin früh dran, weil wir eine kurze Woche haben. Morgen ist Feiertag, und am Freitag habe ich Urlaub. Schon allein wegen dem anstehenden Feuerwehrfest. Das wird zünftig. Auch wenn's kindisch klingt, aber die Vorfreude darauf beflügelt mich irgendwie. Deshalb will ich heute alle Betriebe erledigt wissen, die im Einsatzplan stehen, damit ich mein langes Wochenende völlig entspannt genießen kann. Selbstverständlich ist das Wirtshaus noch geschlossen. Vom Gestüt auf der anderen Straßenseite weht eine würzige Brise herüber. Angereichert von Pferdemist und den Ausdünstungen von Tier und Reiter. Wobei es sich vor allem um Reiterinnen handelt. Und die dünsten in erster Linie vor Erregung, weil sie sich in der Lage sehen, die mächtigen Gäule allein mit dem Druck ihrer Schenkel zu lenken. Schnell wedle ich den Gedanken fort wie eine fette Pferdebremse und schau noch mal auf meinen Zettel. Metallspreißel in den Pommes, lautet die anklagende Beschwerde, die anonym in der Dienststelle eingegangen ist. Die meisten Beanstandungen seitens der Kundschaft werden verdeckt eingereicht. Man vermeidet es, den eigenen Namen zu nennen, um nicht ins Gespräch zu kommen. Es geht darum, seine Bürgerpflicht zu erfüllen und dabei unauffällig zu bleiben. Oder halt keine Probleme mit dem Wirt heraufzubeschwören, da man eventuell vorhat, trotzdem wieder hinzugehen. Spreißel hin oder her.

Metallspäne in den Speisen sind natürlich keine Bagatelle. Das ist unter gesundheitsgefährdenden Aspekten schon beinahe höchste Risikostufe. Freilich, wenn sie schlau sind, haben sie mittlerweile alles beseitigt. Oberflächlich zumindest. Und der Bachstätter wird alles leugnen. Aber ich habe mich selbstverständlich umgehört. In der Küche von der Reiterstub'n hat unser Spengler, der Gutsmiedl Hias, am Montag ein paar Aluleisten an die Wand gebohrt. Auch über der Fritteuse. Dabei ist es offenbar keinem eingefallen, den Bereich vorher abzudecken. Ich brauche im Prinzip nur nachzuschauen, wo überall gebohrt worden ist, dann finde ich schon was. Ich finde nämlich immer was, egal wie gründlich vorher aufgeräumt und gesäubert wird. Selbst wenn ich mich ankündigen würde, so penibel kann gar keiner sein, dass ich ihn nicht drankriege, wenn ich es drauf anlege. Obschon ich hier nicht gerade meinem Traumberuf nachgehe, Dienst ist Dienst, und da steh ich zu hundert Prozent dahinter.

Mit meinem Untersuchungskoffer in der Hand nehme ich den Lieferanteneingang, der mich mehr oder weniger direkt in die Küche führt. Der Bachstätter kriegt große Augen und streicht sich fahrig über die Glatze. Neben dem Chef sind noch ein Auszubildender und eine Aushilfe anwesend, die Salat auseinanderpflücken und waschen. Beide erstarren, als sie mich bemerken – und vor allem erkennen. Während die Aushilfe sich offenbar keines Hygienevergehens bewusst ist, merke ich dem Lehrbub an, wie er darüber spekuliert, ob er sich nach dem letzten Toilettengang auch wirklich die Hände gewaschen hat. Ja, für solcherlei Gedankengänge bekommt man im Lauf der Jahre ein Gespür.

»Der Fellinger«, ächzt der Bachstätter.

»Herr Fellinger, bitte, heut ist es amtlich«, kläre ich ihn auf und zeige meinen Dienstausweis. Eine völlig überflüssige Geste, aber von Amts wegen vorgeschrieben. Und sie verstärkt die Wirkung meines Auftretens. Prompt sackt der Bachstätter ein klein wenig in sich zusammen.

»Wir haben nachher eine größere Gesellschaft, das passt jetzt fei wirklich schlecht.«

Schmächtig und durchaus verschlagen schaut er aus, der Franz. Die wenigen dünnen Haare, die er noch hat, kämmt er sich säuberlich über die Platte. Das Gesicht ist ein wenig aufgedunsen, und trotz des langen Sommers, den wir hatten, war ihm keine Sonnenbräune vergönnt. Sein weißes Oberkellnerhemd hat in Höhe der Brusttasche einen gelben Fleck, notdürftig ausgewaschen, aber immer noch gut sichtbar. Ein Malheur mit dem Frühstücksei vielleicht?

»Ich beeile mich«, biete ich an, auch wenn ich das gar nicht vorhabe. Dann hieve ich meinen Koffer auf die Anrichte und lasse laut die Verschlüsse aufschnappen.

»Ich fang mit der Fritteuse an«, verkünde ich und streife meine Einweghandschuhe über, filmreif wie ein Seriendoktor vor einer schwierigen Herz-OP. Schon von Weitem sehe

ich die Leisten an der Wand, an denen jetzt allerlei Koch-
utensilien hängen.

»Schön übersichtlich, mit dem neuen System!«, lobe ich
und klatsche aufgeräumt in die Hände. Der Bachstätter Franz
nickt eifrig und zwingt sich zu einem Lächeln.

»Warum … Ich mein, gab's eine Beschwerde, weil du warst
ja quasi erst vor ein paar Wochen da …«

»Könnt schon sein«, gebe ich zurück und leuchte mit meiner Stablampe ins Frittierfett. Dabei irritiert mich irgendwas, oder besser gesagt, etwas lenkt mich ab. Fährt wie eine
frische Böhmerwaldbrise durch meine Konzentration und
wirbelt sie auf wie Flugsand. Ich brauche ein, zwei Sekunden, bis ich draufkomme. Irgendwo auf der anderen Seite
des Gasofens signalisiert die Spülmaschine laut piepend, dass
der Spülgang durch ist. Ein vertrautes Geräusch in einer Restaurantküche, das bei Hochbetrieb beinahe unentwegt ertönt. Und bei Normalbetrieb in einer gewissen Regelmäßigkeit. Aber jetzt, so ganz ohne Gäste? Augenblicklich frage
ich mich, was der Bachstätter da gerade hat waschen lassen,
wo doch heute noch gar keine Gläser oder Geschirr angefallen sind. Schlagartig ist mir die Spreißelsuche wurscht, und
ich wende mich mit schmalen Augen dem Piepen zu. Auch
weil sich keiner veranlasst fühlt, den Geschirrspüler auszu-
schalten, die Klappe zu öffnen und den heißen Dampf rauszulassen …

»Kreizdeife nocha mal«, fluche ich.

Der Lechner zuckt zusammen, als hätte ich ihn aus dem
Tiefschlaf geweckt.

»Der Bachstätter, dieser Sauhund!«

»Redest du vom Pächter der Reiterstub'n?«, fragt der Lechner.

»Leck mich am Arsch!«

»Was jetzt?«

»Ich weiß wieder was!«, rufe ich, und mir ist beinahe, als würde die Einsicht die Kopfschmerzen etwas dämpfen. »Ich hab am Mittwoch dem Bachstätter seine Kaschemme zugesperrt, und wenn ich dran denke, warum, bin ich froh, dass ich nix als einen Schluck Kaffee intus hab.«

»Erzähl!«

»Besser nicht.«

»Jetzt geh weiter!«

Soll ich wirklich, obwohl ich weiß, er wird's bereuen? Na gut. Ich hole tief Luft. »Dass der Bachstätter ein Geizhals vor dem Herrn ist, ist ja hinlänglich bekannt, aber du machst dir keinen Begriff, zu was ihn sein Sparwahn mittlerweile treibt. Du würdest nicht glauben, was der vorgestern zum Reinigen in seinem Geschirrspüler liegen hatte ...«

»Jetzt erzähl halt!«, zischt der Lechner, aufgeregt wie beim Kondomkauf in der Apotheke.

»Halt dich fest!«, warne ich und er umklammert tatsächlich die Tischkante.

»Sämtliche Klobürsten aus den Gästetoiletten.«

Dem Lechner fällt die Kinnlade runter.

»Man stelle sich vor, das Stück einen Euro, wenn du sie neu in der Baywa kaufst. Aber nein, statt regelmäßig neue zu kaufen, wäscht der Bachstätter die gebrauchten lieber einmal durch, wenn noch Platz in der Spülmaschine ist.«

Der Lechner ist so blass geworden, als hätte man ihm das ganze Blut auf einmal entnommen. Ich weiß, dass er beim

Bachstätter ab und zu Lüngerl isst, und merke ihm an, wie er sich gerade vorstellt, was zusammen mit den Tellern gespült worden ist, auf dem sie ihm das Essen serviert haben. Wir brauchen nicht darüber reden. Trotz der Hitze während des Spülvorgang und der essigsauren Soße vom Lüngerl ist das bakteriell keineswegs ungefährlich. Ich würde mich nicht wundern, wenn bei uns irgendwann die Cholera ausbricht.

Der Lechner wirkt völlig paralysiert, was ich gut nachvollziehen kann. Was er eben gehört hat, muss erst mal psychologisch verarbeitet werden. Mit dem Bild der Klobürsten in Geschirrspüler vor Augen fällt es ihm gewiss schwer, den Glauben an die Menschheit zu behalten. Vorjammern braucht er mir jedenfalls nichts, da ich ihm von jeher von diesem Innereienmischmasch abgeraten habe. Wäre ich schadenfroh, dann würde ich ihm gönnen, dass es ihm momentan ebenso schlecht geht wie mir.

Bin ich aber nicht. Oder vielmehr: Ich hab was Besseres zu tun. Während nämlich der Lechner noch mit sich ringt, denke ich über den Wirt von der Reiterstub'n nach. Der Klobürstenvorfall könnte ihm die Konzession kosten. Und selbst wenn er noch einmal davonkommt – bis das Ordnungsamt entschieden hat, wie es weitergeht, vergehen locker ein paar Tage, womöglich Wochen, in denen er keine Einnahmen hat. Da kann ein Geizkragen wie der Bachstätter leicht mal alle Hemmungen vergessen. Keine Frage, dass er auf Rache sinnt, weil ich ihm den Geldhahn zugedreht habe, und wenn er mir die Reifen zerstochen hätte, dann wäre das im Rahmen dessen gewesen, was mir als Hygieneinspektor passieren kann. Aber mir einen Mord anzuhängen? Noch dazu eine dermaßen perfide Inszenierung? Vergeltung üben ist gut und schön, aber dafür den Rosenberg zu opfern, erscheint mir allzu weit hergeholt. Wie hätte er denn auch deichseln sollen, dass der Verdacht auf mich fällt? Und warum ausgerechnet der Rosenberger? Einer, der in keiner Weise mit mir in Verbindung steht …

Während der Lechner weiterhin damit kämpft, sein Frühstück im Magen zu behalten, wird mir bewusst, dass der Bachstätter nicht der Einzige war, der am Mittwoch an den Hürden der Lebensmittelhygiene-Verordnung gescheitert ist.

REHRAGOUT

Erneut massiere ich mir die Schläfen – schließlich hat das vorhin auch geholfen. Blitzlichtartig projiziert mein Gedächtnis wirre Bilder vor mein inneres Auge, auf eine Art, die mich seltsam an die Schulzeit erinnert. An damals, als die Lehrer die Dias noch einzeln in den Projektor schieben mussten. Zuerst sind diese Bilder in meinem Kopf unscharf und mit Staubflusen umrandet, aber nach und nach glaube ich zu erkennen, was da über meine Schädelinnenseite flimmert. Und plötzlich ist die Erinnerung ganz klar und mit einem Geschmack verbunden. Vor mir dampft ein Rehragout, sauber mit dunkler Soße, Blaukraut und Serviettenknödel.

Ein Rehragout!

Nicht dass mir davon das Wasser im Mund zusammenlaufen würde. Denn mal ganz ehrlich, egal, ob Ragout, Geschnetzeltes oder Gulasch, diese Art der Speisenzubereitung birgt grundsätzlich die größte Bandbreite an Möglichkeiten, um gegen die Paragrafen drei bis acht der LMHV zu verstoßen. Jene Verordnung, die mein Glaubensbekenntnis darstellt, weshalb ich vor allem bei mit Soßen zubereiteten Mischspeisen alarmiert bin. Es ist wirklich kaum vorstellbar, was ein findiger, risikobereiter Koch da alles mit hineinmengen kann. Bisweilen gleicht das Ergebnis einer gesundheitlichen Katastrophe. Grob fahrlässige, geradezu arglistig herbeigeführte Körperverletzung, allein basierend auf der niedrigen Absicht der Bereicherung. Da hilft es überhaupt nix, wenn vor dem Servieren noch ein wenig frische Petersilie drübergestreut wird, nur damit es schön ausschaut. Schön ausschauen ist mir grundsätzlich wurscht! Und geschmacklich muss ja jeder selber wissen, was er sich da antut. Nein, meiner Meinung nach sollte allein der Tatbestand des Verwurstens und Vermengens unter Strafe stehen! Aber wie so oft: Mich fragt ja keiner.

Na gut, was war jetzt mit dem Rehragout? Und vor allem, wo ist mir dieses Arrangement untergekommen? *Konzentrier dich, Fellinger!*

»Was ist dir denn jetzt schon wieder eingefallen?«, meldet sich der Lechner, der den Spülgang mit Klobürsten offenbar endlich verdaut hat. Irgendwie.

»Ein Rehragout«, murmele ich.

»Das hat doch um die Jahreszeit jeder auf der Karte.«

»Stimmt. Aber nicht alle mit gammeligem Fleisch«, sinniere ich, wende mich wieder dem sonnendurchleuchteten Verhörzimmerfenster zu …

… und sitze erneut in meinem Auto. Die digitalen Ziffern auf dem Armaturenbrett teilen mir mit, dass es bereits kurz vor elf Uhr ist. Das Gezeter vom Bachstätter klingelt mir noch in den Ohren, obwohl ich bereits einen weiteren Betrieb abgefertigt habe. Diesmal fast ohne Beanstandung. Der nächste Gastwirt auf meiner Liste ist ebenfalls eine turnusmäßige Visite. Ich steuere meinen Wagen die schmale Serpentinenstraße bergwärts Richtung Geiersberg. Wie ich aus dem Wald rausfahre, kommt auch schon das Wirtshaus in Sicht. Idyllisch am Waldrand gelegen, mit unverbaubarem Blick übers Tal nach Südwesten, lädt der Sonnenwirt zum Wildessen ein. Frisches vom Wildbret preist die Tafel vor der Zufahrt an.

Freilich kann man dem Windpassinger, dem Wirt vom Gasthaus zur Sonne, genauso wenig trauen, wie dem Bachstätter. Wenn es ums Geld geht, nehmen sie sich gegenseitig nichts. Aber den Windpassinger empfinde ich dennoch als einigermaßen umgänglichen Menschen. Was womöglich auch daran liegen kann, dass sein Geschäft deutlich besser floriert als das in der Reiterstub'n.

Es parken auch schon ein paar Autos vorm Haus. Den Kennzeichen nach hat er Urlauber da. Ein Münchner, sonst hauptsächlich Preißn. In so einem Fall sind Wirtsleute besonders heikel, wenn die Kontrolle kommt. Diesmal nehme ich die Vordertüre.

»Ah, na!«, begrüßt mich der Windpassinger, der gerade ein Bier zapft.

»Ich hab Sehnsucht g'habt«, gebe ich zurück, stelle meinen Laborkoffer ab und greife nach der Speisekarte, die auf der Theke liegt. »Was gibt's denn heut Feines vom Wild?«

»Was Herz und Magen begehren«, brummt der Windpassinger. Ein gestandenes Mannsbild ist er, ein bisserl wild und grob, so wie das Leinenhemd, das über seiner Wampe spannt. So ein Ranzen gilt in Bayern nicht zwingend als unattraktiv, sondern vielmehr als Wohlstandssymbol, selbst wenn er wie beim Windpassinger über den Bund der knielangen Lederhosen hängt, in der seine stämmigen Beine stecken. So angezogen ist er, weil der Preiß sich das eben wünscht, wenn er ins Bayerische fährt. Und weil der Windpassinger mit dem Preiß – oder von mir aus auch mit dem Holländer – gute Geschäfte macht, tut er ihm den Gefallen.

Trotz seiner gut vierzig Lenze sind seine Locken immer noch dicht und nur von wenigen grauen Haaren durchzogen. Während er mich mit seinen hellen, graublauen Augen skeptisch mustert, geh ich die Speisekarte durch.

»Hirsch, Wildsau, Fasanenbrust … aha, ein Rehragout gibt's auch«, stelle ich fest, »das müsst man sich schon mal anschauen, das Rehragout!« Bei Ragout reagier ich grundsätzlich allergisch.

»Ausgerechnet heut«, lamentiert er, doch da bin ich schon an ihm vorbei in die Küche. Ich kenne meine Wege. Freilich stampft er mir hinterher, nachdem er seiner Bedienung, der Katie, ein paar Anweisungen zugebellt hat. Als könnte er mich daran hindern, etwas zu finden, wenn er mir nur die ganze Zeit über die Schulter schaut. Die Wirte praktizieren das alle jedes Mal wieder, ohne dass bislang je einer draufgekommen wäre, wie verdächtig das wirkt. Wenn einer keine Gewissensbisse hat, könnte er schließlich auch hinter seinem Ausschank ausharren, bis ich fertig bin. Aber der Wirt an sich ist ein Wesen, das im Hinblick auf sein Gewerbe auf Verteidigung gepolt ist. Und der Windpassinger fängt damit an, als ich mir die Fleischvorräte in der Kühlkammer anschaue. Während alles andere weitgehend am Stück abhängt, Keulen vom Hirsch und von der Wildsau, die noch nicht ausgebeint sind, ist das Rehfleisch fürs Ragout schon portioniert. Ich ziehe den Deckel vom Behälter.

»Draußen am Anschlag steht ›frisch‹, oder?«, frage ich in die Kälte hinein, ohne mich umzudrehen. Ich weiß ja, dass er direkt hinter mir steht und dass er eine Gänsehaut auf den nackten Wadeln hat.

»Ja, freilich!«

»Frisch schaut mir das nicht aus«, stelle ich fest und blinzle …

Und schon sitzt wieder der Lechner vor mir.

»Der Windpassinger«, sage ich, noch ganz benommen vom Tagtraum.

»Der Windpassinger hat seit gestern zu«, sagt der Lechner bestätigend. »Wegen Trauerfall, steht im Aushang, obwohl keiner aus seiner Verwandtschaft gestorben ist. Das wüsste ich nämlich. Außerdem, welcher Wirt sperrt bei uns zu, wenn ihm die Angehörigen wegsterben?«

»Keiner!«

»Richtig. Also musste er wegen dir schließen.«

»Trauerfall«, wiederhole ich. »Das kann man so oder so sehen … und freilich ist das Gasthaus zur Sonne meinetwegen geschlossen.« Wie es mir wieder einfällt, hau ich mir gegen die Stirn.

Das hätte ich natürlich nicht machen sollen. *Zefix!* Dem kurzen Ausbruch von Euphorie darüber, dass ich einen weiteren Erinnerungsfetzen erhaschen konnte, folgt eine Welle eruptierender Schmerzen einmal quer durch meinen Körper. Gerade so, als wäre mir ein bisschen Optimismus nicht vergönnt.

»›Frisches Rehragout‹ stand auf der Speisekarte, aber frisch ist anders, das sag ich dir. Das war definitiv eingefroren. Ach, was sag ich, eingefroren. Wenn es nur das gewesen wäre, hätte ich nichts zu beanstanden gehabt. Täuschung der Gäste fällt nicht in mein Ressort. Aber das Fleisch ist zwischendrin mindestens einmal aufgetaut gewesen und hatte schon einen argen Stich. Nicht nur das in der Kühlung, auch das, was schon im Topf schmorte. Damit war der Ofen erst mal aus für den Sonnenwirt. Da konnte er noch so winseln und beteuern, dass …«

»Dass was?«, will der Lechner wissen, weil ich in diesem Moment stocke. Und ich stocke zu Recht, nun da ein weiteres Lämpchen aufleuchtet.

»… beteuern«, fahre ich mit brüchiger Stimme fort, »dass er das Reh als frischen Abschuss vom Rosenberger gekauft hat.«

BREDOUILLE

Schlafen kann man nur, wenn das Gehirn auskühlt, hab ich mal gehört. Und Alkohol hat ja eine ausgesprochen gut kühlende Wirkung, zumindest auf der Haut. Jedenfalls schlafe ich meist tief und traumlos, wenn ich getrunken habe, und vermutlich habe ich genau das gesucht. Den Schlaf des Vergessens. Aber was war es, was ich vergessen oder verdrängen wollte? Gewiss nicht, dass ich den Rosenberger mit einem Hirschgeweih penetriert habe. Zu dem Zeitpunkt muss ich ja schon besoffen gewesen sein – womit der vermeintliche Totschlag nur eine Folge meiner alkoholbedingten Unzurechnungsfähigkeit gewesen wäre. Was also war der wahre Anlass, der mich so unglücklich an den Rand des Abgrunds geschoben hat?

Wie sehr ich mich auch bemühe, die schwarzen Löcher, von denen es doch einige in meinem Hirnkastl gibt, lassen sich nicht ausleuchten. Ich habe nicht nur vergessen, was ich vergessen wollte, sondern leider auch das ein oder andere, was mir jetzt weiterhelfen könnte. Wobei, wenn ich bedenke, wie es noch vor einer Stunde um mich stand, als der Lechner mich aus dem Koma geklingelt hat, dann bin ich doch schon ein gutes Stück vorangekommen. Wenn auch in eine Richtung, die mich immer weiter wegbringt von meiner Unschuld.

Der Lechner schenkt sich einen zweiten Becher Kaffee

ein und scheint trotz der kritischen Lage in seine ihm angestammte Beamtenlethargie zu verfallen. Das kann ich nicht zulassen, ich bin auf seine Unterstützung angewiesen, wenn ich es hier zügig wieder rausschaffen will, und da wäre es praktisch, wenn er ausnahmsweise auch mal mitdenkt.

Also stelle ich ein paar Thesen zur Diskussion. »Der Sonnenwirt hat mit Sicherheit eine Stinkwut auf mich, weil ich ihm sein Wirtshaus zugemacht habe. Allerdings dürfte er genauso einen Zorn auf den Rosenberger haben, wenn der ihm altes Wild unterjubelt. Gesetzt den Fall, dass ich für den Mord an dem Jäger angeklagt werde, könnte das dem Windpassinger doch gerade recht sein.«

»Das kommt mir wie ein rechter Schmarrn vor, Fellinger. Deine Verhaftung erlaubt dem Windpassinger ja nicht automatisch, dass er sein Lokal wieder aufmachen darf. Und außerdem, auch wenn es vielleicht für ihn praktisch gewesen wäre, wie hätte er bewerkstelligen sollen, dass gerade du den Rosenberger abmurkst?«

»Können wir nicht zumindest sein Alibi überprüfen?«

»*Wir* können schon mal gar nix!«

Obwohl ich mich immer noch hundsmiserabel fühle, muss ich mich jetzt zu höchster Überzeugungskraft aufschwingen. Und vor allem an unsere seit Kindheitstagen bestehende Freundschaft appellieren.

»Solange der vom Dezernat für Gewaltdelikte noch nicht da ist, bleibt uns Zeit, ungehindert die Wahrheit ans Licht zu bringen, Sepp«, erkläre ich eindringlich. »Oder glaubst du wirklich, ich hätte den Rosenberger …«

Er beugt sich weit über den Tisch und sucht meinen Blick. »Fellinger, ich *möchte* es nicht glauben, aber ich hab schon so einiges erlebt in meinem Job. Und ich weiß auch, wie der Alkohol die Leute verändert ...«

Wieder muss ich auf den Tisch hauen. Was natürlich den Eindruck, den ich eigentlich erwecken will, untergräbt. Nämlich, dass ich ein beherrschter Mensch mit niedrigem Aggressionspotenzial bin. Also komme ich gleich zum Eingemachten. »Wie oft haben deine Kripokollegen schon danebengelegen, Lechner. Ich seh das schon vor mir. Die werfen einen Blick in den Untersuchungsbericht der KTU und denken sich, na prima, da haben sie ja bereits den Richtigen auf dem Revier, da können wir uns alle weiteren Fahndungsansätze sparen. So wird es laufen, das prophezeie ich dir. Ich bin so gut wie vorverurteilt!«

»Jetzt spinn hier nicht rum! Du tust gerade so, als hätte *ich* dich in diese Bredouille geritten«, faucht er zurück. »Egal, wie du es drehst und wendest, es muss zwischen dir und dem Rosenberger eine Auseinandersetzung gegeben haben. Die Spuren dahingehend sind eindeutig.«

»Aber ich war's nicht!«

»Dann sag mir, wer's war! Die Beweislage zeigt eindeutig, du warst am Tatort – also hast du vielleicht eine Beobachtung gemacht?«

Ich schweige, horche in mich hinein. Was er da sagt, beweist, dass ich mich in der Nacht im Pufferholz herumgetrieben habe. Aber nicht einmal daran erinnere ich mich. Ich meine, freiwillig geh ich sonst auch nicht in den Wald. Also, was wollte ich dort? Ich war da bestimmt nicht zum Waldbaden. Es soll ja auch ganz schön riskant sein, wenn man dieses Shinrin-Yoku ohne entsprechende Anleitung durch einen Waldtherapeuten macht.

Ja ja, die Menschheit wird immer narrischer, aber nicht mit mir! Ich versuche meine Gedanken wieder auf die vergangene Nacht zu fokussieren. Egal, wie oder warum ich dort war – habe ich tatsächlich einen Mord mit angesehen? Es ist ja nicht so, dass das eine beiläufige Begebenheit wäre, die man beobachtet und sogleich wieder vergisst. Einer derartigen Szene beizuwohnen, prägt doch vielmehr fürs Leben. Außer natürlich, das Unterbewusstsein entscheidet, dass die Erinnerung daran eine zu große psychische Belastung und deshalb aus Eigenschutz nicht mehr abrufbar ist …

»Vielleicht hast du mit dem Rosenberger gar nicht wegen dem vergammelten Rehfleisch gestritten«, drängt sich die Stimme vom Lechner in meine Überlegungen. Und dann sagt er etwas, das der Flugbahn der bisherigen Ereignisse eine spürbar andere Richtung verleiht. »Der Rosenberger war doch als ein rechter Weiberheld bekannt. Also, womöglich ging's zwischen euch beiden um eine Frau?«

DEKOLLETÉ

Dieser Satz löst etwas aus, auch wenn ich den Impuls nicht zu fassen kriege, weil nämlich in dem Moment die Tür aufgeht und die Polizeianwärterin Silke den Kopf hereinstreckt.

»Keine Störung!«, sagt der Lechner, wobei er fast knurrt. Aber die Silke ist diesen Umgangston offenbar gewohnt, weil sie nicht einmal blinzelt.

»Ich weiß, Chef, aber der von der Spusi ist da.«

»Soll reinkommen!«, rufe ich, als würde ich beim Pauli eine Halbe bestellen.

»Depp!«, raunzt mich der Lechner an und springt auf. Dabei schlägt er mit dem Oberschenkel gegen die Tischkante. Tapfer verbeißt er sich den Fluch und humpelt aus dem Verhörraum. Die Tür schlägt zu, und dann ist Ruhe. Die tut einerseits gut, weil ich immer noch extrem lärmempfindlich bin. Andererseits ist sie erdrückend, weil ich mich fühle wie in der Todeszelle. Obwohl es ja unmöglich ist, dass ich das nachempfinden kann, da ich noch nie in so was gesessen habe. Aber so ungefähr muss es sein.

Dann wälzt sich mein träges Gehirn zurück zum zentralen Thema. Der Rosenberger Horst, aufgespießt von einem Hirschgeweih. Mit meinen Fingerabdrücken drauf. Egal, wie oft ich mir die möglichen Szenarien, die diesem Mord vorausgingen, vorstelle, *ich* komm darin nicht vor. In keinem davon. Und überhaupt! Wo soll ich das Geweih hergehabt haben?

Praktischerweise hat der Lechner die Unterlagen liegen lassen. Ich dreh mich noch mal zur Tür, dann greife ich danach und schlage die Amtsmappe auf. *Vernehmungsbogen Berthold Fellinger, geboren 13. Juni 1974, ledig, wohnhaft Kirchgasse ... Beruf Lebensmittelkontrolleur ...*

Hygieneinspektor hätte besser geklungen. Die nächsten Blätter werden interessanter, wobei ... noch liest sich alles sehr wirr und in Stichpunkten. Tatortbeschreibung, ein erster Zustandsbericht über das Mordopfer mit Personalien, möglicher zeitlicher Ablauf des Tathergangs, Zeugenaussagen ohne Namen.

Wurde zuletzt mit einer Frau im Dirndl gesehen ...

Es juckt mich. Die Sonne fällt jetzt direkt durchs Fenster und zeichnet ein helles Rechteck auf den Verhörtisch, direkt neben der Fallakte. Wenn es bei mir juckt, dann ist da was dran ...

Und auf einmal spielt wieder die Blasmusik. Ich rieche Zigarettenqualm, Bierdunst und Grillhendl. Der orangefarbene Biertisch vor mir ist klebrig. Um mich herum wird geschunkelt. Mir ist nicht danach, und weil ich nicht mitmache, werde ich ständig angerempelt. Genervt und umständlich erhebe ich mich. Das ist immer so bei den Biertischgarnituren. Man kann nicht vernünftig aufstehen, bleibt immer irgendwie mit irgendwas hängen, muss die Leute neben und hinter sich anrempeln, bis man sich endlich rausgewunden hat. Als es endlich so weit ist und ich einigermaßen aufrecht stehe, schlängle ich mich durch das Getümmel und verlasse leicht schwankend die Gerätehalle. Wenn es heute Nacht irgendwo brennt, rückt keiner aus, denke ich noch auf meinem Weg zum Toilettenwagen. Da steht sie plötzlich vor mir. Sie lächelt kokett. Mein Blick rutscht von ihren Augen ab und fällt in ihren Ausschnitt, den das Dirndlmieder erstklassig in Szene setzt.

»Servus, Fellinger«, haucht sie.

»Servus …«, sage ich. Ich kenne sie, aber leider verwässert mir das Bier den Verstand. Nachdem der Tag heute so sommerlich war, ist es zu dieser späten Stunde herbstlich kühl geworden. Auch ihr sieht man das an. Zwar hat sie keine Gänsehaut, aber irgendwas ist an ihr, das …

»Gibst einen aus?«

»Einen was?«, frage ich. Eigentlich wollte ich zum Biesln, und es drückt auch ziemlich. Aber ich verzwick's mir, weil sie schon die Bar ansteuert.

»Schauma mal, was sie noch haben!«, höre ich sie sagen. Ihr Dirndl macht auch einen prima Hintern. Das gelockte Haar fällt ihr weit in den Rücken. Bei genau diesem rotblonden Ton tu ich mich immer am schwersten zu widerstehen. Vor allem, wo ich doch gerade jetzt standhaft bleiben sollte …

Irgendwo schlägt jemand eine Tür zu, und ich hocke wieder im Verhörraum. Das Hämmern in meinen Schläfen hat sich in ein permanentes Stechen verwandelt. Ich nehme noch eine Tablette, dann beschäftige ich mich wieder mit dem vergangenen Abend. Eine Frau, die für mich Grund genug sein könnte, jemanden umzubringen … und ein rückwirkendes Jucken, das darauf hindeutet. Was war da gestern bloß los in der Gerätehalle der Feuerwehr? Neben Unmengen Bier gab

52

es viel Weiblichkeit, keine Frage. Und das Wetter war tagsüber sehr danach, dass die Damen ein letztes Mal ihre Dirndl tragen konnten, die betont luftigen, welche das Holz vor der Hütt'n besonders zur Geltung bringen. Nur welches dieser Dekolletés hat meine Aufmerksamkeit dermaßen auf sich gezogen? Eigentlich dürfte ich keinen Blick mehr für anderer Frauen Brüste haben, jetzt da mein Verhältnis zur Höllmüllerin so innig geworden ist. Auch wenn wir es bislang vermieden haben, es eine Beziehung zu nennen. Wir verbringen Zeit miteinander, und das nicht wenig. Es gefällt mir, neben ihr aufzuwachen und gemeinsam zu frühstücken. So weit sind wir schon, und wegen mir kann es gerne so weitergehen. Weshalb ich eigentlich, so frisch verliebt, wie ich mich derzeit fühle, auch keinen Bedarf sehe, mich nach anderen Frauen umzudrehen. Wobei natürlich ein Feuerwehrfest, ähnlich wie ein Faschingsball, schon auch eine gewisse Ausnahme sein kann. Trotzdem, die Sache hört sich nicht sehr rund für mich an, selbst wenn ich für die Dame an der Bar einen Drink habe springen lassen. Da ist ja auch nix dabei.

Wer warst du, schöne Maid? Leider ist es ja nicht nur der Name, der mir nicht einfällt; irgendwie habe ich nur einen Busen vor mir, aber kein Gesicht dazu. Ich schäme mich beinahe über mich selbst, dass mein Erinnerungsvermögen diese Frau so auf ihre Körperlichkeit reduziert. War diese adrette Erscheinung wirklich der Anlass für einen Streit zwischen mir und dem Rosenberger? Was freilich nix Ungewöhnliches wäre in unserer grobschlächtigen Männergesellschaft. Allerdings bin ich für gewöhnlich Pazifist.

Klar, gelegentlich streite ich mich auch. Es gehört zur niederbayerischen Kultur, dass man mal etwas lauter wird, und

sich Beschimpfungen an den Kopf wirft, für die in anderen Regionen bereits eine juristische Klage zu erwarten wäre.
Aber ich werde nicht handgreiflich.

Andererseits ist da dieses unterschwellige Gefühl, dass da
doch was dran sein könnte. Vor allem auch, weil es mich immer noch juckt. Zwischen den Schulterblättern, genau dort,
wo ich nur hinkomme, wenn ich mich schmerzhaft verrenke.
Was ich heute tunlichst unterlasse. Auf jede unbedachte Bewegung folgt nach wie vor ein Schwindel, der sich am Ende
seiner Verwindung auf den Magen auswirkt. Also ertrage ich
das Jucken, denn es bedeutet schließlich auch, dass meine
Sinne langsam wieder erwachen.

Für gewöhnlich kündigt das Jucken ja etwas an, ist so gesehen ein in die Zukunft und nicht in die Vergangenheit
gerichtetes Orakel. Was sich auf diese unangenehme Weise
ankündigt, ist auch immer irgendwie mit Gefahr verbunden, weshalb ich es seit jeher das Unheil-Jucken nenne. Und
durchaus als eine Art Talent sehe. Ich vermag Verdächtiges
vorauszuahnen, und das ist eine Gabe, die ich seit frühester
Kindheit mit mir herumtrage. Meine Superkraft, wenn man
so will. Und etwas, mit dem man durchaus angeben könnte.
Vorausgesetzt man hat keine Hemmungen, sich zu blamieren,
weil es ja schließlich nicht beweisbar ist. Deshalb behalte ich
diese Fähigkeit für mich wie jeder aufrechte Vigilant. Genau
wie den Umstand, dass der Auslöser für den Juckreiz nicht
zwingend offensichtlich ist. So wie jetzt gerade.

Ich schrecke hoch, als der Lechner die Tür aufreißt. Flugs
raffe ich die Papiere zusammen und schiebe die Mappe zurück. Leider rutscht dabei eines der Blätter zu Boden. Der
Lechner schaut auf sein Handy statt zu mir und bekommt

die Aktion nicht mit. Leise stelle ich den Fuß auf das Blatt und schiebe es unter den Tisch.

»Gib mir deinen Schlüssel!«, verlangt er unwirsch, als er endlich den Blick zu mir hebt. »Die Spusi ist am Tatort fertig und muss jetzt in deine Wohnung.«

Im ersten Moment will ich mich weigern und laut brüllend meinen Unmut über die Stasimethoden unseres vermeintlichen Rechtsstaats loswerden, aber durch einen übermenschlichen Akt der Selbstbeherrschung schaffe ich es, ruhig zu bleiben. Obwohl mir der Gedanke höchst zuwider ist, dass fremde Leute meine Unterhosenschublade durchwühlen, kann die Durchsuchung ja nur zu meinen Gunsten ausfallen. Es ist quasi unmöglich, dass die Spurensicherer irgendetwas finden, was mich zusätzlich belasten könnte. Mit versteinerter Miene ziehe ich den Schlüssel aus meiner Hosentasche.

»Wenn sie schon dabei sind, könnten sie gleich staubsaugen«, knurre ich und reiche dem Lechner den Schlüsselbund. »Und der Bügelkorb steht neben dem Schrank!«

Kopfschüttelnd greift er sich den Schlüssel und die Beweissicherungstüte, in der meine Jacke steckt.

»Wo willst du jetzt damit hin?«

»Stell dich nicht so dumm, die braucht der Kollege von der Spusi für die forensische Untersuchung.«

»Ja, und ich, soll ich frieren oder was?«

»Depp!«, raunzt er erneut, dann ist er fort. Doch diesmal lässt er mich nicht lang allein, sondern haut sich bereits nach einer halben Minute wieder schwungvoll auf den Stuhl mir gegenüber.

»Wer hat den Rosenberger eigentlich gefunden?«, komme ich ihm mit einer Frage zuvor.

»Ein anderer Jäger. Heute Morgen gegen halb sieben. Der hat sofort die Rettung verständigt, aber die konnten nur noch den Tod feststellen.«

»Und der Todeszeitpunkt?«

»Steht noch nicht genau fest, aber als der Notarzt eintraf, war der Rosenberger schon ungefähr zwei Stunden tot.«

Ich finde es immer noch unwahrscheinlich, dass ich um vier, fünf Uhr in der Früh durch den Wald geschlichen bin, so betrunken wie ich um die Zeit gewesen sein muss. Und der Rosenberger? Wieso war der überhaupt in dieser Herrgottsfrüh schon auf der Pirsch? »Da passt doch nix zusammen!«, sage ich. »Was ist mit dem Windpassinger?«

»Der Windpassinger hat ein einwandfreies Alibi für die Tatzeit«, verkündet der Lechner. »Und zwar hat der zusammen mit den Feuerwehrlern, die noch einigermaßen nüchtern waren, bis heute Früh die Halle aufgeräumt. Das hat mir eben der Hansi berichtet.«

Der Hansi ist unser Feuerwehrkommandant und wird in seiner Vorbildfunktion vermutlich nicht allzu betrunken gewesen sein, weshalb er nach dem Fest auch den Räumtrupp befehligen konnte. Und der Sonnenwirt? Wenn das Alibi stimmt, wirft mich das erneut einen Schritt zurück. Oder besser gesagt, die Masse an Verdächtigen reduziert sich wieder auf mich. Himmelherrgott! Ich benötigte schlichtweg mehr Informationen. »Was sagt die Spusi sonst noch so?«

Der Lechner schaut mich an, als hätte er das Fernlicht eingeschaltet.

»Spurenauswertung um den Tatort herum«, helfe ich ihm.

»Ich weiß schon, worauf du hinauswillst, aber ich kann dir darüber keine Auskunft geben.«

Dir, dem Hauptverdächtigen, das lag ihm hundertprozentig noch auf der Zunge. Mir wird klar, es wäre von Grund auf falsch, jetzt erneut die Kompetenz des bayerischen Polizeiapparates infrage zu stellen. Und obwohl ich nicht wirklich viel von den ermittlerischen Fähigkeiten unserer Dorfpolizei halte, wäre das ein falsches Signal, deshalb beiße ich mir auf die Zunge. Ich muss das sensibler angehen. »Aber Sepp, du hast doch vorhin selber verlauten lassen, dass es recht hilfreich wäre, wenn meine Erinnerung bald zurückkehrt. Meinst du nicht, dass mir da jedes Detail helfen könnte?«

Der Lechner stößt einen tiefen Seufzer aus. »Das Geweih ist definitiv nicht frisch, das hing schon ein Zeitl im Freien. Hilft dir das?«

Hilft mir das? »Und wo genau das Geweih abgehangen ist, das weißt du jetzt nicht zufällig?«, frage ich. Im nächsten Moment fällt mein Blick auf die Zeugenaussage unterm Tisch, auf der ich immer noch meinen Fuß habe. Ich bin mir nicht sicher, was ich da lese, aber es reicht, um mich ungeachtet der Konsequenzen danach zu bücken.

»Eha!«, sagt der Lechner.

»Eha!«, bestätige ich und lege den Ausdruck zwischen uns. »Auch du, Brutus?«

»Kreizkruzifix, musst du überall deine Nase reinstecken!«, faucht der Lechner. »Das sind vertrauliche Akten.«

»Vertraulich, vertraulich!«, spotte ich. »Es geht um mich, was soll daran vertraulich sein?« Ich mustere ihn finster. »Und du nennst dich einen Freund. Ich fühl mich hintergangen.«

»Ich hab nur zu Protokoll gegeben, was ich beobachtet habe. Dem wär ich eh nicht ausgekommen. Hätte ich nix gesagt, hätte man mir das als Befangenheit auslegen können,

und dann würdest du hier jetzt vielleicht mit dem Kronawitter sitzen. Oder schon in der Arrestzelle. So schaut's aus,
mein Lieber!«

Meine Gedanken rasen. Erneut überfliege ich die Zeugenaussage. Der Polizeihauptmeister Josef Lechner gibt zu Protokoll, einen Streit zwischen dem Tatopfer Horst Rosenberger
und dem Tatverdächtigen Berthold Fellinger beobachtet zu
haben. Die Uhrzeit ist mit circa 21:30 Uhr angegeben. Das
lautstarke Aufeinandertreffen erfolgte während des Feuer-
wehrfestes, beim eigens dafür eingerichteten Spirituosenausschank im hinteren Teil der Gerätehalle. Aufgrund der vorherrschenden Lautstärke und des räumlichen Abstands kann
der Zeuge keine konkreten Aussagen zum Inhalt machen, hat
aber deutlich eine verbale Auseinandersetzung erkannt, die in
einem kurzen Gerangel endete. Danach verließ Horst Rosenberger die Veranstaltung.

OBSTLER

»Warum hast du mir das nicht von vornherein gesagt?«

»Ich wollt, dass du selber dahinterkommst!«

»Halb zehn«, murmele ich. Die Verzweiflung nagt an mir, und meine Zuversicht erodiert wie die vom Taubenkot zerfressenen, aus Sandstein gemeißelten Heiligenstatuen und Wasserspeier an der Außenfassade des Passauer Stephansdom. Wieder schließe ich die Augen. Von weither …

… spielt die Blasmusik. Ich rieche den Bratenduft der sich im Grillwagen drehenden Schweinshaxen, den Bierdunst, der unter der hohen Decke der Feuerwehrhalle wabert. Außerdem rieche ich ein blumiges Parfüm, mit Rose und Jasmin als Kopfnote. Vor mir auf der provisorischen Bar steht ein randvoll eingeschenktes Stamperl Obstler. Nein, da stehen zwei, dazu einige leere Schnapsgläser. Und neben mir lehnt die Dirndlfrau am Tresen und lacht in Vorfreude auf den nächsten Obstbrand oder auf das, was danach kommen mag. Ich lache mit. Meine Knie sind weich, diesmal beide, weshalb der Zustand nicht auf meine ausgeprägte Chondropathia patellae, den Knorpelschaden an meiner Kniescheibe, zurückzuführen ist. Da geht noch was, denke ich, während wir uns zuprosten. Zum Trinken komme ich nicht mehr, weil mich just in diesem Moment jemand an der Schulter packt.

Ich drehe mich nach dem Störenfried um, das Schnapsglas an der Unterlippe. Vor mir steht der Rosenberger und zieht eine Lätschn.

»Ich hab dem Windpassinger ganz g'wiss kein vergammeltes Rehfleisch geliefert«, schreit er gegen die Musik an. »Der soll mal lieber's Maul halten, wenn er schlechtes Fleisch von einem elendigen Wilderer einkauft. Und außerdem wär es besser, du mischst dich nicht in anderer Leut Angelegenheiten!«

»Dienst ist Dienst!«, schreie ich zurück und muss mich beherrschen, dass ich ihm nicht frech ins Gesicht grinse.

»Ich mein nicht deinen Hygienescheißdreck«, knurrt er und deutet mit seinem vorspringenden Kinn über meine Schulter. Ich muss mich nicht umwenden, um zu wissen, was er meint. Wir sind annähernd gleich groß, aber seine Schulterpartie ist deutlich breiter und seine Oberarme sind prall wie wasserführende Feuerwehrschläuche. Vermutlich ist er auch drei, vier Jahre jünger als ich. Aber das macht mir nichts aus. In dem, was ich bisher so getrunken habe, war ordentlich viel Mut hineingemischt, und der schwemmt nun an die Oberfläche.

»Der Herr Oberjäger meint wohl, er hätt Anspruch auf jedes Reh im Forst«, frotzle ich. »Aber heut schieß ich amal zuerst.«

Seine Fäuste schnellen nach vorne, und seine Jägerpranken krallen sich in mein Hemd, ehe bei mir irgendein Reflex einsetzen kann. Ich werde durchgeschüttelt.

»He!«, sagt der Lechner. »Bist wieder eingeschlafen?«
»Himmelherrschaft«, zische ich. »Wie soll ich da weiter-

kommen, wenn du mich ständig aus meiner Rückbesinnung reißt? Jetzt war ich so nah dran, den Rosenberger auszuquetschen ...«

Vom Vollbart umrahmte Verständnislosigkeit leuchtet mir aus dem Gesicht vom Lechner entgegen. Dann dackelt der Kronawitter herein, ohne anzuklopfen. Er achtet darauf, mich nur aus den Augenwinkeln zu betrachten, als könnte er zu Stein erstarrten, wenn er mich direkt anschaut – oder sich anstecken und ebenfalls kriminell werden. Er reicht seinem Chef einen Zettel und trollt sich wieder.

»Da schau her!«, sagt der Polizeihauptmeister und starrt hinunter auf das Stück Papier.

WOLLWUZERL

Ich würde ja auch gerne draufschauen, auf den Zettel, aber er lässt mich nicht. Ich bin sein Hauptverdächtiger in einem Mordfall und erst danach ein Freund. Und sofern das *Da schau her* einem weiteren, mich belastenden Indiz galt, dann wird der Duft der nahen Freiheit nun doch merklich schaler.

»Ich muss mal weg, was überprüfen«, lässt er mich wissen, ohne mich anzusehen.

»Könnte ich dir da nicht helfen, beim Überprüfen?«, frage ich vorsichtig. Er mustert mich, und für eine Sekunde keimt in mir die Hoffnung, er könnte meinem Vorschlag zustimmen.

»Kennst du den Roßhauptner Albin?«, fragt er stattdessen.

»Der, der mal für die Ökoaktivisten kandidiert hat?«

»Ziemlich genau der.«

»Das ist doch so ein militanter Veganer«, sinniere ich. »Der wäre eigentlich genau der Richtige, um einen Jäger ums Eck zu bringen.«

Prompt steht der Lechner auf und marschiert zur Tür.

Ich starre ihm ungläubig hinterher. »Lässt du mich jetzt hier sitzen, mit diesen halbgaren Informationen, oder was?«

Der Herr Wachtmeister tut so, als ob er meinen Einwand nicht hört, und schließt die Tür hinter sich. Wieder allein, fällt mir auf, dass meine Blase drückt. Also stehe ich ebenfalls auf und gehe zur Tür. Verschlossen. Sacklzement! Wenn ich jetzt klopfe, kommt bestimmt der Kronawitter – falls sich überhaupt jemand für mich zuständig fühlt, solange der Lechner was überprüft. Und wenn ich eins nicht will, dann aufs Klo zu gehen, während einer wie der Kronawitter davor Wache schiebt. Um mich von meinem Harndrang abzulenken, rufe ich mir in Erinnerung, was ich vom Roßhauptner Albin weiß. Der war mit mir auf dem Gymnasium, so ein, zwei Klassen über mir, und hat damals schon ausschließlich handgestrickte Pullover aus unbehandelter Schafwolle getragen. Diese Pullover, die bei unsachgemäßer Behandlung relativ schnell dem äußeren Anschein nach nur noch aus Wollwuzerln bestehen und damit stark den Eindruck von Ungepflegtheit vermitteln. Was auf den Albin ohne Frage von jeher zutrifft. Das hat man vor allem an den langen Haaren gesehen, die er sich bis runter zum Arsch hat wachsen lassen, ohne sie dabei mit der Regelmäßigkeit zu waschen, die so eine verwegene Frisur benötigt. Der Albin war einer, der immer bis zuletzt übrig geblieben ist, wenn es darum ging, im Schulsport Mannschaften zu bilden. Heutzutage würde man sagen, er war ein Nerd; damals haben wir ihn halt einen Grattler genannt – und das ist er auch noch heute. Wobei ich sagen muss, dass ich den Albin schon ewig nicht mehr gesehen habe. Das liegt in erster Linie daran, dass er in kein Wirtshaus geht, weil es bei uns halt keines gibt, das ausschließlich mit tierfreien Produkten arbeitet. Außerdem fährt der Albin nur Fahrrad, und da kommt man hier in der Gegend nicht so weit, weil es irgendwann immer den Berg hoch geht – und zwar steil.

Auf einen steilen Aufstieg hat der Roßhauptner übrigens bei der letzten Landtagswahl gehofft, als er für die BÖP, die

Bayerische Ökopartei kandidiert hat. Ich erinnere mich, dass er mehrfach am Marktbrunnen gestanden hat, um Anhänger für seine Überzeugung zu werben. Dabei hat er natürlich keine Luftballons oder Papierfähnchen verteilt, sondern selbstgemachte Kuckuckspfeifen aus Holunderzweigen, mit denen du heutzutage nicht mal mehr den Kindergartenkindern eine Freude machst. Nach der Wahlschlappe ist er meines Wissens völlig abgetaucht und agiert jetzt aus dem Untergrund heraus, wie echte Aktivisten das halt so tun. Ab und an dringt er mit seinem Ökobataillon bei Nacht und Nebel in die Stallungen eines Schweine- oder Hühnerzüchters ein und dokumentiert die widrigen Haltungszustände. Die verwackelten, unscharfen und unterbelichteten Filmchen kann man dann auf YouTube anschauen. Nun, offenbar hat der Albin auch die Jäger im Visier. Ist ja auch naheliegend. Ich kann ihn mir gut vorstellen, wie er in seinen Schafwoll-Tarnpullover gehüllt – wie der Predator perfekt mit der Umgebung verschmolzen – unterm Hochsitz hockt oder aus dem nahen Unterholz heraus dem Rosenberger seine Abschüsse vergällt. Indem er, kaum dass der Bock die Lichtung betritt und seinen Spiegel präsentiert, wild in sein selbst geschnitztes Pfeiferl bläst. Ja, keine Frage, das kann zu unschönen Szenen unterm Unterstand führen. Szenen, die sich nach und nach hochgeschaukelt haben und letztlich in der vergangenen Nacht zum Eklat führten. Das Hirschgeweih als Tatwaffe, das hat für so einen militanten Tierschützer wie dem Albin gewiss eine starke Symbolkraft. Der Roßhauptner Albin gegen den Rosenberger Horst. Ist das meine Entlastung?

Der Lechner kommt zurück, und ich erwarte eigentlich eine Entschuldigung und die sofortige Rehabilitierung meiner Person vor der gesamten Belegschaft. *Es tut mir sakrisch leid. Wie du richtig vermutet hast, haben wir uns in unseren Ermittlungen verrannt und lagen, was dich betrifft, natürlich völlig falsch. Bist du mit einem Geschenkkorb als Entschädigung einverstanden?*

»Der Kronawitter kümmert sich drum«, verkündet der Lechner stattdessen und hockt sich hin.

»Wie jetzt?«, frage ich aufgebracht. »Ich möchte dir ja jetzt nicht häretisch kommen, aber ausgerechnet deinen unfähigsten Beamten betraust du mit dieser eminent wichtigen Mission, die meine Unschuld belegen wird?«

»Wir bestellen den Roßhauptner zum Verhör«, ergänzt er in aller Seelenruhe, so als hätte er meinen Einwand gar nicht vernommen.

»Ja, schön«, sage ich, da es mir momentan überhaupt nicht guttut, mich noch mehr aufzuregen. So gelassen wie irgend möglich frage ich: »Und was machen wir derweil?«

Der Lechner schaut auf die Uhr und zuckt dann nichtssagend mit den Schultern.

Da kann ich mich nicht mehr zurückhalten. »Du willst sagen, wir vertrödeln hier absichtlich wertvolle Zeit?«, schreie ich und springe auf.

POLIZEIGRIFF

Ich hätte nicht gedacht, dass der Polizeitrupp bei uns im Ort sich als homogene Masse so schnell und effektiv bewegen kann. Jedenfalls drängen sie zu dritt in den kleinen Raum, und ich bin innerhalb von Sekunden umstellt. Irgendwo muss wohl doch eine Kamera installiert sein, die meine Reaktion im Verhörzimmer nach draußen trägt. Für den Bruchteil einer Sekunde stelle ich mir vor, wie sie auf dem Fußballplatz eine Großleinwand aufgebaut haben, vor der sie allesamt hocken und mein Gespräch mit dem Lechner verfolgen, während sie Grillwürste und Pommes in sich reinschaufeln und einer der ansässigen Wirte aus einem mobilen Bierausschank heraus das Geschäft seines Lebens macht. Jemand packt meinen rechten Arm, verdreht ihn schmerzhaft nach hinten und drückt meinen Oberkörper auf die Tischplatte. Es ist der Raik, das weiß ich, auch wenn ich ihn nicht sehen kann. Man spürt da einfach noch die Volkspolizei-Veranlagung, die er aus seiner Heimat mitgebracht hat, auch wenn er die DDR selbst kaum mehr erlebt haben dürfte. Die leer getrunkene Wasserflasche kippt um und rollt an meiner Nase vorbei zur Tischkante, wo sie nahtlos von der Silke aufgefangen wird. Übernervös scharren sie mit ihren grobstolligen Sohlen über den mausgrauen PVC-Boden, als hätten sie einen islamistischen Terrorverdächtigen in Gewahrsam.

»Spinnts jetzt komplett, oder was?«, quetsche ich atemlos heraus.

Aus dem Augenwinkel sehe ich, wie der Lechner beschwichtigend die Hände hebt, als würde er mit einem Geiselnehmer verhandeln. »Jetzt beruhig dich wieder, es wird sich schon alles fügen.«

»Nicht solange wir hier dumm rumsitzen.«

Danach sagt erst mal keiner was, und es ist fast unheimlich, wie still fünf Leute in einem so engen Raum sein können.

»Meinst, er könnt mich mal wieder loslassen?«, frage ich schließlich, weil sich der Schmerz im Rücken allmählich zu einem Krampf auswächst.

»Raik!«, brummt der Lechner.

Es ist dem Angesprochenen zuwider, das merke ich an seinem Zögern. Nicht einmal der Kronawitter hätte sich so viel Zeit gelassen, bis er dem Befehl vom Chef Folge leistet.

»Sischer, dass isch ihn nisch bessr in die Zelle bringe?«

Vermutlich schüttelt der Lechner seinen Kopf, denn endlich löst sich der Polizeigriff, und meine Muskulatur kann sich entspannen. Erschöpft bleibe ich auf dem Tisch liegen. Ich behalte für mich, dass ich gegen diese Polizeigewalt gerichtlich vorgehen werde, und versuche auch sonst meine Wut zu zügeln. Wenn sich schon alle so kindisch benehmen, muss ich derjenige sein, der sich einen Rest an Vernunft bewahrt.

»Raus mit euch jetzt!«, befiehlt der Lechner unverhofft. »Ich hab das hier unter Kontrolle.«

Sein Schlägertrupp zerstreut sich nur langsam. Vielleicht ist es ja gerade ihre Verunsicherung – weil sie innerlich wissen, ich bin der Falsche , die sie so irrational handeln lässt. Mühevoll richte ich mich auf und lasse mich auf den Stuhl fallen. »Es muss jetzt endlich was passieren!«, fordere ich, nachdem wir wieder allein sind. »Schließlich gibt's einen Grund, warum du mich nicht unverzüglich in die Zelle gesteckt hast. Weil du mir … weil du uns die Gelegenheit geben willst, die Sache aufzuklären, bevor der Kriminalist aus Passau eintrifft. Also lass uns das jetzt endlich angehen. Im Anschluss geb ich beim Pauli einen aus …« Ich halte inne, weil mich in diesem Moment ein Geistesblitz trifft.

Der Rosenberger packt mich am Hemd!

»Hör mal, als der Rosenberger mich auf dem Feuerwehrfest durchgeschüttelt hat, da hatte ich meine Jacke gar nicht mehr an«, überlege ich laut. »Wenn ich also da bereits ohne Jacke war, könnte die doch zu diesem Zeitpunkt schon jemand an sich genommen haben, um sie für seine Zwecke zu missbrauchen. War im Portemonnaie noch alles drin?«

Er schaut in seinen Aufschrieb. »Vierzig Euro in Scheinen, Kleingeld, Bank- und Kreditkarte, Führerschein, Perso, Versicherungskarte …«

»Was ist mit dem Dienstausweis?«

»Ist hier nicht aufgelistet.«

»Zefix!«

»Liegt vielleicht bei dir daheim rum?«

Könnte sein, sicher bin ich mir nicht. Aber wer fängt schon was mit einem Dienstausweis von der Lebensmittelkontrolle an? Zumal alles andere noch drinsteckt im Geldbeutel, einschließlich der Moneten.

»Wenn deine Jacke weg gewesen wär, wär auch dein Geld weg gewesen, denn das Portemonnaie steckte ja da drin. Wie also hättest du dann beim Fest dein Bier bezahlt?«, spekuliert der Lechner und unterbricht damit meine Gedanken.

»Vielleicht bin ich ausgehalten worden?«

»Von wem denn, bitteschön?«

Ja, von wem? Das muss unbedingt geklärt werden. »Du hast doch meinen angeblichen Streit mit dem Rosenberger auf dem Feuerwehrfest beobachtet. Wer stand denn da noch dabei?«

Der Lechner streicht sich über den Vollbart. »Mei, da war so ein Gedränge, da waren einige Leut um euch rum.«

»Hm.« Ich grübele einen Augenblick lang vor mich hin. »Wer hat eigentlich die Bar gemacht?«

»Der Friedl, wie immer halt.«

Demnach müsste der Friedl, der Gerätemeister der Feuerwehr, wissen, mit welcher adretten Dame ich da gezecht habe. Immer noch fällt es mir schwer, meine Gedanken zusammenzuhalten, vor allem wenn es darum geht, sie zu vertiefen. Jedenfalls schaut es so aus, als müssten wir uns mit einigen Leuten unterhalten, um meine Erinnerungslücken zu stopfen. Da allerdings die Zeit knapp ist, kommt es sehr darauf an, die optimale Reihenfolge zu finden. »Hast du schon mit der Frau vom Rosenberger gesprochen?«

»Selbstverständlich haben wir die Angehörige informiert.«

»Ich rede nicht von Beileidsbekundungen, sondern von einem Verhör!«

Jetzt schaut er mich wieder an, wie wenn ich vom Beteigeuze komme. »Du bist mir was schuldig, nach der Aktion deiner Kollegen vorhin. Also lass uns endlich anfangen!«

VOGELSCHEUCHE

Es ist mir ein Rätsel, warum er zustimmt, und vermutlich kann er es selbst genauso wenig erklären. Auf lange Sicht betrachtet, hat mir der Sepp letztlich noch nie etwas ausschlagen können. Insgeheim weiß er nämlich, dass ich recht habe, und natürlich auch, dass ich das mit dem Rosenberger nicht war.

»Hinten raus!«, knurrt er. »Sonst muss ich dir Handschellen anlegen.«

Er sagt den Kollegen nicht extra Bescheid, obwohl ich sicher bin, dass sie es mitkriegen. Dennoch, im Flur stellt sich uns keiner in den Weg. Unbehelligt gelangen wir in den Hof, in dem der gesammelte Fuhrpark steht. Dort ist es zu grell für meinen geschädigten Organismus, und ich wünsche mir zuallererst eine Sonnenbrille. Der Schmerz geht über den Sehnerv direkt ins Gehirn. Mit zusammengekniffenen Augen erkenne ich schemenhaft die aufgereihten Einsatzfahrzeuge. Und – aufgrund ihrer eher kleinen Statur – die Silke, die zum Rauchen draußen steht.

»Konfrontation mit dem Tatort«, erklärt der Lechner im Vorbeigehen und bevor sie überhaupt eine Frage stellt. Danach schiebt er mich ein wenig harsch in die von ihm eingeschlagene Richtung, wie um zu betonen, dass er mich voll im Griff hat.

»Nur ihr zwei?«, will die Polizeianwärterin wissen.

»Nur wir zwei!«, bestätigt der Lechner, und schon sitzen wir in dem silbergrauen VW Passat, den er auch privat benutzt. »Das kostet mich meinen Job«, lamentiert er, bevor er den Motor startet.

Ich klappe die Sonnenblende runter, aber das nutzt überhaupt nix. Mit einem elendigen Beißen in den Augen bekomme ich mit, wie wir am Friedhof vorbei und dann über die Umgehungsstraße immer weiter den Berg hochfahren, bis kurz vor dem Wald rechts eine Straße abzweigt. Erst im Schatten der hohen Kiefern und Fichten, die sich hier den Hang hinauf in den weißblauen Himmel türmen, sehe ich endlich wieder klarer. Hier oben wohnt er also, der Rosenberger. Oder hat er gewohnt. Mit bestem Blick über den Ort und das Umland. Unser Beverly Hills sozusagen. Der Rosenberger wird nicht nur Jäger gewesen sein, wenn er sich diese exklusive Wohnlage leisten konnte. Vorsorglich fährt der Lechner erst einmal die Sackgasse ganz hoch und bis zur Wendeplatte. Dort hält er an und stellt den Motor ab. Wie es scheint, bleiben wir vorerst sitzen.

»Gleich das Erste auf der rechten Seite«, sagt er.

Moderner Landhausstil, helle, naturbelassene Holzverkleidung. Ausladender Balkon zur Talseite hin. Der Garten terrassenförmig in den Hang gelegt; die spätsommerliche Flora ist am Verblühen, das Zurückschneiden aber noch nicht zwingend. Alles schaut sehr aufgeräumt aus. Was mir hier fehlt, sind die Jagdtrophäen, egal, ob Geweihe oder der Taxidermie anheimgefallene Objekte. Es schaut fast so aus, als würde seine Frau keine ausgestopften Viecher am und ums Haus herum mögen. Vermutlich ist sie die Vermögende in dieser Lebensgemeinschaft und folglich auch die, die das Sagen hat.

Wir sitzen immer noch da.

»Das Geld hat seine Frau mit in die Ehe gebracht«, erklärt der Lechner, als hätte er meine Gedanken gelesen.

»Kein Grund also für sie, ihren Alten um die Ecke zu bringen. Zumindest nicht, was das Finanzielle angeht«, überlege ich laut.

»Es war keine Frau. Meint zumindest der Leichenbeschauer. Es braucht viel Kraft, um jemanden ein Geweih in den Unterleib zu rammen.«

»Das kann also nur ein Mann?«

»Mutmaßlich.«

»Ein kräftiger, entschlossener Mann, der zielsicher zustößt. Also keinesfalls einer, der besoffen ist.«

»Fellinger, Fellinger«, seufzt der Lechner und macht die Autotür auf. Endlich steigen wir aus. Mit ausreichend Abstand zueinander gehen wir auf das Haus der Rosenbergers zu. Nichts deutet darauf hin, dass hier Trauer herrscht. Freilich ist es zu hell, um zu erkennen, ob eine Kerze in einem der Fenster steht.

Der Lechner muss gar nicht klingeln. Die Tür wird aufgerissen, da sind wir noch nicht einmal durchs Gartentor.

»Mit dem Mörder traust du dich hierher!«, schreit jemand aus dem lichtarmen Hausflur heraus. Ein Schatten schält sich aus dem Zwielicht. Ein Schatten ganz in Schwarz, mit einem sehr blassen Gesicht, so blass, dass nicht einmal die Wimpern und Augenbrauen irgendeine Farbe haben. Allenfalls die Augen, hellgrün und rot gerändert, was einen leicht alarmierenden Kontrast schafft. Das lichtblonde Haar hat die

Rosenberger Sabine straff nach hinten gebunden, was ihre hohe, kalkweise Stirn noch höher erscheinen lässt. Schwarz macht schlank, heißt es ja bekanntlich, aber das Kostüm, das sie trägt, erfüllt dieses Versprechen nicht. Ich stelle mir den stattlichen Rosenberger in seiner Jägermontur und den Kniebundhosen neben ihr vor und konstatiere für mich: Vom Outfit her hat das nicht gepasst. Von der Körpergröße her hingegen schon. Die Rosenbergerin ist nämlich ein mächtiges Weib, das dem Lechner und mir beinahe auf Augenhöhe begegnet.

»Noch ist nichts bewiesen«, erklärt der Lechner neben mir.

»Und trotzdem möchte ich den da nicht sehen, diesen ...« Mit was sie mich beschimpfen will, schluckt sie runter.

»Sofern ich ihn zurück ins Auto schicke, wären Sie dann bereit, mir ein paar Fragen zu beantworten?«

»Fragen, Fragen!«, zetert sie. Eine trauernde Witwe, die alles andere als zerbrechlich daherkommt.

»Es ist immens wichtig, dass wir recht schnell den Tagesablauf Ihres Gatten rekonstruieren, um verstehen zu können, wie es zu dem tragischen Zwischenfall hat kommen können«, versucht es der Lechner, ganz nach Lehrbuch.

Doch damit beißt er bei ihr auf Granit. »Zwischenfall! Ein Zwischenfall war's also für euch!«, schreit sie und schlägt die Tür zu.

»So kommen wir nicht weiter«, stelle ich betroffen fest. »Gibt es Kinder? Wohnt die Oma mit im Haus?«

»Fellinger, halt endlich amal das Maul!« Nun brüllt auch der Lechner.

»Die Rosenbergerin«, intoniert jemand in unserem Rücken. Wir drehen uns gleichzeitig um. Auf der anderen

Straßenseite steht eine Vogelscheuche mit einem Gartenrechen in der Hand.

»Ja?«, sage ich. »Die Rosenbergerin …?« Auf eine Art, die der Vogelscheuche unterschwellig vermittelt, sie kann ihren nächsten Gedanken über die Nachbarin gerne laut äußern. Damit sie es nicht ganz so laut tun muss, gehen wir der dürren Frau entgegen. Ich komm jetzt nicht auf den Namen, aber gesehen habe ich sie schon ab und an, vorzugsweise auf dem Friedhof, mit einer Gießkanne statt eines Rechens in der gichtigen Kralle.

»Jetzt tut sie so, dabei ist sie doch froh, dass sie den Haderlump endlich los ist.«

»Aha!«, sage ich nur und packe den Lechner am Arm, damit er ihr nicht dreinredet. Ich ahne, dass es jetzt erst so richtig interessant wird.

»Freilich aha! Ein rechter Weiberer war er, der Horst. Und ihr Geld hat er verprasst, eben mit den Weibern, von denen er seine Finger nicht hat lassen können. Und alle haben's g'wusst, da braucht sie sich jetzt gar nicht so echauffieren, als wäre er ein Heiliger g'wesen. Der heilige Horst!« Sie kichert über ihre letzte Bemerkung, wie nur dürre Frauen in ihrem Alter kichern können. So hoch und höhnisch, dass es einem gleich durch Mark und Bein geht. Ich drehe mich um und sehe, wie sich bei der Rosenbergerin drüben der Vorhang vom Küchenfenster bewegt.

»Du, ich glaub, jetzt können wir noch mal rüber. Und diesmal macht sie uns vielleicht sogar einen Kaffee«, flüsterte ich dem Lechner zu.

»Gut«, sagt der, erstaunlich widerstandslos. »Und danke für die Auskunft, Frau Petermann.«

Genauso heißt sie, die Vogelscheuche, denke ich. Jemanden wie sie hätte ich nicht gern zur Nachbarin.

BRUNFTFLECK

»Reden wir doch mal kurz über die Frauengeschichten von Ihrem Mann!«, verlangt der Lechner. Jetzt klingt er gar nicht mehr mitfühlend, und ich wundere mich ein wenig. Wir stehen unmittelbar an der Haustür, und die Rosenbergerin stemmt die Fäuste in die ausladenden Hüften.

»Konnt sie wieder das Maul nicht halten, die alte Bißgurn«, stellt die Rosenberger Sabine fest.

»Hat sich so angehört, als hätten wir jeden fragen können, und alle hätten uns das Gleiche gesagt«, gebe ich meinen Senft dazu. Ich habe natürlich ein etwas anderes Interesse an den Weibergeschichten vom Rosenberger ... und vielleicht das Glück, dass der Name der nebulösen Dirndlfrau fällt, die mich gestern so leichtfertig zum Schnaps und zu weiß Gott was noch allem verleitet hat. Immerhin war der Horst dieser Dame ebenfalls zugetan, wenn ich unseren Dialog am Spirituosenausschank noch richtig in Erinnerung habe.

»Wollen wir nicht doch besser reingehen, bevor sich noch mehr Nachbarn dazu entscheiden, ihre Vorgärten ausgerechnet jetzt winterfest zu machen?«, schlägt der Lechner vor.

Sie starrt mich ein paar Augenblicke an, will dann aber doch keine Erklärung dafür, warum ich als mutmaßlicher Gattenmörder unbedingt mit dabei sein muss. Das Haus wirkt auch innen übertrieben sauber. Nach Kindern schaut es jedenfalls nicht aus. Auch nicht nach Omas oder anderweitig betreuungsintensiven Mitbewohnern. Der scharfe Geruch nach aggressivem Putzmittel hängt in der Luft. Kann es sein, dass die Hausherrin bereits innerhalb weniger Stunden alles getilgt hat, was an ihren dahingeschiedenen Ehemann erinnert? Einschließlich seiner Duftspuren? Oder womöglich noch anderer forensischer Hinweise? Wir biegen scharf ab in die Küche, wo sie uns sofort am Tisch platziert. Die Anrichte, die Spüle, das Ceranfeld, alle Flächen sind blitzblank. Der Traum eines jeden Hygienekontrolleurs. Bei der Rosenbergerin könnte selbst ich bedenkenlos etwas essen – und das macht sie mir jetzt beinahe sympathisch. Zum Kaffeeanbieten reicht ihre Kooperationsbereitschaft allerdings doch nicht. Der Lechner spult sein Fragenprogramm ab, und unter den Antworten ist nichts, was ich nicht schon weiß oder zumindest ahne. Keine Aufklärung gibt es darüber, wer die Frauen waren, mit denen sich der Horst so nebenbei beschäftigt hat, und so sitze ich immer noch auf Kohlen. Dann kommt der Lechner endlich auf was wirklich Interessantes.

»Kann ich noch einen Blick ins Büro Ihres Mannes werfen?«

Wieder schaut sie zuerst mich an.

»Ich nehm ihn mit, dann sind Sie nicht mit ihm allein«, fügt der Lechner beschwichtigend hinzu, dem ihr Verhalten nicht entgangen ist. Ich bin mir nicht sicher, ob dieser Schachzug wirklich gewollt war, doch kann auf die Art nicht nur der Polizeihauptmeister das Büro des Jägers überprüfen, sondern auch der Hygieneinspektor – und das ist gut so.

Im Vergleich zum restlichen Haushalt herrscht hier eine saustallmäßige Unordnung. Auf dem Schreibtisch türmen sich unsortierte Papierstapel. Und dass man genormte Ordner so unregelmäßig schief und kreuz und quer in ein Regal stellen kann, war mir bislang nicht bekannt. Auf dem Boden stehen Kartons, über der Rückenlehne vom Schreibtischstuhl hängen mindestens drei Jacken in den vielfältigen Grün- und Brauntönen des Waldes, alle aus unterschiedlichen Materialien. Hinten an der Wand ein Stihl-Kalender, bei dem vergessen wurde, von Miss September auf Miss Oktober umzublättern. Vielleicht, weil Miss Oktober weniger gut ausschaut als die September-Kettensäge oder weil es sich im Oktober um einen profanen, unattraktiven Laubbläser handelt. Zwischen dem ganzen Chaos gibt es endlich auch Indizien für willkürliche Tiermorde. Bemitleidenswerte Kreaturen. Ausgestopft und verstaubt stehen und hängen sie überall dort, wo noch Platz ist, und schauen aus traurigen Glasaugen auf uns herab. Ein Eichhörnchen, ein Fuchs, ein Auerhahn, ein Buntspecht, irgendein Greifvogel, der seine Schwingen über unseren Köpfen ausbreitet.

Unbeeindruckt geht der Lechner hinüber zum Waffenschrank und prüft, ob er verschlossen ist. Ich hingegen mache den Rechner an. Herrschaftzeiten, natürlich verlangt der PC ein Passwort. Ich probiere es mit *Sabine*, obwohl ich von vorherein weiß, dass ich mir das sparen kann.

»Das erledigen unsere Spezialisten«, verkündet der Lechner, über meine Schulter blickend.

Ich ignoriere ihn und gebe *Hochsitz* ein, woraufhin sich der Bildschirm erneut abbeutelt.

»Das errätst du eh nicht!«

»Einen Versuch noch!«, sage ich schnell und tippe *Brunftfleck* ein. Prompt wechselt das Fenster.

»Wie jetzt?«, knurrt der Lechner.

Überlegen zeige ich auf ein verblichenes Post-it, das am unteren Rand vom Monitor klebt und auf das der Rosenberger schwer leserlich das Wort *Brunftfleck* gekritzelt hat.

»Depp!«, sagt der Lechner, und ich weiß nicht, ob er mich meint oder postum den Rosenberger Horst und seinen infantilen Humor, was Passwörter angeht. Im Vergleich zu seinem analogen Schreibtisch ist der Desktop recht aufgeräumt, weshalb mir auch sofort der Dateiordner mit der Bezeichnung *IllegAbsch* auffällt, den der Waidmann dort liegen hat, anscheinend bewusst in der Absicht, ihn leicht auffindbar zu machen. Der Ordner enthält Fotos und Tabellen. Ohne auf die Zustimmung vom Lechner zu warten, klicke ich eines der Bilder an. Zuerst erkenne ich nur Waldboden. Eine Decke aus Tannennadeln und verrottendem Laub, dazwischen bemooste Steine. Dann geht mir auf, dass die Pfütze, die der Horst fotografiert hat, nicht dunkel gefärbtes Wasser zeigt – sondern Blut. Das nächste Bild ist eine Inszenierung aus Innereien auf flechtenbewachsenem Granit, was vermuten lässt, dass dort das erlegte Wild an Ort und Stelle ausgenommen wurde. In der beigefügten Liste sind Datum und Uhrzeiten vermerkt, dazu geografische Angaben und Nummern, die sich bei den Bilddateien wiederfinden. Da hat der Rosenberger akribisch die Vergehen eines Wilderers protokolliert und praktischerweise auch gleich einen Namen druntergeschrieben.

»Michael Maier«, lese ich laut vor.

»Der hat damals die Jägerprüfung nicht geschafft«, kommentiert der Lechner.

»Was ihn offenbar nicht davon abhält, gelegentlich auf die

Pirsch zu gehen«, erkläre ich, und dann fällt mir tatsächlich wieder was ein. Es ist, wie wenn mein Gehirn endlich den Ton zu den Bildern dazuschalten würde, die mir schon eine Weile im Kopf rumgeistern. »Als du mich gestern beim Feuerwehrfest mit dem Rosenberger hast diskutieren sehen, da ging es nicht … also nicht ausschließlich um die Weiblichkeit … also, jedenfalls hat der Rosenberger angedeutet, dass der Windpassinger das Rehfleisch von einem Wilderer gekauft haben könnte. Und dass es sich beim Sonnenwirt da durchaus nicht um eine Ausnahme handelt. Was, wenn besagter Wilderer der Maier Michl ist, unser toter Jäger diesem illegalen Wildhandel ein Ende setzen wollte und den Maier gestern Nacht gestellt hat?«

»Wenn dem so wäre, meinst du nicht, sie hätten aufeinander geschossen, statt dass der eine den anderen mit einem Geweih aufspießt?«

Das Geweih. Zefix! Ich muss rausfinden, woher das Horn stammt, das dem Rosenberger zum Verhängnis wurde, und wo der zugehörige Geweihteil abgeblieben ist. »Immerhin gibt es jetzt einen weiteren Verdächtigen«, sage ich. »Besuchen wir doch gleich mal den Maier! Soll ich dir die Beweisliste ausdrucken?«

»Wir drucken jetzt gar nix aus, das sollen sich die Kollegen anschauen«, erwidert der Lechner. Weil er zum Unterstreichen seiner Worte dabei ein bisserl herumfuchtelt, stößt er einen der Papierstapel vom Schreibtisch.

»Herrschaft!«

Ich bücke mich danach und raffe die Zettelwirtschaft zusammen. Durchweg Rechnungen. Das sieht ganz so aus, als hätte der Horst seine Einkommenssteuer machen wollen. Die

Aufforderung vom Finanzamt liegt auch darunter. Tja, das hat schon so manchen dazu getrieben, einen Ausweg im Freitod zu suchen.

»Schaut so aus, als hätte der Rosenberger in letzter Zeit gerne im Saigon gegessen«, lasse ich verlauten und wedle mit vier Rechnungen des vor einem knappen halben Jahr eröffneten vietnamesischen Restaurants.

»Mit mir jedenfalls nicht«, ertönt eine Stimme hinter uns. Die Rosenbergerin steht auf die ihr eigene vierschrötige Art in der Tür. Walkürenhaft. Matriarchalisch.

»Waren vermutlich Geschäftsessen, weil die Quittungen bei den Steuerunterlagen gelegen sind«, erwidere ich.

»Geschäftsessen«, äfft die Rosenbergerin mich nach und verzieht dabei das Gesicht, als hätte sie in eine Zitrone gebissen.

»Uns würde sehr interessieren, ob Sie die eine oder andere Geschäftspartnerin namentlich kennen«, hake ich nach.

Der Lechner boxt mich gegen die Schulter. »Du, das reicht jetzt! Wenn, dann interessiert das die Polizei und nicht den Tatverdächtigen.«

Die Rosenbergerin tut einen bedrohlichen Schritt in den Raum. »Besser, Sie gehen jetzt beide, oder ich beschwere mich über Ihr anmaßendes Verhalten. Das können Sie mir doch nicht weismachen, dass das die gängige Methode ist, den Täter mit den Angehörigen des Opfers zu konfrontieren!«

»Wir wollten ohnehin los«, komme ich dem Lechner zuvor. Gerade wie ich mich an dem Herrn Wachtmeister vorbeidrücken will, bleibe ich mit dem Fuß an einer Holzkiste hängen, die halb unter dem Regal neben dem Schreibtisch herausragt. Es ist allein die stämmige Statur der Rosenbergerin, die mich vor einem Sturz bewahrt. Für zwei Sekunden umklammert sie mich in der Manier einer Ringerin im griechisch-römischen Stil, bis sie sicher ist, dass ich das Gleichgewicht wiedererlangt habe. Um der Peinlichkeit dieses Moments zu entfliehen, drehe ich mich eine Entschuldigung murmelnd um und kümmere mich um die Kiste. Bevor ich sie wieder ordentlich unters Regal schiebe, hebe ich kurz den Deckel an, aber bis auf ein wenig Holzwolle ist sie leer.

»Nicht dass noch mal einer drüber fällt«, erkläre ich eilfertig, weil ich zwei Augenpaare im Nacken spüre.

»Raus!«, keift die Rosenbergerin.

HENNADRECK

Meine Augen haben sich zwar an die grelle Herbstsonne gewöhnt, und der Schwindel ist fast gänzlich verschwunden, doch der Magen macht noch Probleme. Und vom Kopf will ich erst gar nicht reden. Wir fahren über Schleichwege, umgehen damit gewissermaßen den Ort, als hätte der Lechner Angst, mit mir gesehen zu werden, wenn er die Hauptstraßen nimmt. Das Laub der Bäume ist bunt geworden in den letzten Tagen. Bilderbuchhaft schön schaut's aus, wenn man nur die Zeit und die physische Konstitution hätte, es genießen zu können. Das stete Bergan und Bergab, das Geschlängel durch die Schönheit der Natur, das ist heute alles nichts für mich. Auch weil der Lechner nicht gerade langsam fährt. Offenbar weiß er auswendig, wo der Maier Michl wohnt, weil er in der Dienststelle gar nicht nach dessen Adresse angefragt hat.

In einer besonders engen Kurve klingelt dem Lechner sein Telefon, und er gerät mit den rechten Rädern aufs Bankett, als er es aus der Mittelkonsole fummelt. Ich greife vorsorglich nach dem Haltegriff über der Tür. Er schafft es irgendwie, den schlingernden Wagen wieder einzufangen und gleichzeitig das Gespräch anzunehmen. Die Polizei, nicht nur dein Freund und Helfer, sondern auch dein Vorbild, was das Telefonieren am Lenkrad angeht … Am Ton vom Lechner merke ich gleich, dass der Kronawitter anruft.

»Nicht auffindbar?«, wiederholt der Lechner fragend, und ich kann mir denken, dass es um den Roßhauptner geht. Noch ein mutmaßlicher Täter, den ich schon beinahe wieder vergessen habe. Zusammengenommen haben wir damit schon einen Wilderer, einen militanten Tierschützer ... und eine Ehefrau, herrisch und gleichwohl betrogen, die unter den gegebenen Umständen nicht aus dem Kreis der Verdächtigen zu entlassen ist. Vor allem nicht, nachdem ich bei meinem Stolperer ihre Kraft zu spüren bekommen habe. Ja, Kraft hat sie, die Rosenbergerin, ausreichend Kraft, um die Penetration mit einem Hirschgeweih auszuführen. Und ein Motiv sowieso.

»Er findet ihn nicht, den Roßhauptner«, berichtet der Lechner, nachdem er aufgelegt hat.

»Handyortung!«, schlage ich vor. So gebe ich was Konstruktives von mir, statt mich über die offensichtliche Fehlbesetzung für diesen Auftrag auszulassen.

Als vom Lechner nichts kommt, schiele ich zu ihm rüber und sehe die rot angelaufenen Backen, die sich unter seinem Vollbart abzeichnen, und die kalkweißen Knöchel seiner Hände, mit denen er das Lenkrad würgt. Besser, ich greife das Thema auf, wenn die Straße wieder breiter ist.

»Da fällt mir ein, ich müsste auch mal g'schwind telefonieren«, sage ich. »Wenn es keine Umstände macht?«

Der Lechner schaut mich an, dann schnell wieder auf den laubbedeckten Waldweg.

»Mein Handy liegt in der Wohnung«, erkläre ich. »Und es wäre wirklich besser, ich rufe sie jetzt an. Ich meine, bevor sie es von jemand anderem erfährt.«

Vermutlich bin ich eh schon zu spät dran. Gerüchte hebeln

bei uns jegliche Naturgesetze aus, was die Geschwindigkeit ihrer Verbreitung betrifft.

Er ist einsichtig und reicht mir sein Telefon rüber. Die Nummer ist sogar eingespeichert, was mich ein wenig rührt. Nichtsdestotrotz brauche ich noch ein paar Sekunden, um mich zu sammeln. Ich rufe ja nicht bei irgendwem an, und vermutlich würde mich selbst ein Anruf beim Papst in Rom weniger Überwindung kosten. Wenn ich daheim bei der Mama anrufe, dann ist das auch wider alle Naturgesetze. Die Mama hat jüngst so eine Marotte entwickelt, dass sie immer erschrickt, wenn ich anrufe. *Is' was passiert?*, fragt sie dann, statt einfach nur zu sagen: *Mei, schön, dass du anrufst.* Nicht einmal *Hallo* oder *Grüß Gott, wer spricht?*, fragt sie, nein, immer gleich: *Is' was passiert?* Wie wenn immer was passieren müsst, nur damit ich bei ihr anrufe.

»Hallo?«

Himmelherrgott, denke ich, jetzt kommt's gleich.

»Ich bin's …«

»Mei, da Berti!«

Verblüfftes Schweigen meinerseits. »Warum fragst du heut nicht, ob was passiert ist?«, will ich schließlich wissen. Eigentlich müsste ich ja froh sein, denn jetzt weiß ich, dass sie nicht weiß, dass tatsächlich mal was passiert ist.

»Was soll denn schon immer groß passieren?«

Ich runzle die Stirn. »Na, der Alte könnte zum Beispiel wieder einen Hexenschuss haben, eine Kuh hat Probleme beim Kalben, die Achse vom Kreiselheuer ist gebrochen, so was halt.«

»Mei, Berti, du redst aber heut einen Schmarrn daher. Aber gut, es ist wirklich was passiert«, gibt sie endlich zu.

»Ja, und was?«

»Der Wacki hat einen Zeck, direkt überm Aug. Bist jetzt zufrieden?«

Was ist das bloß für ein verfluchter Tag, an dem mich niemand versteht? »Is' gut Mama, ich wollt nur sagen, egal, was du hörst, schenk dem keinen Glauben und mach dir keine Sorgen um mich! Und richte dem Wacki gute Besserung aus!«

Ich trenne die Verbindung, bevor meine Schwindelattacken zurückkehren können.

»Was fehlt dem Hund?«, fragt der Lechner.

»Dem fehlt nix, der hat was dazugekriegt«, fauche ich, weil ich finde, dass das Befinden des Hofhunds meiner Eltern – so sehr ich die Promenadenmischen auch mag – bereits zur Genüge diskutiert worden ist. Immerhin ist es nicht der Wacki, der sich momentan in einer prekären Situation befindet.

Ich habe das Handy noch in der Hand, da klingelt es schon wieder. »Sekretariat von Polizeihauptkommissar Lechner«, flöte ich ironisch hinein.

»Kruzifix!«, schreit der Lechner und reißt mir das Telefon vom Ohr.

Ich wehre mich nicht, weil ich nicht im Graben landen will.

»Der Graml hat einen Einbruch gemeldet!«, ertönt die Stimme von der Silke. Irgendwie muss der Lechner beim Konfiszieren des Handys auf die Lautsprechertaste gekommen sein. Was ihm offenbar noch nicht bewusst ist, denn er lässt mich weiter mithören.

»Welcher Graml?«

»Der mit die Henna!«

»Hühnerhof Graml?«

»Genau!«

»Und warum rufst du mich deswegen an?«

»Na, ich dachte, du bist eh schon unterwegs, dann könntest g'schwind bei ihm vorbeifahren, damit er sich beruhigt. So wie der rumg'schrien hat, steht er kurz vorm Herzinfarkt.«

»Was ist denn passiert?«, faucht der Lechner genervt.

»Mei, er sagt, Tierschützer wären heute Nacht bei ihm eingedrungen, um die Zustände der Tiere in den Legebatterien zu dokumentieren, und als er sie verjagen wollt', haben sie ihn niedergeschlagen. Er ist erst vor einer halben Stunde wieder aufgewacht, in der Ablaufrinne, komplett eingesaut mit Hennadreck. Wenn ich mir das vorstell ...«

Wenn die Silke mal am Reden ist, tut man sich schwer, auch nur ein Wort einzuflechten, stelle ich fest. Selbst wenn man ihr Chef ist.

»Jedenfalls, er will sofort eine Anzeige aufgeben wegen Hausfriedensbruch, Nötigung und schwerer Körperverletzung. Hab ich was vergessen? Nein! Ah! Doch! Er hat einen der Aktivisten erkannt, hat er g'meint.«

»Wen?«, presst der Lechner heraus.

»Einer von denen, hat er g'sagt, wär der Roßhauptner Albin gewesen.«

EIERKONTROLLE

Hühnerexkremente stinken für mein Empfinden schlimmer als Schweinemist. Je nachdem wie der Wind steht, riecht man den Hof vom Graml schon auf drei Kilometer Entfernung, obwohl er sich in ein Tal duckt, das hinterm Freudensee nach Nordosten verläuft. Das Geschäft mit dem Federvieh scheint gut zu laufen, denn er hat sauber angebaut und erweitert in den letzten Jahren. Mittlerweile stehen vier funktionell aussehende Ställe in Reihe, die über baumdicke Rohrsysteme verbunden und mit je einen Futtersilo ausgestattet sind. Der Gestank zeigt sich von der neuen, effizienten Haltungstechnik allerdings unbeeindruckt. Ich frage mich, wie viele tausend Hühner hinter den aluverkleideten Wänden hausen und ob jedes davon auch wirklich die von den EU-Richtlinien vorgeschriebene Quadratmeterzahl an Bodenfläche zur Verfügung hat. Durchaus nachvollziehbar, dass die Leute vom Tierschutz so was gerne mal überprüfen – wenn auch nicht auf legale Weise. Vor dem Wohnhaus steht ein Notarztwagen. Ich bin froh, dass es nicht das Auto von der Höllmüllerin ist. Ihre Anwesenheit hätte mich ohne Zweifel aus dem Konzept gebracht. Auch physisch, jetzt wo meine Körperfunktionen gerade anfangen, sich wieder einigermaßen auf ein Normalmaß zu regulieren. Irgendwas ist da wegen der Franziska, was mich stets unerwartet heftig aufwühlt, wenn ich an sie denke.

Der Graml wackelt aus dem Haus, kaum dass er uns aussteigen sieht, mit dem Notarzt in Schlepptau, beide verbunden durch das Verbandsmaterial, das Letzterer dem Hühnerzüchter gerade um den Kopf wickeln wollte.

»Jetzt lassen Sie sich halt erst fertig verarzten!«, schimpft er.

»Ruhe jetzt!«, faucht der Graml, der vom Äußeren her seinen Hühnern nicht unähnlich ist. Nur, dass er halt statt mit Federn in einem angegilbten Feinrippunterhemd, einer grünen Latzhose und gelben Gummistiefeln rumläuft. Und das so breitbeinig, als hätte er gerade ein Ei gelegt. Die schnabelartige Nase reicht weit hinab über seinen verkniffenen Mund, die umrunzelten und von angeschwollenen Tränensäcken unterlegten Augen stehen weit auseinander, auf seinem Schädel wächst nur noch grauer Flaum. »Es ist ja geradezu ein Wunder, dass die Gendarmerie heute mal persönlich vorbeikommt, da bleib ich doch nicht in der Stube hock'n. Da muss ich raus zum Salutieren, Herr Doktor«, gackert er zynisch.

»Aber der Verband ... da geht doch die Wunde wieder auf«, lamentiert der Notarzt, ein blasses Bürscherl mit einer karottenroten Kurzhaarfrisur, die beinahe im selben Signalton wie seine Einsatzweste leuchtet. So wie diese Situation ihn offensichtlich überfordert, kann er noch nicht lange dabei sein.

»Ich will dem Herrn Wachtmeister nur schnell zeigen, wo die Saukrüppl in den Stall eingebrochen ...« Dann entdeckt der Graml mich und schnappt zweimal nach Luft. »Was macht denn der hier?«

»Eierkontrolle!«, antworte ich.

Mithilfe seiner achtungsgebietenden Uniform gelingt es dem Lechner, die Lage innerhalb der nächsten Minute zu beruhigen. Schließlich hockt sich der Graml widerwillig auf einen Stapel Holzpaletten vor seinem Haus und lässt sich fertig verarzten.

»Eigentlich muss ich Sie ins Krankenhaus einweisen, denn der Verdacht auf Gehirnerschütterung ist begründet, und daher gehören Sie unter Beobachtung«, erklärt der Notarzt, aber niemand hört ihm zu.

»Wie viele waren es?«

»Mindestens vier.«

»Und außer den Roßhauptner, hast du da noch jemanden erkannt?«

»Dieser Sauhund«, schimpft der Graml. Er wackelt zu sehr mit seinem Hühnerschädel herum, als dass der Verband wirklich straff gewickelt werden könnte. Massenhaft Fliegen schwirren um Arzt und Patienten herum, als witterten sie schon den Hauch der biochemischen Zersetzung, der aus der Kopfwunde des Hühnerzüchters strömt und einen klimatisch idealen Brutplatz für die Eiablage markiert. Kurz stelle ich mir vor, wie sich Maden aus der Glatze vom Graml winden …

»Ihr nehmt das aber noch ordentlich zu Protokoll!«, verlangt er und schaut wieder mich an, weil ihm bislang keiner erklärt hat, warum ich mit von der Partie bin. Offenbar haben es die Neuigkeiten über den gewaltsamen Tod vom Rosenberger und den mutmaßlichen Täter noch nicht in sein stinkendes Chicken Valley geschafft.

»Wird alles korrekt erledigt, ich schicke nachher noch jemanden vorbei, der Fotos macht«, verspricht der Lechner. »Also, wann genau waren die Tierschützer bei deinen Hühnern?«

»Mei, wie spät wird's g'wesen sein, eins, halb zwei. So um

die Uhrzeit ist es im Stall Numero drei so laut geworden, als wär ein Fuchs durch die Sicherheitsschleuse gekommen, was quasi unmöglich ist …«

Allerdings, denke ich. Kein Fuchs in der Gegend würde sich freiwillig an einem von den Antibiotika-Hendln vom Graml vergiften.

»… jedenfalls war mir dann sofort klar, dass da wer Unbefugtes … Ich hätt augenblicklich die Polizei rufen sollen, zefix. Wenn man sich halt drauf verlassen könnt, dass die auch kommt, mein ich.«

»Eins, halb zwei«, murmelt der Lechner, unbeeindruckt von der Kritik.

»Das passt doch perfekt!«, grätsche ich rein. »Nachdem der Roßhauptner den Herrn Graml niedergestreckt hat, hat er sich im Anschluss gleich den Rosenberger vorgenommen. Da war's dann quasi eh schon wurscht.«

Der Lechner wedelt mir vorm Gesicht herum, und diesmal nicht wegen den sechsbeinigen Plagegeistern. »Was ist dann im Stall passiert?«, fragt er an den Graml gewandt.

»Im hintern Stallbereich hab ich sie g'sehen. Mit ihren Taschenlampen und Handys haben's rumg'fuchtelt und g'filmt, diese Dreckhamml. Schleicht's Euch, hab ich geschrien, mir die Mistgabel gegriffen, die dort immer hinter der Tür steht, und bin auf sie los. Da kenne ich nix, wenn einer meine Henna nervös macht. Die legen doch danach erst mal drei Tage nicht, wenn's dumm läuft. Leider bin ich nicht weit gekommen.«

»Weil der Roßhauptner dich niedergeschlagen hat?«

»Schmarrn! Dieses Noderhirn doch nicht. Den hatte ich schon im Visier mit der Mistgabel und war darauf und dran, ihn in der Ecke bei der Fäkalabsaugung zu stellen. Nein, es war dieser feige Angriff von hinterrücks.«

»Hinterrücks«, wiederholt der Polizeihauptmeister. Mitschreiben tut der ja nie, wenn ihm einer was schildert. Gerade so, wie wenn er sich alles merken könnte. »Den Roßhauptner, den hast du aber sicher erkannt. Ich meine, trotz Taschenlampengefunzel und so?«

»Keine Frage!«

»Und die anderen? Den, der dir eins übergezogen hat?«

»Hab ich hinten Augen?«

Hat er nicht, das sieht selbst der Lechner ein.

»Es wäre wirklich besser, Sie fahren mit«, versucht es der rothaarige Notarzt erneut. Und erneut wird er von allen ignoriert.

»Was ist denn überhaupt mit dem Rosenberger passiert?«, will der Graml plötzlich wissen.

Erst da fällt mir ein, dass ich den Hühnerzüchter schon öfter zusammen mit dem Rosenberger stammtischbrüderlich vereint in der Linde hab sitzen sehen. »Der wird beim Stammtisch keine Runde mehr ausgeben können«, kläre ich ihn auf.

BRAVER

Der Lechner schwitzt. Immer öfter zuckt sein Blick zur Uhr. Eigentlich sollte ich genauso nervös sein. Nervös wie die Hühner vom Graml, wenn nachts die Aktivisten einsteigen. Weil nämlich die Zeit rennt. Wenn die Kripo anrückt, muss ich wieder auf dem Revier sein und für den Sepp den Schein wahren, dass ich dort alldieweil sauber festgesetzt war. Aber jetzt hat mich das Ermittlungsfieber gepackt und macht mich erstaunlich unempfindlich gegenüber jedem Zeitdruck. Obwohl es diesmal ja nicht nur darum geht, einen Täter zu finden, sondern in erster Linie darum, meinen Kopf zu retten. Wobei das eine mit dem anderen selbstverständlich eng verbunden ist. Ich schnüffle halt gerne herum. Das liegt mir irgendwie, das Ermitteln und Aufklären. Deshalb ist es ja so schade, dass es nichts geworden ist mit der Aufnahmeprüfung bei der Polizei. Vorrangig wegen dem Knie und weil ich mich unfähig zum Dienst mit der Waffe erwiesen habe. Aber nur weil ich bei der Schießübung grundsätzlich danebengeschossen habe, hätte die Landesregierung mein Talent nicht so verschwenden dürfen. Statt meiner ermitteln nun Leute wie der Kronawitter. Okay, der macht hauptsächlich Verkehrsüberwachung, aber trotzdem. Ich habe es ja nicht nur im Gespür, ich verfüge auch über die Gabe der Gefahrenerkennung, mittels meines Unheil-Juckens. Was ich da in kriminalistischer

Hinsicht hätte alles leisten können! Das hab ich ja auch schon unter Beweis gestellt. Vertrackte Fälle habe ich dem Lechner schon aufgeklärt, ganz ohne Vergütung. Rein aus der Bürgerpflicht heraus … und auch ein wenig aus persönlichem Interesse, versteht sich. Fakten sammeln, Schlüsse ziehen, das ist einfach meins. Da bin ich geprägt durch unzählige Sonntagabende, an denen ich mit meinen Eltern Tatort schauen musste. Und Aktenzeichen XY, immer freitags, mit meinem großen, hornbebrillten Vorbild Eduard Zimmermann. Diesmal ist es natürlich deutlich ernster, und ich bin froh, dass auch der Lechner zu dieser Überzeugung gelangt ist. Auch zu der, dass er ohne mich nicht so schnell in dem Fall weiterkommt, wie es die Ermittlungen erfordern.

Der Maier Michel wohnt ebenfalls ein wenig einsam, wobei es bei ihm weniger der Gestank nach Hühnermist ist, der ihn an den Rand der Gesellschaft drängt, sondern die Tatsache, dass er noch immer auf dem abgelegenen Hof seiner Eltern lebt. Ein Schicksal, dem ich zum Glück frühzeitig entkommen bin.

»*Ich* rede!«, gibt der Lechner als Anweisung aus, nachdem wir dort vorgefahren sind. Freilaufendes Hühnervieh beobachtet teilnahmslos unsere Ankunft. Unaufgeräumt schaut es aus zwischen Stall, Stadel und Wohnhaus. Lieblos abgestellte, zum Teil nicht mehr fahr- und einsatzbereite Landmaschinen, dazu Holzabfälle und Bauschutt, obwohl nichts auf Renovierungsarbeiten an den Gebäuden hindeutet. Dazu allerhand Gerümpel. Bauern sind zumeist auch Sammler, die nix wegwerfen können, selbst im E-Bay-Kleinanzeigen-Zeitalter.

Eine kleine, rundliche Frau kommt aus dem Anbau beim Stall geeiert – wo sich vermutlich die Milchkuchl befindet.

Sie ist in den späten Fünfzigern und trägt zum Kopftuch einen Jogginganzug statt einer Kittelschürze, riecht aber selbst auf drei Meter Abstand streng nach Kuhdung. Und das, obwohl die Maiers ihr letztes Milchvieh schon vor Jahren haben weggeben müssen, weil's finanziell nicht mehr rentabel war.

Es ist die Mutter unseres Verdächtigen, verhärmt, mit grobporigem Raucherteint und wulstigen Lippen. Ergraute Haarsträhnen lugen unter dem speckigen Kopftuch hervor. Mürrisch blickt sie uns entgegen.

»Ich muss mit dem Michl reden!«, verlangt der Lechner

»Ned da!«, behauptet sie.

»Wo find ich ihn?«, fragt der Lechner.

»Ned da!«, wiederholt sie störrisch.

»Wo?«, fragt der Lechner.

Langsam wird es absurd. Ich kenne meine Landsleute, solcherart sich im Kreis drehende Dialoge können sich ewig in die Länge ziehen, ohne zu einem Ergebnis zu führen. »Herrschaft, wo ist er?«, brülle ich dazwischen.

»Arbeiten«, keift es zurück.

»Wo genau?«, will der Lechner wissen.

Ich frage mich, ob die Maiers überhaupt noch Felder zum Bewirtschaften haben. Möglicherweise gehört ihnen noch etwas Wald, aber das Kreischen einer Motorsäge ist nirgends zu vernehmen. Und dass der Michl eine feste Anstellung hat, wäre mir auch neu.

»Hat er ned g'sagt.«

»Richten Sie ihm aus, er soll sich umgehend auf der Wache melden, wenn er zurück ist vom Arbeiten!«, verlangt der Lechner und wendet sich zum Gehen.

So schnell geb *ich* nicht auf. »Hat er sein Gewehr dabei?«, frage ich.

Prompt packt mich der Lechner an der Schulter und zieht mich mit sich.

»Sollten wir nicht einen Blick ins Haus oder auch in den Stadel werfen? Vielleicht finden wir die fehlende Geweihhälfte«, schlage ich mit erhobener Stimme vor.

»Der Michl hat gar kein G'wehr«, ruft uns die Mutter hinterher. »Er is' ein ganz Braver!«

»Du glaubst der doch nicht etwa? Der Sauhund versteckt sich doch hier irgendwo!«

»Reiß dich zusammen!«, zischt er mich an und schiebt mich wieder einmal zu seinem Auto. Mit durchdrehenden Reifen fährt er vom Hof der Maiers. Offenbar war ich ihm erneut zu forsch, aber um seinen Kragen geht's ja auch nicht.

»Und jetzt?«, frage ich und versuche reumütig zu klingen, obwohl mir die Zornesröte noch im Gesicht brennt. Ich erwarte, dass er mir erklärt, mich zurück ins Revier bringen zu wollen.

»Zum Sonnenwirt«, brummt er stattdessen.

Logisch, der liegt auf dem Weg. Andererseits liegt bei uns alles irgendwie auf dem Weg. Wenn er einen Bierdurst verspüren würde, dann würde der Lechner in unser Stammlokal fahren, zum Pauli. Folglich muss er beim Windpassinger was anderes vorhaben. Bier gibt es dort ohnehin gerade nicht, weil ich ihm ja den Laden zugesperrt habe.

Weil der Sonnenwirt momentan nicht bewirten darf, schneidet er die Thujenhecke in der Zufahrt. Als er mich auf dem Beifahrersitz erkennt, postiert er sich mit der Heckenschere bewaffnet mitten auf der Fahrbahn und nimmt eine drohende Haltung ein. Statt des üblichen Trachtenlooks trägt er heute ein FC-Bayern-T-Shirt und eine Jeans. Mit der freien Hand streicht er sich die Locken aus der Stirn. Dabei fällt mir auf, dass um seine rechte Hand ein Verband gewickelt ist. Der Lechner lässt die Seitenscheibe runter.

»Verschwindts!«, faucht der Sonnenwirt.

»Ich kann die Vernehmung auch aus dem Auto heraus führen«, knurrt der Lechner zurück.

»Vernehmung? Warum denn? Und was macht der überhaupt dabei? Sollte der nicht hinter Schloss und Riegel sitzen?«

»Rein interessehalber, von wem genau kommt das Rehfleisch, dass der Fellinger bei dir beanstandet hat?«, erkundigt sich der Polizeihauptmeister.

»Vom Rosenberger, warum?«

»Der sagt was anderes!«

»Der sagt gar nix mehr, der is' hin.«

»Praktisch für dich!«, schreie ich, um sicherzustellen, dass er auch mich aus dem Auto heraus versteht.

»Ich will den Namen von dem Wilderer, der dich mit Fleisch beliefert!«, beharrt der Lechner.

»Und mich tät interessieren, was mit deiner Hand passiert ist«, setze ich mit erhobener Stimme nach.

Er schaut auf seine Hand, als würde er erst jetzt die Mullbinde bemerken. Sie hat bereits einen leichten Gelbstich, wie wenn er sie schon vor einer Weile angelegt hätte. Vorgestern jedenfalls, als ich im Rahmen meiner Amtstätigkeit bei ihm war, hatte er noch keinen Verband. Da bin ich mir sicher. Und es gibt auch noch was anderes in Verbindung mit dem Windpassinger, aber das bekomme ich nicht richtig zu fassen.

»Geht dich nix an!«, schreit er jetzt zurück. Und dann sagt er noch was, aber so leise, dass ich es nicht verstehe. Ich sehe nur, dass sich seine Lippen bewegen.

»Was hat er g'sagt?«, frage ich den Lechner, der ja am offenen Fenster hockt.

»Irgendwas mit Geweih«, brummelt der und ruft ein lautes »Wie bitte?« zum dem Gastwirt rüber.

»Frag *ihn* doch!«, brüllt der Windpassinger zurück.

ZIGARETTENPAUSE

Der Lechner fragt nicht, was er mich fragen soll, weil er ganz zu Recht davon ausgeht, dass ich mit meiner Alkoholamnesie nicht weiß, was ich darauf antworten soll. Jedenfalls fahren wir wieder. Vorerst schweigend, auch wenn es mich sakrisch interessieren würde, was er jetzt denkt, nach der kurzen Begegnung mit dem Windpassinger. Der hat sich nach seiner letzten Bemerkung einfach umgedreht, ist die Zufahrt hochmarschiert und mit lautem Türenschlag in seinem Gasthof verschwunden.

Statt dass unsere Ermittlungen meine Lage verbessern, wird die mit jeder Aussage schlimmer, kommt es mir vor.

»Jetzt kann mich nur noch der Roßhauptner retten«, platze ich schließlich heraus, weil ich die vom Vierzylinder-Dieselaggregat umschnurrte Stille nicht mehr ertrage, die lediglich von dem einen oder anderen elektrisch krächzenden Funkspruch durchbrochen wird.

Knack! Ilz vier an Ilz zwo, wir haben einen nullvierunddreißig auf der B12 in Höhe Wimperstadl. Knack!

»Ich könnt die Jessica fragen«, murmelt der Lechner unverhofft in seinen Vollbart hinein. Augenblicklich spüre ich Dankbarkeit in mir aufwallen dafür, dass er mir immer noch zur Seite steht. *Wer zur Hölle ist die Jessica?*

»Wer zur … äh, wer ist die Jessica?«

»Meine Nichte.«

»Ach, die mit den vielen Ringerln im G'sicht?« Sofort kommt mir die Erleuchtung. »Die ist auch bei den Aktivisten!«

»Sag's nicht zu laut.«

Wir nehmen die Umgehungsstraße und biegen auf Höhe der Tankstelle ins Konsumareal ab. Die Jessica arbeitet dort im Drogeriemarkt. Sie sitzt an der Kasse – unmöglich zu übersehen dank ihrer voluminösen, aschbraunen Dreadlockfrisur. Nicht so praktisch für eine Aktivistin, denke ich im Stillen. Wenn sie damit nachts durch aufgeschnittene Maschendrahtzähne steigt, bleibt sie bestimmt das eine oder andere Mal hängen. Andererseits muss man sowieso drauf achten, die Löcher grundsätzlich etwas größer zu schneiden, wegen ihrer fülligen Figur.

Vielleicht liegt es ja nur an der weißen Drogeriemarktuniform, dass sie so übernächtigt ausschaut. Vielleicht aber auch daran, dass sie sich letzte Nacht zu lange in fremden Hühnerställen rumgetrieben hat. Mir kommt es vor, als würde sie ihr sonst kosmetisch völlig unbehandeltem Gesicht mit noch mehr Piercings schmücken, als ich es in Erinnerung habe.

Der Lechner geht zügig um die Kasse herum, schnappt sich dabei das Diese-Kasse-schließt-Schild und stellt es schnell aufs Warenförderband, bevor eine ältere Dame ihre Artikel aus dem Einkaufswagen dort aufschichten kann.

»Onkel Sepp?«, sagt die Jessica irritiert. Ich möchte behaupten, dass selbst ein ungeübter Ermittler aus diesem Gesichtsausdruck ihren Gedanken an Flucht herauslesen kann.

»Du hast jetzt Zigarettenpause!«, bestimmt der Lechner.

Weil niemand ein Aufsehen will, außer vielleicht die Dame,

die der Wachtmeister zur zweiten Kasse geschickt hat, stehen wir dreißig Sekunden später auf dem Parkplatz, dort wo der von Kippen überquellende Aschenbecher neben dem leeren Fahrradständer steht. Geraucht wird bei uns viel, geradelt eher nicht. Die Jessica zündet sich eine an. Wir verzichten. Ein paar mehr Vormittagseinkäufer als üblich sind heute unterwegs, und allesamt glotzen sie ungeniert zu uns her, während sie vom Auto zum Laden gehen oder umgekehrt. Auf der Oberleitung, die über den Parkplatz gespannt ist, sammeln sich die ersten Schwalben für ihre Reise in den Süden. Damit sind sie beinahe einen Monat später dran als üblich. Ich weiß nicht, woher ich das weiß; in jedem Fall wäre es jetzt wichtiger, Wichtigeres zu wissen, als wann Schwalben nach Afrika fliegen. Wie sie da so angespannt auf den schwarzen Kabeln hocken, könnte man meinen, morgen kommt der erste Schnee.

»Hühnerhof Graml«, kommt der Lechner zur Sache. Offensichtlich ist ihm nicht nach Small Talk oder danach, sich nach dem Wohlbefinden seitens von Jessicas Verwandtschaftszweig zu erkundigen.

»Graml«, wiederholt sie und bläst dabei Zigarettenrauch ins Himmelblau.

»Wer war da gestern Nacht alles beteiligt?«

»Ist das jetzt ein offizielles Verhör?«, fragt seine Nichte – auf einmal trotzig – zurück. Sie wirkt jetzt nicht mehr überrascht. Das Nikotin hat ihr binnen Sekunden das linksrevolutionäre Rückgrat gestärkt und ihre Selbstsicherheit zurückgebracht.

»Bis jetzt noch nicht, und dabei könnte es bleiben, wenn du mir die Namen nennst.«

»Hast du eine Ahnung, wie es in den Ställen von diesem

Hühnerschänder zugeht? Wenn du das sehen würdest, die Tiere auf engstem Raum, kaum mehr Gefieder, überall Geschwüre, tote Vögel liegen herum … Zum Grausen ist das und eine Quälerei sondergleichen! Und alles unter dem Deckmantel der EU. Da können wir nicht einfach wegsehen, so wie der Rest …«

»Wer ist wir?«, unterbricht sie der Lechner. »Ich meine außer dem Roßhauptner, von dem weiß ich, dass er dabei war.«

»Der Roßhauptner …« Sie verzieht den Mund. »Der hat nix mehr zu sagen, der Depp.«

»Aha, und warum?«

Wieder inhaliert sie tief, bevor sie antwortet: »Mauschelt zu sehr rum und kocht seine eignen Süppchen.«

»Du darfst schon etwas konkreter werden.«

»Das ist es ja, nix Genaues wissen wir nicht, weil er nämlich nix mehr rauslässt. Jedenfalls kommt er neuerdings total großkopfert daher. Solche investigativen Aktionen wie gestern, die aus meiner Sicht superwichtig sind, könnte er nicht mehr machen, hat er g'sagt.«

»Hat er g'sagt?«

»Hat er g'sagt! Und dass er uns praktisch einen Gefallen tut, wenn er da nicht mehr mitmacht …«

»Und wem er in Zukunft stattdessen einen Gefallen tun will, das hat er euch nicht verraten?«

»Er meinte nur, er steigt jetzt größer ein. Das Filmen der Zustände bei Hühnerzüchtern, damit würd sich eh nix mehr bewirken lassen. Die Leute, die wir früher mit unseren Filmen aufrütteln konnten, wären mittlerweile allesamt durch die mediale Reizüberflutung so dermaßen abgestumpft, dass es nix mehr bringen würde, diesen Weg zu gehen. Fake News wären das nur noch für die, meint er, und dass keiner mehr glaubt, was wir da mühsam dokumentieren. Bis auf ein paar Freaks, die vom gleichen Schlag sind wie wir. Die Aktivistengruppen wären nur noch dazu da, sich gegenseitig mit ihren Aktionen zu befruchten, und das hält er für sinnlos und für vergeudete Zeit. Man könnt heutzutage nur noch was erreichen, wenn auch die Politik mitzieht.«

»Dann probiert er's also noch einmal«, rede ich dazwischen.

Die Jessica schaut mich an, und an ihrem Blick erkenne ich, dass sie sich erst jetzt fragt, was ich hier bei der Unterredung mit ihrem Onkel zu suchen habe.

»Bei der BÖP ist er jedenfalls nicht mehr«, erklärt sie nach einer irritierten Pause ihrem Onkel. »Das ist ja das Widersinnige an seinem Gerede. Ich glaube, er spekuliert inzwischen auf so einen verlogenen Posten bei einer NGO.«

»Än-tschi-oh?«, wiederholt der Lechner.

Die Jessica verdreht die Augen. »Mei, eine nicht staatliche, sondern private Organisation halt. Non-governmental, verstehst? Ein zivilgesellschaftlicher Interessenverband, der sich kümmert. Armutsbekämpfung, Entwicklungshilfen, Umweltschutz. Blöderweise ist da meistens irgendein Schmu dahinter, vor allem weil in der Regel viel Geld im Spiel ist, das unter die Leut muss.«

»Der Roßhauptner ist mir noch nie so vorgekommen, als würd er sich groß was aus Geld machen«, wende ich ein.

»Die Zeiten ändern sich«, sagt die Jessica und drückt die aufgerauchte Zigarette in den Aschenbecher. »Und meine Rauchpause ist jetzt beendet.«

»Moment …«, sagt der Lechner, läuft aber voll auf.

»Es war eh nicht offiziell«, erinnert sie ihn und lässt uns stehen.

»Jessica!«, ruft er ihr hinterher.

»Ich dich auch, Onkel Sepp«, erwidert sie, ohne sich umzudrehen und huscht durch die Tür in den Drogeriemarkt.

»Saugfries!«, murrt der Lechner und blickt mich an. Dann auf seine Uhr. »Wir stehen unter Zeitdruck«, stellt er fest. Sonst fällt ihm anscheinend gerade nix ein.

SPANIER

Es dauert kaum zwei Minuten bis zu der Wohnung, in der der Roßhauptner gemeldet ist. Genau genommen handelt es sich dabei um ein Einfamilienhaus mit kleinem Garten hinter einem verwitterten Jägerzaun. Ein typischer Bau aus den Siebzigern, an dem seither nicht mehr viel gemacht worden ist. Anzunehmen, dass er es von seinen Eltern geerbt hat, die meines Wissens beide im Pflegeheim sind. Bei den von der Straße her einsehbaren Fenstern sind die alten, verwitterten Holzläden, die einmal dunkelgrün gestrichen waren, allesamt geschlossen. Schaut fast aus, als wäre der einzige verbliebene Bewohner verreist. Als der Lechner klingelt, halte ich ihn nicht davon ab, denke mir aber meinen Teil. Wenn der Tierschützer dem Kronawitter nicht aufgemacht hat, warum sollte er es beim Lechner tun? Wir stehen also eine halbe Minute rum wie die Deppen. Dann, gerade, als der Lechner zu einer erkenntnisreichen Schlussfolgerung unseres Besuchs hier ansetzen will, ruft es über die nachbarliche Kirschlorbeerhecke hinweg: »Ah, der Herr Kriminalinspektor!«

Im selben Moment fällt mir ein, dass gleich nebenan die Moser Erna wohnt. Vom Gerüchtekaliber her eine ähnlich gefährliche Nachbarin wie die Dürre gegenüber der Rosenbergerin. Wobei mir die Moserin, trotz aller Schwatzhaftigkeit, sympathischer ist. Sie hat sogar mal – zwar völlig ungewollt, aber doch entscheidend – dazu beigetragen, dass ich ein Verbrechen aufklären konnte. Wofür ihre ausgeprägte Neugier und die unwiderstehliche Neigung, Gehörtes und Gesehenes zusammen mit unkontrollierten Fake News zu verbreiten, eigentlich ganz praktisch war. Mir schwant, dass diese unerwartete Begegnung möglicherweise frischen Wind in die bislang sehr zähen, ich möchte sogar sagen, stockenden Ermittlungen bringen könnte. Die Moserin bessert sich ihre Witwenrente damit auf, dass sie bei uns im Ort diverse Putzstellen hat. Und damit eigentlich über einen unverantwortlichen Einblick in die privaten und privatesten Angelegenheiten diverser Leute verfügt. Ich will mir gar nicht ausmalen, was die über so manchen meiner Mitbürger alles weiß.

»Grüß Gott, Frau Moser!«, rufe ich zurück, so freudig, wie ich nur kann.

»Ist das Ihr Handlanger, der, der immer das Auto holt?«, fragt sie zurück, und ich höre sie hinter ihrer Hecke kichern. Verlegen schiele ich zum Lechner hin. Noch schaut er nur etwas irritiert drein. Ich zucke mit den Schultern, denn es gibt keine wirkliche Erklärung dafür, warum mich die Moserin für einen Kriminaler hält. Zumindest keine vor dem Lechner aussprechbare, weil ich mir nämlich nicht auch noch eine Anklage wegen Amtsmissbrauch aufhalsen kann. Ich stecke sowieso schon tief genug in den Fäkalien.

»Sie wissen nicht zufällig, wo sich Ihr Nachbar rumtreibt?«

Bislang war mehr oder weniger nur ihre nachgefärbte Dauerwelle zu sehen. Doch jetzt, von dieser Frage animiert, watschelt sie im Schutz der Hecke vor zur Straße und herüber zum nachbarlichen Gartentor. Vor dem sie natürlich nicht Halt macht, sodass sie Sekunden später direkt vor uns steht, die Hände in den tiefen Taschen ihrer Kittelschürze. Richtig erholt schaut sie aus. Runzlig, aber braun gebrannt.

»Hat er was verbrochen?«

»Das versuchen wir gerade zu ermitteln, und deswegen müssten wir ihn dringend finden«, erkläre ich.

Ihr rundes Gesicht hellt sich noch weiter auf. »Mei, Sie hab'n so ein Glück, noch vor drei Tagen war ich auf Mallorca. Mit Sonnenklar, Sie wissen schon, die vom Fernsehn. Ich sag's Ihnen, ein Traum, vor allem Ende September, wenn die ganzen Sommerurlauber weg sind, weil ihre Schrazn wieder in d' Schul müssen. Und wenig Russ'n, dieses Jahr, wahrscheinlich wegen den Sanktionen. Das war noch ganz anders, die Male davor. Aber diesmal, alles wunderbar, ich bin immer noch ganz selig. Vier Sterne habe ich diesmal g'habt. Und so nette Kellner, mei und überhaupts, diese Spanier! Das ist schon so, wie sie immer sagen. Von wegen feurig und so.«

Ich will es mir lieber nicht vorstellen und schlucke trocken. »Ja, das freut mich sehr«, presse ich hervor und tausche erneut einen Blick mit dem Lechner, der mir entgegen der Absprache weiterhin das Wort überlässt. »Aber wo genau liegt jetzt da unser Glück?«

»Mei, Sie hab'n ja so ein Glück!«

»Herrschaft!«, raunzt der Lechner.

Ich ignoriere ihn und versuche weiter, für gutes Wetter zu sorgen. »Sie putzen doch nicht etwa beim Roßhauptner?«

»Jetzt hat's g'schnackelt.«

»Sie hat einen Schlüssel«, erkläre ich dem Lechner und frage mich, für welches Gebäude im Ort die Moserin wohl keinen Türöffner hat.

»Mei, so ein Glück, Herr Inspektor. Ich hol ihn g'schwind.«

Sie ist wirklich schnell, die Moserin, vor allem für ihre gut siebzig Jahre. Die Neugier setzt eben ungeahnte Energien frei. Oder es sind die Nachwirkungen der feurigen Spanier? Jesus, Maria und Josef, ich will diesen Gedanken unverzüglich wieder aus dem Kopf haben.

»Hättest du dir gedacht, dass der Roßhauptner sich eine Putzfrau leistet?«, frage ich den Lechner, der die ganze Zeit seltsam still gewesen ist. Und dabei handelt es sich um die Art von Stille, die mir andeutet, dass er etwas in sich hineinfrisst, statt es rauszulassen. Mir ist klar, dass sich so ein innerer Stau über kurz oder lang richtig übel auswirken kann. Vor allem für mich. Deshalb beschließe ich, erst mal den Mund zu halten, während wir im Rücken der Moserin darauf warten, dass sie uns die Haustür vom Roßhauptner aufschließt.

Ein ekelhaft süßlicher Geruch schlägt uns entgegen, und ich mache instinktiv einen Schritt rückwärts. Früher in meiner Jugend, als ich noch Fußball gespielt habe, da hat es manchmal so aus meiner Sporttasche rausgestunken, wenn ich vergessen hatte, das Trikot zum Auslüften oder Trocknen herauszunehmen, und zudem die Abstände zwischen den Trainings recht lang waren. So lang wie die Sommerferien zum Beispiel. Ja, in diesen Intervallen, in denen die Sportsachen bei heißen Temperaturen in der Tasche gefangen waren, da haben sich im Sporttaschenbiotop eigentümliche Gerüche kultiviert, die mich an den Gestank erinnern, der nun aus dem Haus vom Roßhauptner ins Freie weht.

»Hallo, Herr Roßhauptner!«, ruft der Lechner unbeeindruckt ins Halbdunkel des Hauses hinein.

»Der ist nicht da, es war doch zweimal abgeschlossen«, klärt uns die Moserin auf.

»Wie lang putzen Sie schon für den Mann?«, fragt der Lechner.

»Na ja, seit er in der Politik ist. So zwei, drei Jahr. Sie glauben ja nicht, was das für ein Dreck war, als ich das erste Mal hier hereingekommen bin. Schier verzweifelt bin ich, weil ich gar nicht gewusst hab, wo ich anfangen soll.«

Unerschrocken will die Moserin vorangehen, doch der Lechner hält sie zurück. »Sie warten jetzt bitte hier!«, verlangt er.

Die Putzfrau verzieht ihr gebräuntes Gesicht. »Hat der denn was zu sagen?«, wendet sie sich an mich.

»Ausnahmsweise«, murmele ich und dränge an ihr vorbei, dem Lechner hinterher.

Der Flur, die Küche, der Blick ins Wohnzimmer. Durchgängig ein Saustall. Die Moserin war zu lang auf Mallorca, zumindest was den Roßhauptner anbelangt. An der letzten Tür, auf die uns der enge Gang zuführt, hängt sein altes BÖP-Wahlplakat, mit dem er für die Ökopartei kandidiert hat. Wenn er Fotograf und Werbeagentur nach der Wahlpleite verklagt hätte, er hätte gewonnen.

»Das is' das Büro!«, ruft die Moserin vom Eingang her. »Da sperrt er immer ab.«

Der Lechner drückt die Klinke und findet bestätigt, was die Putzfrau behauptet. Abgeschlossen.

»Es ist das einzige Zimmer im Haus, wo ich nicht reinsoll«, teilt uns die Moserin mit. Garantiert hat sie es trotzdem schon probiert. Nachdem der Gestank vor dieser Tür am intensivsten zu sein scheint, muss er aus dem mutmaßlichen Büro dahinter kommen.

Der Lechner rüttelt an der Klinke, was freilich auch nix hilft.

»Habt's ihn g'funden?«, schreit die Moserin in unserem Rücken. »So wie's da rausstinkt, könnt man annehmen, er ist schon länger tot.«

»Sie gehen jetzt bitte wieder rüber, Frau Moser, wir bringen den Schlüssel, wenn wir fertig sind«, schreit der Lechner zurück. Das wird ihr nicht schmecken, denke ich, halte mich aber zurück. Kurz darauf ist deutlich zu hören, wie sie in ihren Damenbart hineinmosert und davonschlurft. Schon sehe ich sie im Geiste die Straße auf- und ablaufen und allen, die es wagen, ihren Weg zu kreuzen, von einer Leiche im Haus vom Roßhauptner erzählen. Ausgeschmückt mit allen erdenklichen Details.

»Warum schließt der da ab?«, brummt der Lechner vor sich hin. Jetzt kommt er mir wieder völlig verwandelt vor. Nahezu enthusiastisch im Vergleich zu seinem zwischenzeitlich stark verminderten Diensteifer. Und das rührt mich. Denn auf einmal wird mir klar, dass er nur deshalb so drauf ist, weil er mich unbedingt vor dem Knast bewahren will. Mir wird es ein wenig schwammig in den Knien. Das könnte natürlich auch von dem Gestank kommen. Der ist quasi wie eine Vorahnung, und als vernunftbegabter Mensch will man nicht unbedingt wissen, wodurch er verursacht wird. Das Kopfkino reicht da völlig aus. Alles andere als schöne Bilder, wenn man so wie ich über ausreichend Vorstellungskraft verfügt. Wenn man allerdings schon so gut wie vor dem Haftrichter steht, setzt man andere Prioritäten. Und so bleibt in diesem Fall keine andere Option, als die Ursache der Geruchsentwicklung zu ergründen.

So forsch wie möglich wende ich mich an den Lechner. »Komm, pack deinen Dietrich aus! Wir haben nix mehr zu verlieren.«

Er schaut mich an, als würde er mich gleich verhaften – wenn er's nicht schon getan hätte. In der Sekunde wird mir klar, dass dieses *Wir* vielleicht etwas zu vereinnahmend war. »Also, ich meine: Ich, *ich* hab nix mehr zu verlieren.« Natürlich hat er sehr wohl was zu verlieren, aber ich kann ja nicht alles mit einberechnen.

Tatsächlich kramt er nun in seiner Uniformjackentasche und zieht ein handliches schwarzes Ledermäppchen heraus. Ich stelle mich so hin, dass niemand sehen kann, wie er sich zum Schloss runterbeugt. Schirme ihn gewissermaßen ab, nur für den Fall, dass die Moserin noch irgendwo herumschleicht. Es knackt unverhofft schnell. Er hat das auf jeden Fall schon öfter praktiziert. Kaum ist die Tür einen Spalt offen, presse ich mir mit den Fingern die Nase zu. Von da drinnen stinkt es nicht nur bestialisch, es summt und brummt auch, als wären wir in ein Wespennest getreten, in dem der komplette Schwarm an Bronchitis leidet. Weil es halt keine Wespen sind, sondern die haarigen, bisweilen grün schillernden Hautflügler, die ganz besoffen von so viel totem Gewebe sind.

KOKAIN

Schmeiß- und Stubenfliegen in immenser Zahl schwirren high von den Verwesungsdämpfen wie Kamikazepiloten durch den kleinen Raum, der offenbar mehr als Rumpelkammer statt als Büro dient. Das ehemals bunte, verspielt infantile Tapetenmuster lässt erahnen, dass das hier mal ein Kinderzimmer war. Aller Vermutung nach das vom Roßhauptner Albin. Aber natürlich erfasse ich das nur unterbewusst, denn mein Blick ruht wie erstarrt auf dem Stuhl mitten im Raum.

»Sauerei, elendige«, kommentiert der Lechner, geht rüber zum Fenster und reißt es auf, was die Fliegenarmada noch narrischer werden lässt. Ich bin im Türrahmen stehen geblieben und taste blind nach dem Lichtschalter. Der ist klebrig, und ich verspüre den dringenden Wunsch, mir die Hände zu waschen.

Luft von draußen und Licht von der Deckenleuchte machen das Szenario nur geringfügig erträglicher. Immerhin: Was so bestialisch stinkt, ist nicht die Leiche vom Roßhauptner. Es ist gar keine Leiche. Jedenfalls keine menschliche. Dort hängt lediglich ein Fell, dem Anschein nach von einer Wildsau, zusammengefaltet über der Stuhllehne. Struppig und verdreckt, muss es erst vor Kurzem abgezogen worden sein. Blut ist auf den abgewetzten Linoleumboden getropft und hat unter dem Stuhl eine fußmattengroße Lache gebildet. Die ist mittlerweile eingetrocknet, aber das geht bei Blut ja recht schnell. Beim Anblick des Schweinebalgs schießen mir wirre Bilder durch den Kopf, aber ich komme schnell mit mir überein, dass der Roßhauptner die Wildsau nicht selber auf dem Gewissen hat. Entweder hat er das Fell während einem seiner aktivistischen Einsätze sichergestellt ... oder, was wohl wahrscheinlicher ist, es wurde ihm untergejubelt. Als eine Art Warnung, wie man es gelegentlich in Filmen sieht, die das organisierte Verbrechen thematisieren. Wo den Leuten geköpfte Hühner, aufgeschlitzte Katzen oder Schweinsköpfe vor die Haustür gelegt werden. Diese Überlegung erzeugt sofort ein drängendes Jucken zwischen den Schulterblättern. Grund genug, den Gedanken weiterzuverfolgen. Für einen Moment muss ich an den Herbert denken und daran, dass ich ihn nicht als blutige Warnung auf meiner Schuhabstreifer finden möchte.

Links von mir steht ein mit Krimskrams und Nippes überladenes Regal. Das meiste Zeug, das der Roßhauptner dort verstaut hat, ist dick mit Staub überzogen und übersät mit Fliegendreck. Kitschige Bierkrüge mit Zinndeckel, billige Blechpokale, die davon zeugen, dass irgendwer aus der Familie mal bei den Sportschützen war. Dazwischen Akten und vergilbte Bücher, die komplette Konsalik-Reihe von Weltbild, die Bibel, wenig abgegriffen, ein Atlas und ein Tierlexikon. Und etwas, das ausschaut wie eine Seifenschale. Oder auch nicht. Warum mir die Porzellanschale überhaupt ins Auge fällt, liegt daran, dass sie als einziger Gegenstand in der kuriosen Sammlung relativ neu ist. Und kulturell ein deutlicher Ausreißer. Umso ungewöhnlicher erscheint mir mein Gefühl, diesen Gegenstand schon einmal irgendwo gesehen zu haben. *Ich kenn das, zefix! Nur woher?*

Wie ferngesteuert greife ich mir das Ding und betrachte die asiatischen Verzierungen an der Umrandung. Die leichte Vertiefung ist scharf geriffelt und erinnert mich entfernt an die Obstreibe, mit der mir die Mama früher Apfelbrei zubereitet hat. Ich drehe das Teil um und suche einen Herstellerhinweis, ohne jedoch etwas zu entdecken.

»Kruzitürken!«, vernehme ich den Lechner, der sich über einen Beistelltisch beugt. Ein antiquarisches Möbelstück aus den Sechzigern, in der Form einer Niere. Auch der Rest des Interieurs wirkt kaum jünger und daher entsprechend abgewohnt. Vieles ist gegen die Wände geschoben, zusammen und übereinander gestellt und von Kartons umringt.

Weil ich die Seifenschale nicht wieder zurücklegen will, stecke ich sie in meine hintere Hosentasche, bevor ich zum Lechner gehe und ihm über die Schulter schaue. Mit schräg gelegtem Kopf neigt er sich noch weiter runter, bis er mit einem Auge auf Tischkantenhöhe ist. Gleichzeitig tupft er behutsam mit dem Zeigefinger in ein feines Pulver, das wie ein Grauschleier auf der Tischplatte verteilt liegt. Etwas von dem Pulver bleibt an der Fingerkuppe kleben, und er reibt es zwischen Daumen und Zeigefinger.

»Kokain?«, frage ich.

Er riecht daran und zuckt mit den Schultern.

»Jetzt probier's halt!«, fordere ich ihn auf.

Er schnaubt. »Ja, freilich! Und wenn es Zyankali ist, lieg ich tot da und du kannst stiften gehen.«

»Geh, ein bisserl mit der Zungenspitze hin und schaun, ob's bitzelt.«

Er dreht sich zu mir um und streckt mir seinen Finger entgegen. »Ladys first!«

Verlegen trete ich von dem einen auf den anderen Fuß. Noch nie in dreiundvierzig Jahren war ich in der Verlegenheit, Kokain probieren zu müssen. »Nicht in meinem Zustand«, rede ich mich raus.

»Soll aber recht gut gegen Kater helfen, habe ich gehört.« Er grinst, was ich schon eine gefühlte Ewigkeit nicht mehr bei ihm gesehen habe.

»Das muss ins Labor!« In meiner Not kehre ich den gesetzestreuen Regelbefolger heraus.

»Weißt du, wie lang das dauert, bis das Zeug in Passau und analysiert ist?«

Zu lang, als dass es mir helfen würde, so viel ist klar. Diese Erkenntnis fühlt sich an wie ein herber Rückschlag. »Und, was machen wir jetzt?«

»Du hast doch Kontakt zu jemanden, der ein Labor hat, und das quasi ums Eck.«

Ich weiß sofort, wen er meint. »Die Höllmüllerin«, flüstere ich und fühle mich mit einem Schlag noch viel schlechter, weil mir unverhofft irgendetwas heftig aufs Gewissen drückt.

MR. SPOCK

Vom Kirchturm her läutet die Mittagsglocke.

Ich lasse mich etwas zu schwungvoll in den Autositz fallen und kreische auf, als mich etwas in die Arschbacke beißt. Der Lechner zuckt zusammen.

»Kreizhimml!«

Mit einer schmerzhaften Verrenkung gelingt es mir, das Ding aus meiner Hose zu ziehen. Zum Glück ist es nicht zerbrochen, sonst hätte ich jetzt Porzellanscherben in meinem Hintern stecken.

»Was hast du da?«

»Chinesische Ingwerreibe.«

»Echt?«

»Keine Ahnung«, gebe ich zu und reiche das Teil dem Lechner, der es dreimal umdreht, bevor er es zurückgibt.

»Hast du etwa so eine Marotte und klaust Souvenirs, wenn du bei fremden Leuten uneingeladen in die Wohnung spazierst?«

»Geh, spinn dich aus! Ich hab einfach das Gefühl, dass ich so was schon mal im Fernsehen gesehen hab. Ich komm nur nicht drauf, in welchem Zusammenhang. Es war jedenfalls auf so einem Sender, über den man normalerweise schnell drüberschaltet. n tv, Phönix, DMAX, so Zeugs halt.«

Er will offenbar irgendwas darauf sagen, doch in dem

Moment klopft die Moserin gegen die Seitenscheibe. Genervt lasse ich das Fenster runter.

»Was ist jetzt mit dem Schlüssel?«, fragt sie übertrieben echauffiert.

»Brauchen wir noch!«, raunzt der Lechner zurück.

»Weil er hin is'?«

»Nein, ist er nicht, aber die Wohnung bleibt trotzdem vorerst versiegelt. Mit dem Putzen müssen Sie noch warten!« Damit hat der Lechner offenbar entschieden, dass er genug ausgeplaudert hat; er schließt das Fenster, startet den Motor und gibt Gas.

Eigentlich müsste ich mich ja freuen, dass er so engagiert dabei ist, aber irgendwie …

»Den offiziellen Weg können wir vergessen, solang es uns so pressiert«, sagt er, als schwämme er wieder in meinem Gedankenstrom. Er wirft mir einen kurzen Seitenblick zu. »Sonst bist doch auch ganz wild drauf, sie zu treffen. Und man muss sich auch mal verwundbar zeigen, das ist es nämlich, was den Frauen besonders imponiert.«

Er muss es ja wissen – und natürlich stimme ich ihm grundsätzlich zu. Hier bietet sich für mich möglicherweise die letzte Gelegenheit, ihr als freier Mann gegenüberzutreten. Jedenfalls als halbwegs freier Mann, weil ich ja offiziell schon festgesetzt bin und der Lechner nicht von meiner Seite weichen wird.

Schon halten wir vor dem Ärztehaus im Ortskern. Die Praxis von unserer Allgemeinärztin Franziska Höllmüller befindet sich im dritten Stock. Ausnahmsweise funktioniert der Aufzug, weshalb wir uns das Treppensteigen sparen können. Laut Öffnungszeiten ist gerade geschlossen, aber diesen

Hinweis übersieht der Lechner geflissentlich. Vielleicht weiß er genau wie ich, dass die Höllmüllerin über Mittag meistens ihren Bürokram erledigt oder sich mit autogenem Training auf den nachmittäglichen Patientenansturm vorbereitet. Er klingelt, klopft zusätzlich, und dann ruft er obendrein ihren Namen, damit auch jeder im Haus mitbekommt, dass wir hier sind.

Es dauert nur wenige Sekunden, dann reißt die Frau Doktor die Tür auf. Sie trägt ein weißes Polohemd und farblich darauf abgestimmte Praxishosen. Ganz klassisch. Alles Modernere würde ihre überalterte Kundschaft zweifellos verunsichern. »Gibt's eine Leich?«, fragt sie, weil das für sie der wahrscheinlichste Grund ist, wieso der Lechner bei ihr vor der Praxis steht. Gelegentlich hat sie schon die erste Leichenbeschau am Tatort übernommen. Das geht schneller, wie wenn sie einen Gerichtsmediziner aus Passau anrücken lassen, zumal wenn eh offensichtlich ist, dass der Bauer, der an einem Balken in seinem Heustadel hängt, ohne Fremdeinwirkung gestorben ist.

Eine Leiche gibt es zwar, nämlich die vom Rosenberger Horst, aber deswegen sind wir nicht hier. Nicht in erster Linie jedenfalls. Das sagt der Lechner natürlich nicht. Braucht er auch nicht, denn ihr Blick ruht ohnehin längst auf mir.

»Wie schaust du denn aus?«

Eine Frage, die man auf diese Weise auch nicht hören will, von der Frau, von der man meint, dass sie in einen verliebt ist.

»Verhaftet schaut er aus«, erklärt der Lechner geradeheraus.

Ich kann gar nix mehr sagen, weil mich trotz aller Bedenken und Erinnerungslücken unerwartet ein gefühlvoller

Moment der Freude überwältig, so wie sie da vor mir steht. Mit ihren Kastanienlocken und den Mokkaaugen, bei deren Tiefe mir schon seit meiner Jugend das Herz aufgeht. Ein Effekt, der ungebrochen ist, offenbar selbst wenn ich unter Mordverdacht stehe. Schon während der Zeit auf dem Gymnasium war ich in die Franziska verliebt, doch zu meinem Leidwesen ist damals nichts aus uns geworden. Genau genommen war ich immer so etwas wie die zweite Wahl für sie. Jedenfalls bin ich mir so vorgekommen. Obwohl es gelegentlich so ausgeschaut hat, als wäre endlich meine Zeit angebrochen, sich ihr mehr als nur kumpelhaft zu nähern, hat sich ihr Herz dann doch jedes Mal zu jemand anders hingezogen gefühlt. Hat quasi auf den letzten Metern die Richtung gewechselt, ist von Liebe erfüllt an mir vorbeigeschossen und gegen die Emotionspumpe eines anderen geprallt. *Heart to Heart*!, wie Kenny Loggins singt. Später war sie dann zum Studieren in Heidelberg und hat in der Fremde sogar geheiratet. Ein schwerer Schlag für mich, als ich davon erfahren habe. Nur dass ihre Ehe nicht, wie vom Papst vorgesehen, ewig gehalten hat. Mit mir redet sie nicht gerne darüber, und ich will es eigentlich auch gar nicht im Detail wissen. Insgeheim muss ich ja dankbar sein, dass sie diese schlechte, kinderlos gebliebene Episode durchlebt hat, sonst wäre sie vermutlich gar nicht in ihre schöne Heimat zurückgekehrt, wo sie sich letztlich vor rund fünf Jahren als Allgemeinärztin niedergelassen hat. Nur deshalb nämlich haben wir uns wiedergefunden, und nun schaut es seit ein paar Monaten in der Tat danach aus, als ob unsere Herzen doch auf Tuchfühlung gegangen wären. *Heart to Heart*, und diesmal für mich! Einerseits kann ich also gar nicht verstehen, warum ich die Begegnung mit ihr heute so gescheut habe. Ich merke doch, wie gut sie mir tut, schon wenn ich sie nur ansehen darf. Andererseits besteht da nach wie vor dieses Hemmnis, als stünde seit zwei Tagen etwas schwer zu Überwindendes zwischen uns. Wir haben nicht direkt gestritten, und dennoch …

Für eine Sekunde bin ich eine Handbreit davor, mich wieder zu erinnern. Doch dann lässt der Lechner in bestimmtem Tonfall verlauten, dass wir Amtshilfe brauchen – und der Vorhang des Vergessens, der gerade im Begriff war, sich zu lichten, fällt wieder herab, so unerbittlich wie nach einer allerletzten Vorstellung. Genau wie bei meiner möglicherweise tödlichen Begegnung mit dem Rosenberger entscheidet mein Unterbewusstsein auch in Sachen Höllmüllerin, dass ich noch nicht bereit bin, der Wahrheit ins Auge zu sehen.

»Wie, helfen?«, fragt sie, und sofort weicht die Wärme, mit der sie mich für ein paar Sekundenbruchteile angestrahlt hat, einer spürbar untertemperierten Distanz. Auch wenn sie bisher darauf bedacht war, unser Verhältnis noch nicht Beziehung zu nennen, zeigt mir ihr Verhalten klarer als je zuvor, dass wir genau das miteinander haben. Eine Beziehung! Denn nur eine echte Beziehung macht Enttäuschung so deutlich wie die, die sich gerade in ihren Augen spiegelt. Eine Enttäuschung, die man nur jemandem gegenüber empfinden kann, der einem mehr bedeutet, als einem vielleicht lieb ist.

Unempfänglich für jeglichen Gefühlskonflikt, hält der Lechner das Tütchen hoch, in dem er ein wenig von dem ominösen Pulver gesammelt hat. »Kannst du überprüfen, um was es sich hierbei handelt?«

Sie schaut skeptisch drein, was ihr einen wirklich hinreißenden Ausdruck verleiht, vor allem wenn sie dabei die rechte Braue etwas hochzieht. Nicht so weit wie Mr. Spock, aber dafür überaus sexy, was ich von Leonard Nimoy niemals nicht sagen könnte.

»Wir wollen nur wissen, ob es Kokain ist«, füge ich hinzu, und mir fällt auf, dass sie immer noch nicht nachgefragt hat, warum ich *fast* verhaftet bin. Das kann nur bedeuten, dass sie bereits Bescheid weiß über das Schicksal vom Rosenberger und darüber, wie es nach aktuellem Erkenntnisstand mit dem meinen verwoben ist.

Sie nimmt dem Lechner den Klarsichtbeutel aus der Hand und hebt ihn gegen das Oberlicht, durch das die Mittagssonne ins Treppenhaus fällt. »Das schaut nicht nach Kokain aus«, stellt sie fest und gibt dem Lechner das sichergestellte Beweismittel zurück.

»Aber wir müssten trotzdem wissen, was es ist«, werfe ich ein, bevor der Lechner auch nur den Mund aufkriegt.

»Warum gibst du es nicht ins Labor?« Wieder wendet sie sich an den Polizeihauptmeister, als wäre ich gar nicht mehr vorhanden. Nach der kurz aufgeflammten Sorge über meinen schlechten Zustand, die sie offenbar nicht ganz kontrollieren konnte, behandelt sie mich jetzt wie Luft. Jetzt, da sie ihre Beherrschung wiedererlangt hat.

»Weil wir sofort ein Ergebnis brauchen.«

»Sofort! Tja. Ich hab jetzt Mittagspause!«

»Gegebenenfalls könnte jede Sekunde zählen, sofern du nicht völlig abgeneigt bist, dem Fellinger zu helfen«, erklärt der Lechner, und wieder fühle ich das unzerreißbare Band einer echten Männerfreundschaft zwischen uns. Wie er sich für mich einsetzt, sogar vor der Höllmüllerin, die mich in den letzten Wochen doch das ein oder andere Mal davon abgehalten hat, mit ihm beim Pauli eine Halbe zu trinken!

»Dann stimmt es also, was die Leute erzählen. Dass er angeblich den Rosenberger Horst …«

Er!

»Egal was du gehört hast, nix davon ist wahr«, verteidige ich mich etwas zu schrill. »Wir arbeiten daran, den wahren Täter zu finden.«

»Ihr zwei?« Selbst in dieser ernsten Lage kommt ihr ein Schmunzeln aus. Was mich mehr als hart trifft. Ich muss sie wirklich arg vergrault haben.

»Es wär besser gewesen, du hättest das letzte Bier auf dem Feuerwehrfest stehen lassen. Und auch die Blonde, mit der es so lustig war an der Bar.« Auf einmal bin ich nicht mehr Luft, sondern werde von ihrem Blick förmlich aufgespießt. Immerhin macht sie durch ihre Äußerung klar, dass wir uns dem Casus Knacksus nähern. Davon weiß sie also. Zefix! Instinktiv ziehe ich den Kopf zwischen die Schultern. Eine völlig unnötige Geste, weil ich doch der festen Überzeugung bin, dass ich diesbezüglich nichts zu bereuen habe. Aber die unbedachte Körperhaltung signalisiert jetzt natürlich genau das Gegenteil.

»Und ausgerechnet die Fischer Moni«, zischt sie und reißt dem Lechner die Tüte mit dem falschen Kokain aus der Hand. »Ich meld mich«, sagt sie, ehe sie noch einmal mich ins Visier nimmt. »Wie kann man nur so viel saufen, dass man vergisst, um was es im Leben wirklich geht?« Mit dieser Frage knallt sie uns die Tür vor der Nase zu.

»Die Fischer Moni also«, kommentiert der Lechner und schüttelt den Kopf.

COWBOY

»Ich komm einfach nicht darauf, warum ich auf dem Feuer-wehrfest so unverhältnismäßig zugelangt habe«, murmele ich. Wir sitzen wieder im Karrn vom Lechner, und ich fühle mich so antriebslos wie heute Morgen, als er mich aus dem Bett geklingelt hat. Weil wir vorm Ärztehaus in der prallen Okto-bersonne parken, ist es kaum zum Aushalten, selbst mit her-untergelassenen Fenstern.

»Was hat sie jetzt damit gemeint: worum's im Leben wirk-lich geht?«

»Ja, stocher du halt auch noch in der eitrigen Wunde rum«, maule ich zurück, weil ich mir nicht anmerken lassen will, dass ich selber nicht draufkomme. »Fahren wir jetzt zur Fi-scherin oder nicht?«

»Die arbeitet doch im Baumarkt, oder?«

Da ich handwerklich nicht besonders geschickt bin, komme ich dort selten vorbei, weshalb ich ihm die Frage schlichtweg nicht beantworten kann.

»Oder macht die beim Hofer Erwin das Büro?«, sinniert er weiter. Der Erwin hat einen Sanitärbetrieb im Ort, und ich versuche mir die Fischerin vorzustellen, wie sie die Rechnung für die Installation einer Kloschüssel schreibt. Zu mehr fehlt mir gerade die Kraft. Vielleicht wäre es wirklich besser, der Sepp bringt mich zurück aufs Revier und kastelt mich ein, bis der von der Kripo anrückt. Aber will ich allen Ernstes auf unser Justizsystem vertrauen und darauf bauen, dass niemand Unschuldiges verurteilt wird? Ich bin froh, dass im nächsten Moment das Handy vom Lechner fiept und mich von meinen Überlegungen abbringt.

»Der Kronawitter schickt eine SMS.«

»Kann der das?«

»Depp«, sagt der Lechner und drückt dermaßen grob auf dem Display rum, dass mir die Frage auf der Zunge liegt, ob auch er Schwierigkeiten mit dieser modernen Technik hat.

»Sie haben die Handydaten vom Rosenberger ausgewertet. Schau her, der Kronawitter hat sogar ein Bild angehängt«, verkündet er so stolz, dass man meinen könnt, der Kronawitter wird diesmal sein Mitarbeiter des Monats.

Wie gebannt starren wir auf dem Bildschirm und warten, bis die Datei sich runtergeladen hat. Mit der Zeit gewöhnt man sich an die schwache Netzabdeckung in der Gegend. Man könnte auch sagen, wir kennen es gar nicht besser. Auf gewisse Weise sind Funklöcher eine effektive Art der Telekommunikationsanbieter, den Leuten beizubringen, wie man sich in Geduld übt. Eine Art digitales Yoga, sozusagen. Ich könnte mir vorstellen, dass das durchaus politisch gewollt ist, um das aufbrausende Volk der Niederbayern unterschwellig zu zügeln. *Bloß keinen Aufstand riskieren, von den Wahnsinnigen dort unten!* Wenn uns jetzt jemand durch die Windschutzscheibe beobachtet, wie wir zwei so vertraulich die Köpfe zusammenstecken … Dann endlich füllt das Foto das Display.

»Da pfeift doch der Straps!«

»Das wär nicht das Einzige gewesen, schreibt der Kronawitter. Es gäbe ganz viele davon«, klärt mich der Lechner auf und zieht mit Daumen und Zeigefinger das Bild noch etwas auf, das den Rosenberger Horst in sehr eindeutiger Zweisamkeit mit der Fischer Moni zeigt. »Eigentlich war's ja klar, dass der was mit der Fischerin am Laufen hatte, sonst wäre er dich beim Feuerwehrfest kaum so angegangen.«

»Klar? *Klar*? Klar ist das überhaupt nicht. Das klingt jetzt schon wieder gerade so, als hättest du damit das Motiv, weswegen ich den Jäger über Jordan gebracht haben könnte.«

»Ich mach mir nur meine Gedanken.«

»Dann mach dir bitte auch Gedanken über die anderen! Übern Roßhauptner, der in seinem Kokainrausch vielleicht nicht nur den Graml, diesen alten Hühnerquäler, niedergeschlagen, sondern gleich auch noch den Rosenberger für seine zahllosen Tiermorde bestraft hat.«

»Sehr wacklige Theorie! A: Wir wissen nicht, ob's Kokain ist. B: Der Graml selbst hat revidiert, dass es der Roßhauptner gewesen wär, der ihm eine über den Bluza gezogen hat. Den hat der Hühnerquäler doch auf Mistgabellänge von sich fern gehalten«, erinnert er mich.

»Und C?«

»Zu C fällt mir grad nix ein.«

»Dann war's halt der Maier Michl, den der Rosenberger ohne Frage wegen seiner Wilderei im Visier hatte.«

»Der Maier!«, wiederholt der Lechner überlaut, reißt die Tür auf und springt aus dem Auto. Zuerst kenne ich mich nicht aus, verstehe nicht, warum der Herr Wachtmeister davonrast, als hätte ihn eine Hornisse in den Allerwertesten gestochen. Erst wie ich sein Davoneilen durch die verschmierte Windschutzscheibe verfolge, bemerke ich plötzlich, dass unser gesuchter Wilddieb soeben die Metzgerei vom

Wasner Karl betritt. Mit meinem Freund Lechner gleich auf den Fersen. Hastig steige ich aus dem Wagen und eile hinterher. Der Michl hat keine Zeit für eine Leberkässemmeltransaktion – oder weshalb auch immer der Maier in den Metzgerladen gegangen ist –, weil ihn der Lechner im Polizeigriff schon wieder durch die Eingangstür schiebt. Ihnen hinterdrein schwappt der vertraute, jetzt allerdings abschreckende Geruch der Fleisch- und Wursttheke, und mein Magen verkrampft sich. Nein, was meine Agilität und den Zustand meines Verdauungstrakts betrifft, bin ich nach wie vor nicht in Topverfassung.

»Polizeistaat!«, protestiert der Maier, der sich im Griff vom Lechner windet, und unter anderen Umständen hätte ich ihm zugestimmt.

Der Michl dürfte so Anfang dreißig sein, also nicht meine Generation, weshalb er mir während der Schulzeit auch nicht aufgefallen ist. Freilich hat man die Maiers vom Aussiedlerhof irgendwie gekannt und wusste auch, dass die einen Buben haben, der irgendwie immer ein bisserl schmuddelig daherkam, genau wie seine Eltern. Der Apfel fällt halt nicht weit vom Pferd, wie man so schön sagt. Ohne dass ich ihm jetzt unterstelle, nicht jeden Tag zu duschen. Er hat dieses leicht abgerissene Auftreten irgendwie beibehalten, und eigentümlicherweise lässt ihn der Schmuddellook nun im Erwachsenenalter auf interessante Art rebellisch aussehen. Er verkörpert den staubbedeckten Cowboy, der gerade vom Viehtrieb zurückkehrt und mit lässigem Schwung in der Hüfte in den Saloon schlendert. Das weizenblonde Haar strähnig, die Wangen unrasiert. Ich kann mir gut vorstellen, dass sein Auftreten bei Frauen wie der Fischer Moni die Herzfrequenz erhöht.

Abgesehen davon, dass wir hier keinen Saloon haben und der Maier auch keine Kühe mehr, die er irgendwo hätte hintreiben können. Die Vorschriften und Bestimmungen der EU-Agrargesetzgebung haben es für den Maier-Bauern unmöglich gemacht, den Bauernhof in der Form weiterzuführen, wie sie es davor über Generationen gekannt und bewerkstelligt haben. Eine Form, die aufgrund ihrer mangelnden Rentabilität durchs Subventionsraster gefallen ist, obwohl sie sehr wahrscheinlich sowohl für die Bauersleut als auch fürs Vieh die entgegenkommendste Art der Landwirtschaft war. Aber wen interessieren oben in Brüssel schon Mensch und Tier?

Ein Cowboy ist er trotz allem geblieben, der Michl, halt einer von den vielen Hartz-IV-Cowboys bei uns in der Gegend. Wen wundert's da, dass er seinen Kontostand mit Wilderei aufbessert? Mit der Kaltschnäuzigkeit des Outlaws, sozusagen. Und dass er mit so einem verwegenen Ruf, der sehnigen Statur, den blonden Locken und dem Schmachtblick auch sein Ding bei den Frauen durchziehen kann, das ist nicht schwer vorstellbar. Selbst wenn er so daherkommt wie heute. In seinem verwaschenen Holzfällerhemd, rot-blau-grün kariert, und der Jeans, die zwar keine modischen Löcher, aber dafür coole Flecken hat, wie man sie sich holt, wenn man mit veralteten Landmaschinen und Abschmierfett hantiert.

»Nur eine kurze Unterredung«, versucht der Lechner ihn zu beruhigen und schubst ihn etwas unsanft auf die Bank, die neben dem Schaufenster der Metzgerei an der Wand steht. Die Mittagssonne sticht herunter, und der Maier muss blinzeln. Man könnte meinen, er hockt vor einer Verhörlampe, die ihn grell anstrahlt und ihm zu verstehen gibt, dass ein

Geständnis unumgänglich ist. Dass der Lechner solche stasimäßigen Methoden draufhat, habe ich insgeheim schon immer vermutet.

»Wenn du dich zusammenreißt, verzichte ich auf Handschellen«, verspricht der Lechner und schlenkert mit dem mattierten Stahlfesseln vorm Maier seinem Gesicht herum.

»Ich hab überhaupt nix g'macht, Kreizdeife!«

Ich merke, wie sich in unserem Rücken bereits ein paar Schaulustige zusammenscharen. Wenn man sonst um die Mittagszeit die Marktstraße rauffährt, fühlt man sich bisweilen wie in einer Geisterstadt. Bei uns war nie wirklich viel los, auch früher nicht. Aber zumindest sind wir als Jugendliche noch im Ortskern rumgehangen. Wohin hätten wir an so schulfreien Tagen auch sonst sollen? Mit dem Mofa nach Passau war man leicht eine Stunde unterwegs, je nachdem wie sauber die Schüssel frisiert war. Außerdem ging das nur, wenn es einigermaßen warm war. Da wir früher – also damals, vor dem Klimawandel – gefühlt ein Dreivierteljahr Winter hatten, hat man sich das zweimal überlegt. Und ist meistens daheimgeblieben. Im Ort. Ein trostloser Flecken für einen Jugendlichen, aber immerhin gab es da noch ein paar mehr Geschäfte. Leider werden die jährlich weniger. Dafür haben wir jetzt besseres Wetter. Das lockt die Leut aus ihren Löchern. Auch der Brückentag trägt natürlich dazu bei, dass sie Zeit haben, sich um uns zu versammeln, wie das Scharren und Getuschel hinter mir verraten. Ich spüre die Blicke im Nacken. Wurscht jetzt, denke ich und richte meine Konzentration auf den Maier Michl.

»Bist du nicht mit der Fischer Monika liiert?«

Diese Frage vom Lechner überrascht mich jetzt, weil ich

mir bis eben nicht vorstellen konnte, dass er schon so weit gedacht hat oder überhaupt davon weiß. Fast so, als hätte es in einer der Frauenzeitschriften gestanden, die seine Frau daheim rumliegen hat. Prinz Harry und Prinzessin Meghan bekommen Nachwuchs, der Clooney Schorsch hat sich jetzt doch geoutet, und die Fischerin ist mit dem Maier Michl beim Schmusen am Freudensee erwischt worden. Wie es der Zufall wollte, hatten sich Paparazzi im Schilfufer auf die Lauer gelegt. Lesen Sie alle Details ab Seite sechs. Ich schüttle den Kopf in der Hoffnung, dass meine verwirbelten Gedanken wie die Schneeflocken in einer Glaskugel langsam zurück auf den Hirnboden sinken.

Der Maier wirkt überrascht – oder er besitzt ein saumäßig gutes Schauspieltalent. Momentan jedenfalls schaut er drein wie ein Drittklässler, der die erforderliche Beichte vor der Erstkommunion eben hinter sich gebracht hat. Freigesprochen von sämtlichen Sünden, die er bis dahin in seinem jungen Leben begangen hat.

»Das mit der Moni, das ist jetzt nix Festes«, erklärt der mutmaßliche Wilddieb in sehr lässigem Tonfall.

»Nix Festes, aha.« Der Lechner stellt sich noch breitbeiniger hin, und der Maier duckt sich noch ein wenig mehr auf seiner Bank. Nicht in erster Linie, weil ihm der Polizeihauptmeister so einen Respekt einflößt, sondern weil der Lechner einen Schatten wirft und er so nicht mehr direkt in die Sonne zu blicken braucht. »Aber wenn wir jetzt einmal hypothetisch davon ausgehen, dass … nehmen wir mal an, der Rosenberger Horst … Also, dass der Rosenberger ein Techtelmechtel mit der Fischer Moni anfangen würde.«

»Rein hypothetisch?«, fragt der Maier.

»Rein hypothetisch«, bestätigt der Lechner. »Da wärst du doch sicher nicht erfreut darüber?«

»Mei, die Moni kann tun und lassen, was sie will. Und was soll das jetzt eigentlich mit dem Rosenberger? Wenn ihr was von dem wissen wollt, fragt ihn doch persönlich«, empfiehlt er, mit einer Unschuldsmiene, dass ich ihm geradewegs eine schmieren könnt.

»Der gibt keine Antworten mehr«, erklärt der Lechner und beobachtet genau wie ich die Reaktion unseres Verdächtigen. Möglicherweise hat er minimal gezuckt oder irgendeine Regung von sich gegeben, die weniger visuell, sondern mehr unterbewusst erfassbar war, auch wenn man so was natürlich nicht in ein Verhörprotokoll schreiben könnte.

»Also, ich kann nicht folgen«, behauptet der Maier, der sich nun nicht nur sündenfrei präsentiert, sondern auch dumm stellt.

»Wir haben den Rosenberger heute früh tot aufgefunden.«

»Der ist hin? Ernsthaft jetzt?« Entsetzen schlägt uns entgegen. Gespielt oder echt? Ich kann mich nicht entscheiden. Jedenfalls wird er eine Nuance bleicher, wie er da vor uns auf der Bank hockt. »Ja … und wie?«, fragt er, eine halbe Oktave höher.

»Hornvergiftung«, kläre ich ihn auf, ebenfalls sehr auf seine Reaktion bedacht.

Der Lechner haut mir seinen Ellbogen in die Seite. »Der Rosenberger und du, ihr seid ja nicht gerade Freunde gewesen«, fährt er dann fort. »Wusstest du, dass er eine Dokumentation deiner Vergehen hinsichtlich des Bundesjagdgesetzes führt?«

»So was macht … hat der g'macht?« Er verschränkt seine

Arme vor der Brust, was ihn jetzt wiederum eher trotzig als bestürzt aussehen lässt.

»Es wär nicht das erste Reh, was der wildert!«, ruft jemand aus der Menge der Zaungäste hinter uns. Ich schaue über meine Schulter und sehe ein gutes Dutzend Leute, von denen ich die meisten mit Namen kenne. Es fehlen nur noch Mistgabeln, Seile und Fackeln, ansonsten hätte auch kein gefeierter Hollywoodregisseur einen eindrucksvolleren Lynchmob inszenieren können. Ich schlucke, weil mir einfällt, dass die sich auch wegen mir zusammengerottet haben könnten. Offensichtlich macht die aufgewiegelte Volksmenge den Maier ebenfalls nervös.

»Mei, wem tut das denn weh, wenn ich mal ein Reh schieß?«

»Abgesehen davon, dass es verboten ist, scheint es den Rosenberger ziemlich beschäftigt zu haben.«

»Der Herr Großwildjäger hätt sich da gar nicht drüber aufregen brauchen, nicht nach dem, was der auf seiner Safari so erlegt hat, diese Drecksau«, knurrt der Maier zurück.

»War er's, hat er ihn um'bracht?«, schreit's von hinten.

»Wegen der Wilderei oder wegen den Weibern?«, will ein anderer wissen.

Jetzt dreht sich auch der Lechner um. »Schleichts euch jetzt, alle miteinander!« brüllt er.

Niemand macht auch nur im Ansatz Anstalten, den Befehl zu befolgen.

»Ich hab jedenfalls keinen um'bracht«, wehrt sich der Maier.

»Dann war's der Fellinger«, schlägt jemand aus der Bürgerwehr vor.

»Ruhe, zefix!«, mahnt der Lechner noch mal, um sich sofort wieder dem Maier zuzuwenden. »Wo warst du heute so zwischen drei und sechs Uhr morgens?«

»Ja, im Bett halt.«

»Zeugen?«

»Die Fischerin vielleicht?«, hake ich nach.

Keine Antwort ist auch eine Antwort.

»Wenn wir jetzt mit einem Durchsuchungsbefehl bei dir anrücken würden, was täten wir finden?«, führt der Lechner sein Verhör fort.

»Nix … glaub ich«, stammelt der Maier.

»Glaubt er«, greife ich die Bemerkung auf, weil mir gerade ein Gedanke kommt. »Und was ist mit Rehfleisch? Eingefroren?«

»Nur Eigenbedarf.«

»Weil du den Rest an den Windpassinger verscherbelt hast?«

Schlagartig bekommt er einen roten Kopf. »Hat die Sau mich etwa hing'hängt?«

»Kann man so sagen«, behaupte ich und freue mich, in die richtige Kerbe getroffen zu haben.

»Das gibt's doch nicht. So ein Aff! Hoch und heilig hat er mir versprochen, dass er sein Maul hält. Und den Preis dafür noch mehr gedrückt.« Der Michl atmet ein paarmal tief durch. »Aber er war eben der Einzige, der es mir abgenommen hat. Was hätte ich denn machen sollen, nachdem sich der Rosenberger bei mir in den Keller geschlichen und die volle Gefriertruhe fotografiert hat. Da musste ich es ja so schnell wie möglich loswerden, bevor die Bullerei anrückt … Ja, der Herr Wachtmeister sollte sich mal lieber für den Hobbykeller von unserem Großwildjäger interessieren«, wendet der Maier plötzlich ein, wie um von seinen eigenen Vergehen abzulenken. Jede Wette, dass bei der Gefriertruhe, in der er das Rehfleisch gelagert hat, mal für eine Weile der Strom ausgefallen ist. Das hat er dem Windpassinger mit Sicherheit verschwiegen, dieser Hundling. Und jetzt sucht er einen, dessen Schultern breit genug sind, damit er seine Schuld drauf abladen kann. So einen wie etwa den Rosenberger Horst.

»Woher weißt du, wie es beim Rosenberger im Keller ausschaut?«, will der Lechner wissen.

»Von der Moni.«

Aha, denke ich und suche den Blick vom Lechner. »Der hat die bei sich zu Hause gehabt«, lese ich von seinen Lippen. Ohne Worte zu tauschen, sind wir uns in zwei Dingen einig. Die Rosenbergerin muss noch mal befragt werden, und, was im Moment mehr Tragweite hat, der Maier hat eben doch sehr deutlich bestätigt, dass er weiß, wie eng es zwischen der Fischerin und dem toten Jäger war. Erneut schiele ich zum Lechner rüber und bin enttäuscht, wie ausdruckslos er bleibt. Dabei könnte er sich ruhig etwas für mich mitfreuen, jetzt, da wir der Sache doch endlich auf den Grund kommen. In mir regt sich der Verdacht, dass er vielleicht nicht mehr so ganz kapiert, wie die Dinge zusammenhängen und wie prächtig sich alles für meinen Status als Unschuldiger entwickelt. Anlass genug, es für alle Anwesenden noch mal zusammenzufassen: »Man kann also durchaus sagen, der Rosenberger hatte dich nicht nur wegen der Wilderei und dem Rehfleisch in deiner Gefriere am Wickel, er hat dir zudem auch noch die Freundin ausgespannt. Das wären dann ja gleich zwei ziemlich starke Motive.«

Der Maier kriegt große Augen »Das tät euch so passen!«, schreit er im nächsten Moment, springt auf und rammt mir seine sehnige Cowboyschulter in den Magen. Warum denn mir?, denke ich, während ich schmerzverkrümmt zu Boden gehe. Warum mir und nicht den Lechner? Aus dem Augenwinkel sehe ich, wie sich die Menge der Schaulustigen teilt wie einst das Rote Meer für den Moses, sodass der Wilderer einfach hindurchstürmen kann. Auf nix ist weniger Verlass als wie auf die Zivilcourage engagierter Bürger. Immerhin lassen sie die Gasse offen, damit der Polizeihauptmeister die Verfolgung ungehindert aufnehmen kann.

ZEHENNÄGEL

Weil der Maier statt der Cowboystiefel Turnschuhe trägt, kann er sehr schnell rennen. Viel schneller jedenfalls als der Lechner, der trotz Polizeisport einmal die Woche nicht sonderlich sportlich beieinander ist.

Und ich? Ich rapple mich wieder auf und klopfe mir das Herbstlaub von der Hose, das der kleine Ahornbaum zwischen Ärztehaus und Metzgerei schon hat fallen lassen. Die Menschentraube, die dem öffentlichen Verhör beigewohnt hat, ist inzwischen im Begriff, sich aufzulösen. Ein paar nehmen gespielt unauffällig ebenfalls die Verfolgung auf, denn es besteht ja durchaus die Chance, etwas zu verpassen. Frei nach dem Motto: Wer nicht dabei war, hat's nicht erlebt. Der Moosbrucker Toni, der, wie ich nun erkenne, auch unter den Gaffern war, ist zu feist, um sich schnell zu bewegen, weshalb er es auch gar nicht erst probiert. Sein Vertreterhemd unter seinem Vertreteranzug dürfte ohnehin schon durchgeschwitzt sein, wie sein bluthochdruckroter Schädel mich folgern lässt. Mir kommt der Verdacht, dass Menschenaufläufe ein heimliches Hobby von ihm sind. Als würde er über ein inneres Radar dafür verfügen, um zur rechten Zeit am richtigen Ort zu sein.

»Da schau her, der Fellinger. Immer im Einsatz für die Gerechtigkeit«, feixt er und kommt zu mir her. »Du kannst deine Nase ums Verrecken nicht raushalten, oder?«

Ja, dafür hab vermutlich *ich* ein Radar. Ich muss ein wenig zu ihm aufblicken, er ist nämlich eine Wand – nicht nur erschreckend breit, sondern auch ziemlich hoch. Eine Wand von einem Versicherungsvertreter. Eine ähnlich verachtete Berufsgruppe wie die der Lebensmittelkontrolleure, weshalb wir uns gegenseitig bedauern könnten. Was wir aber nicht tun, weil wir uns nicht besonders mögen.

»Hast du den Friseur gewechselt?«, frage ich. Sein grau meliertes, nach rechts gescheiteltes Haar ist an den Seiten auffällig kurz geschoren. Jetzt noch ein schmales Bärtchen auf der Oberlippe, so zwei Finger breit, dann …

»Das trägt man jetzt so«, behauptet er und wischt sich zur Bestätigung ein paar Fransen aus der Stirn, ganz wie damals der Adolf. Früher hat der Moosbrucker mal für die Republikaner kandidiert – als es die noch gegeben hat. Also nicht die vom Trump, sondern die bei uns in Bayern. Welchem rechten Flügel er heute angehört, will ich lieber gar nicht wissen. »Vertreibst du gerade Sterbeversicherungen bei Kunden älteren Semesters? Ich mein bloß, weil du dich so fesch gemacht hast«, frage ich gehässig.

An seinem leicht debilen Blick erkenne ich, dass er nicht weiß, worauf ich anspiele. Also komme ich gleich auf den Punkt, wo er mir schon mal übern Weg läuft, der Moosbrucker. »Der Rosenberger, wie gut war der so versichert?«

Dem Toni läuft ein Grinsen der Erkenntnis über das aufgedunsene Gesicht. »Ah so, du bist ja diesmal quasi direkt betroffen. Beim Kirchenwirt am Stammtisch haben sie erzählt, dass man dich zum Verhör abgeführt hat. Ach, was sag ich, wenn man nach den Bierdimpfln dort geht, bist du bereits fest im Hefn gebucht.«

»Noch gilt die Unschuldsvermutung, und die Sache wird sich demnächst gänzlich aufklären. Brauchst also keine Angst vor mir haben! Von daher können wir unverzüglich zu meiner Frage zurückkehren.«

»Schulde ich dir noch einen Gefallen?«

Hennadreck, da hätte ich jetzt gerne Ja gesagt. »Du könntest ja prophylaktisch vorarbeiten, sagen wir also, du hättest dann einen bei mir gut.«

Er lacht, und seine Wampe wackelt. Diesen Freudenausbruch beendet er mit einem Grunzen, was vermutlich ein verzweifeltes Schnappen nach Luft ist, aber so genau bin ich mit seiner Physiognomie nicht vertraut. Nicht dass ich das überhaupt sein möchte. Wenn der Moosbrucker damit beginnt, intensiv nachzudenken, wandert sein rechtes Auge immer weiter nach links. Das ist angeboren, so wie mein Knorpelschaden am Knie, nur fällt sein Geburtsfehler mehr auf als meiner. Da sein Auge auch jetzt wieder auf Reisen geht, ist damit zu rechnen, dass er gerade abwägt, welchen Vorteil er daraus ziehen kann, wenn er mich über die Versicherungsverhältnisse unseres Jägers aufklärt. Um diesen Denkprozess zu beschleunigen, graben seine Wurstfinger in der Brusttasche seines Hemds nach einer Zigarette, die er sich intuitiv zwischen die fleischigen Lippen klemmt. Geduldig warte ich, bis er den Glimmstängel angesteckt, tief inhaliert und die erste Dampfwolke ausgestoßen hat. Selbstverständlich mir direkt ins Gesicht, aber darauf war ich schon gefasst. Ich tu ihm nicht den Gefallen, auch nur zu blinzeln.

»Wir sind keine Freunde, Fellinger«, stellt er fest.

»Nein, sind wir nicht und werden wir auch nie. Es steht also nix zwischen uns, was unsere hinter vorgehaltener Hand getroffenen Abmachungen und Vereinbarungen je in Gefahr bringen könnte.«

Mit der Kippe fuchtelt er in meine Richtung. »Ein Hund bist, Fellinger, ein verreckter Hund. Es ist mir eine rechte Freude, dass du selber mal am Haken baumelst und spürst, wie das ist.«

»Reden wir also über den Rosenberger!«

Der Moosbrucker Toni schaut sich um. Mittlerweile sind wir allein. Die paar Leute, die sich über die gesamte Länge der Straße hinauf bis zum Marktbrunnen verteilen, sind allesamt außer Hörweite. Und mit sich selbst beschäftigt. Tätigen Einkäufe, stehen rum und ratschen. Ein paar Kinder springen zwischen den stämmigen Beinen ihrer Mütter herum. Dazwischen wuselt die obligatorische Menge an Senioren, die sich in Gruppen wie orientierungslos, rollatorgestützt oder hyperaktiv einteilen lassen. Neuerdings gibt es unter uns auch ein paar Menschen mit exotischen Hauttönen, die zum Teil einem Verhüllungszwang unterworfen sind, der vertrauten Urbanität ein ungewohntes Flair verleihen und dem Moosbrucker vermutlich besonders sauer aufstoßen. Für mich ist alles fast wie immer – auf jeden Fall so, als könnte sich in diesem beschaulichen Ort nie und nimmer etwas Bedrohliches oder Beängstigendes abspielen. So sehr kann der Schein trügen …

Der Toni kommt noch ein wenig näher, und ich ertrage es in stiller Duldung, der Wahrheitsfindung zuliebe. »Schlecht versichert war er nicht, der Horst.« Und dann noch etwas leiser: »Wofür seine Frau gesorgt hat. Durchaus nachvollziehbar bei einem Beruf, wo der Mann ständig mit großkalibrigen Waffen hantiert.«

»Sie profitiert also von seinem vorzeitigen Ableben«, halte ich fest. Eher für mich selber und etwas enttäuscht, weil diese Auskunft nur Offensichtliches gebracht hat. Schließlich war kaum was anderes zu erwarten.

»Das Haus zahlt sie damit jedenfalls ab«, flüstert der Moosbrucker mir zu, dann lacht er wieder. Mir direkt ins Ohr – und jetzt gewinnen meine Reflexe die Oberhand, und ich mache zwei Schritte rückwärts. Meine Kniekehlen schlagen gegen die Sitzkante der Bank, auf der bis vor drei Minuten noch der Maier gehockt hat. Weil's jetzt eh schon wurscht ist, lasse ich mich auch gleich darauf nieder. Durch die geänderte Perspektive wird die Moosbrucker-Wand zum Moosbrucker-Berg.

»Und, was hilft dir jetzt diese Information?«, fragt der Berg.

Sie lässt meine Motivsammlung anwachsen, wobei zu viele Verdächtige hinsichtlich des Zeitdrucks, unter dem ich stehe, nicht unbedingt hilfreich sind. Der Roßhauptner, der Maier, die Rosenbergerin. Wem von den dreien würde ich es am ehesten zutrauen? Bei welchem der drei Namen juckt es am stärksten? Leider kann ich das mit der dermatologischen Vorhersage nicht bewusst steuern, aber dass sich zwischen meinen Schulterblättern grad so überhaupt nichts tut, frustriert mich jetzt definitiv.

Ich schaue auf. Der Berg wartet auf eine Antwort – oder eine weitere Frage. »Die Rosenbergerin, wie schätzt du die so ein?«

»Ob die ihren Alten …« Wieder lacht er, und es ist, als ginge eine Geröllawine von der mir zugewandten Bergflanke ab. »Eine rechte Beißzange soll sie sein, hab ich g'hört, und dass sie den Horst nicht mehr ranlässt, seit er in Afrika war.

So heißt's im Ort«, fügt er an und vollführt eine Unschuldsgeste, die lächerlich an ihm wirkt. »Sie meint offenbar, er wäre infektiös. Ein Gerücht, das er befeuert, indem er sich weigert, einen Test machen zu lassen. Wobei ich ihm da noch eine ganz andere Absicht unterstelle; so kommt er nämlich um seine ehelichen Pflichten herum.«

Um das Sexualleben der Rosenbergers aus meinem Kopf zu kriegen, gehe ich gedanklich schnell einen Schritt weiter. »Afrika!«, murmele ich und erinnere mich an die kaum fünf Minuten alte Anspielung vom Maier hinsichtlich des Großwildjägers. »Der Rosenberger war also auf Safari, oder was?«

»Einwandfrei!«, bestätigt der Versicherungsnazi. »Das sind sehr beliebte Stammtischanekdoten von ihm, seine Afrikagschichten. Ich wundere mich, dass du die noch nicht gehört hast.« Und erneut erzittert das Bergmassiv vor Gelächter. Dieser Anblick, so dicht vor meiner Nase, stört meine Konzentration ganz erheblich. So kann ich das Gehörte unmöglich verarbeiten. »Ich geb Bescheid, wenn es die Ehefrau war«, verspreche ich, in der Hoffnung, dass der Moosbrucker einen Abgang macht. Was könnte diesen Berg schließlich leichter versetzen als die Aussicht darauf, dass seine Assekuranz die Versicherungssumme nicht auszubezahlen braucht. Doch es ist der Lechner, der die Situation rettet. Der taucht nämlich plötzlich hinter dem Moosbrucker auf. Keuchend und ohne Maier. Kaum hat der Moosbrucker den Lechner bemerkt, trollt sich der Versicherungsmakler, der unter einer Allergie gegen die Exekutive leidet, auf der Stelle.

Ich schüttle tadelnd den Kopf, weil der Lechner den Gauner nicht eingeholt hat. »Großfahndung!«, lautet mein konstruktiver Vorschlag.

»Leck mich!«, keucht der Lechner.

Bevor ich dieses Angebot zum zweiten Mal an diesem Tag ablehnen kann, ertönt neben mir eine gereizte Stimme. »Wollt ihr mich verarschen?«

Eilig wende ich mich der Stimme zu. Sie gehört der Höllmüllerin. »Verarschen? Niemals!«

Sie hält mir das Tütchen mit dem Pulver vors Gesicht. »Hier habt ihr eure *Drogen* zurück! Ihr seid mir vielleicht ein Paar Haubndaucha! Habt ihr das im Nagelstudio zusammengekehrt, oder was?«

Ich verstehe nicht. Genau wie der Lechner, der noch begriffsstutziger dreinschaut als ich. Das hoffe ich jedenfalls.

»Keratin«, hilft uns die Frau Doktor auf die Sprünge. »Zehennägel womöglich.«

»Zehennägel?«, wiederhole ich beinahe tonlos.

»Wie bist jetzt da so schnell draufgekommen?«, will der Lechner wissen.

»Durch den eindeutigen Gestank, wenn man es anzündet«, erklärte sie knapp, als wäre es das Naheliegenste überhaupt, dass man ein unbekanntes Pulver, das man zufällig in der Wohnung eines Verdächtigen findet, unverzüglich in Brand steckt.

»Ich kann mir schwer vorstellen, dass der Roßhauptner bei sich in der Rumpelkammer seine Pediküre macht«, sinniert der Lechner und nimmt unser Beweissicherungsobjekt wieder an sich.

»Zumindest nicht mit der Feile«, stimme ich zu und bin jetzt doppelt froh, das vermeintliche Kokain nicht probehalber geschnupft zu haben. Ja, wirklich *sehr* froh. Bei der Lätschn, die der Lechner zieht, muss er einen ähnlichen Gedanken gehabt haben. Dann kommt mir eine Idee.

»Keratin«, sage ich langsam. »Statt Zehennägelabrieb könnte das aber doch auch von einem Geweih stammen, oder?«

»Freilich. Ist ja im Prinzip das Gleiche: Kuhhörner, Schweineklauen, Hirschgeweihe …«

»Du meinst, er hat in seiner Bude ein Geweih auseinandergesägt?«, fragt der Lechner mit gerunzelter Stirn.

»Ihr braucht mich dann ja wohl nicht mehr«, stellt die Höllmüllerin fest und wendet sich zum Gehen. Eindeutig wäre das jetzt der Moment, sie zurückzuhalten. Immerhin haben wir offensichtlich dringenden Redebedarf, was das Zwischenmenschliche angeht. Und sei es nur, um meine Gedächtnislücken zu füllen und um herauszufinden, was da zwischen uns vorgefallen ist und zu dieser Schieflage in unserer Beziehung geführt hat. Trotzdem mir also bewusst ist, wie wichtig ein klärendes Gespräch wäre, lasse ich sie gehen. Denn mich streift in dem Moment ein Gedanke, der eine dermaßen hohe Geschwindigkeit draufhat, dass er alles andere fortbläst. Ein Mann im Knast bringt der Höllmüllerin noch weniger als wie einer, der lediglich ein paar Gedächtnislücken hat. Von daher hat es Vorrang, meinen Leumund wieder herzustellen. Und gefühlsmäßig bin ich auf einmal sehr nahe dran, die Sache endgültig aufzuklären. Beinahe benommen von meinem unverhofften Einfall, marschiere ich zum Wagen vom Lechner und reiße die Tür auf. Ich suche. Und zwar im Handschuhfach, aus dem ich alles herauskrame, was sich in seinen unendlichen Tiefen befindet. Und da kommen gar grauslige Dinge zu Tage, einige womöglich aus den Anfangszeiten der Menschheit. Zumindest aus früheren Epochen, als das Baujahr des Passats vermuten lässt. Ich verfalle in Hektik, als ich nicht finde, wonach ich grabe, auch nicht rund um den Beifahrersitz herum. Ich beuge mich runter, gehe sogar auf die Knie und taste den Fußraum ab, während mir der Schweiß in die Augen läuft. Bemerke nur am Rande, dass der Lechner hinter mir steht und sich ratlos durch den Vollbart fährt. Es muss doch hier sein, zefix!

Letztlich und bevor von hinten Fragen aufkommen, finde ich es in der Türablage, und nun fällt mir auch wieder ein, dass ich das Ding dort reingesteckt habe, als die Moserin überraschend noch einmal auftauchte, um den Hausschlüssel vom Roßhauptner zurückzufordern. Ich halte den Gegenstand ins Licht, betrachte die Symbole und Zeichen auf der weißen, von feinen Rissen durchzogenen Oberfläche.

»Was willst denn jetzt mit der Ingwerreibe?«, fragt der Lechner entnervt.

»Die wurde nicht für Wurzelgemüse benutzt«, korrigiere ich ihn. *Deife*, was für ein verwegener Einfall! Ich bekomme kaum mehr Luft vor lauter Aufregung darüber, dass sich die losen Enden dieses verworren Falls plötzlich zusammenführen lassen. Einerseits erscheint es mir völlig absurd, doch andererseits war der Rosenberger auf Safari in Afrika. Und der Roßhauptner ist ein militanter Tierschützer. Dazu das Pulver. Ich entsinne mich an einen Fernsehbericht vor elendig langer Zeit. Absolut crazy, aber … »Erinnerst du dich an die Restaurantquittungen beim Rosenberger?«, frage ich den Lechner, der neben mir steht und nur noch am Kopfschütteln ist, weil ich mich so seltsam verhalte.

»Da, wo er nicht mit seiner Frau bei Essen war?«, hakt er zögerlich nach.

Ich nicke. »Genau da! Sepp, wir sollten unbedingt mal nach Saigon.«

BIG FIVE

Freilich fahren wir nicht nach Saigon. Zumindest vorerst nicht, sagt der Lechner. Ich hocke schon im Auto, während er im Revier Bescheid gibt und die Kollegen anweist, nach dem Maier Michl zu suchen. Zumindest glaube ich, dass er das tut. Er will nämlich nicht in meiner Hörweite telefonieren. Kurz davor durfte ich mit dem Handy vom Lechner nach dem googeln, was mich seit meiner Erleuchtung beschäftigt. Ich musste nicht viel von dem lesen, was das Internet auf meine Anfrage bereithielt, und habe jetzt ein paar Minuten, um eine Theorie zu entwickeln. Oder wenigstens einen Ansatz, wie alles zusammenpassen könnte. So ungefähr jedenfalls.

Dann ist der Polizeihauptmeister fertig mit dem Befehle-Erteilen und schlüpft hinters Lenkrad.

»Läuft die Fahndung?«

Er fährt los, ohne mir dazu Auskunft zu geben. Leider biegt er überdies falsch ab. Ich tippe ihn an, und er wedelt mit der rechten Hand, als wäre ich ein lästiger Käfer.

»Ja ja. Wir fahren erst noch mal zur Rosenbergerin.«

Gut, ich hatte meine Theorie nur mit sehr knappen Worten umrissen und ihm auch noch keine Hintergrundinformationen präsentiert, und zudem kann er es ohnehin nicht leiden, wenn ich ihm in seine Ermittlungen dreinrede. Also lege ich vorerst kein Veto ein. So richtig zugehört hat er mir nicht, das bin ich auch gar nicht anders gewohnt. Schaden kann es natürlich nicht, noch einmal mit der Witwe zu sprechen, auch wenn mein Verdacht ganz neue Aspekte eröffnet. Mir ist klar, dass ich diesen ganz konkret und verständlich formulieren muss, um beim Revierleiter Gehör zu finden. Was bedeutet, dass ich erst mal für mich selbst alles zu einem logischen Gesamtbild zusammenfügen muss. Eine Aufgabe, die schon bei völlig klarem Verstand eine immense Herausforderung darstellt. Und ich fühle mich alles andere als klar.

Jedenfalls scheint den Lechner brennend zu interessieren, worauf der Maier angespielt hat. Hinsichtlich des Hobbykellers im Rosenbergerhaus. Ich frage mich, ob er wohl die letzten Sätze von meinem Gespräch mit dem Moosbrucker mitbekommen hat oder was genau ihn sonst umtreibt.

»Meinst du, die Rosenbergerin lässt uns ohne Durchsuchungsbefehl noch mal rein?«

»Mich schon«, antwortet er kauzig, um mir zu vermitteln, dass ich den Rand halten soll, weil er nachdenken muss. Über dem Rosenberger sein Tiefgeschoss vielleicht und darüber, was dort laut dem Maier zu finden sein könnte. Etwas, das der Jäger offenbar voller Stolz der Fischer Moni präsentiert hat. Sicher ist es kein Whirlpool oder eine finnische Sauna. Eher was, mit dem einer wie der Rosenberger wirklich angeben konnte. Beim Stammtisch, und bei den Weibern.

»Wusstest du das mit der Safari?«, frage ich den Lechner.

Er schaut zu mir rüber wie einer, der nicht gestört werden will. »Er war in Afrika, vor etwa einem Jahr, erzählen zumindest die Leut. Und was wird ein Jäger dort schon wollen?«

…

»Die Big Five«, fügt er nach der engen Kurve hinzu, die er nimmt, ohne in den Zweiten runterzuschalten, wodurch der Karrn, untertourig gefahren, leicht ins Stottern gerät.

»Big Five?«

»Elefant, Nashorn, Büffel, Löwe und Leopard.«

Ich bin erstaunt über dieses Detailwissen, und das sage ich ihm auch.

»Nicht nur du schaust nachts Phönix, wenn du nicht schlafen kannst. Oder halt so Sender, die Dokumentationen bringen, die du dir tagsüber niemals ansehen würdest.«

Der Freundschaft halber müsste ich jetzt nachfragen, warum er nachts nicht schlafen kann. Aber ich hab's mir schon bei der Höllmüllerin verkniffen, mich dem Zwischenmenschlichen zu widmen. Erst klären wir den Fall, und dann, wenn wir irgendwann gemütlich beim Pauli zusammensitzen und eine Halbe trinken – falls ich jemals wieder einen Bierdurst verspüre –, dann, so nehme ich mir vor, ergreife ich die Gelegenheit und werde ihn fragen. Voller Freundschaft und mitfühlend, so wie er es verdient hat, der Sepp. Jetzt ist für ein solches Emotionsaufgebot keine Zeit. Jetzt muss ich ihn weiter antreiben, und, ganz wichtig, ich muss ihm suggerieren, dass er von selbst auf entscheidende Fakten gekommen ist. »Und wieso bringst du jetzt auf einmal die Safari vom Rosenberger in Zusammenhang mit dem Mord an ihm?«, frage ich und versuche, nicht allzu scheinheilig zu klingen.

»Na, überleg doch einmal, wie das einem fanatischen Tierschützer wie dem Roßhauptner schmeckt …«

Das Handy vom Lechner meldet sich. Wieder hört er nur zu und nuschelt selber bloß ein unverständliches »Verstanden«, bevor er das Gespräch beendet. Unübersehbar sind ihm keine freudigen Nachrichten mitgeteilt worden. Und ich will davon auch gar nix Genaueres wissen, weshalb ich sofort da anknüpfe, wo wir unterbrochen worden sind. »Du glaubst doch nicht ernsthaft, dass der Rosenberger einen Elefanten geschossen hat? Oder einen Löwen? Und dass diese Viecher oder Teile davon jetzt ausgestopft in seinem Keller rumstehen?«

»Überprüfen muss ich das auf jeden Fall.«

»Ja, aber selbst wenn, woher soll der Roßhauptner das wissen? Meinst du, der hat auch was mit der Fischerin?«

Der Lechner gibt vor, sich auf die Fahrt zu konzentrieren. An einer denkbar ungünstigen Stelle überholt er einen Traktor, der einen überlangen Kreiselheuer hinter sich herzieht. Als wir glücklich vorbei sind, stoße ich erleichtert die Luft aus und damit einen Gedanken, den mir der Moosbrucker vorhin eingepflanzt hat. »Vielleicht hat er nicht nur auf wilde Tiere geschossen? Man kann sich da unten ja noch so einiges anderes einfangen, wie du sicher schon gehört hast!« Ich überlege, ob sich die Dokumentationsreihen auf Phönix auch mit solch prekären Themen befassen. »Wenn wir davon ausgehen, dass der Rosenberger von dort was mitgebracht hat, das er nun in seiner Ignoranz an die Damen weitergibt, wäre das doch eventuell noch ein Grund, ihm ein Ende zu setzen.«

Der Lechner lässt das unkommentiert, und ich muss mich fragen, ob *er* vielleicht in dieser Hinsicht auch ignorant ist, was seine Affäre angeht. Ob er da auch so unbedacht drauflos … Na ja, das muss er selber wissen, und womöglich ist es ja genau das, was ihn beschäftigt, als er den letzten Kilometer den Berg hinauf zurücklegt.

Wir parken an derselben Stelle wie vorhin. Die Vogelscheuche werkelt immer noch in ihrem Vorgarten herum und bekommt bei unserem Anblick sofort einen langen Hals.

»Kommt es jetzt zu einer Verhaftung?«, ruft sie zwischen zurechtgestutzten Rosenbüschen über ihr Gartenmäuerchen hinweg.

»Besser, Sie gehen ins Haus, Frau Petermann«, empfehle ich, »bevor das SEK anrückt. Nicht dass Sie versehentlich ein Querschläger trifft.«

Wieder boxt mich der Lechner in die Seite. Dann drückt er das Gartentor der Rosenbergers auf. Auch diesmal ist die frischgebackene Witwe schneller an der Haustür als wir. Ihr lodernder Blick könnte ohne Weiteres eine ganze Horde böser Geister abwehren. Möglicherweise auch solche, die vom Schwarzen Kontinent übers Mittelmeer und die Alpen geschwappt sind.

»Wir wollten nur kurz die Jagdtrophäen Ihres Gatten bewundern, die aus Afrika«, erklärt der Lechner unsere erneute Anwesenheit, und auch wenn es mir in meiner Lage nicht leichtfällt, freue ich mich darüber, dass er bisweilen ebenso bärbeißig sein kann wie ich.

»Außen rum!«, sagt die Rosenbergerin und weist mit ihrem Doppelkinn die Richtung. »Die Jagdhütte hat einen separaten Eingang.«

»Jagdhütte?«, wiederholen wir im Chor.

Um ihre Lippen zuckt es, so auf die verkrampfte Art, als müsste sie sich dran hindern, laut loszulachen.

»Mei, es hat halt nie dazu gereicht, seinen Traum von der eigenen Jagdhütte irgendwo im Wald zu verwirklichen. Oder sagen wir's, wie's ist, ich habe ihm diesbezüglich die finanzielle Unterstützung verweigert, weil … na, weil ich es einfach nicht eingesehen habe.«

Ja, weil du dir schon hast ausrechnen können, was er in dieser angeblichen Jagdhütte so treiben würde, führe ich gedanklich aus, was sie eigentlich sagen wollte.

»Jedenfalls hat er dann den freien Kellerraum umfunktioniert … Er steht offen, weil neuerdings das Schloss hakt«, gibt sie uns noch mit, bevor sie uns die Haustür vor der Nase zuknallt.

Thematisch hätte es zur Pseudojagdhütte gepasst, noch nach der möglichen Infektionskrankheit ihres Gatten zu fragen, aber so wie ich die aufgeheizte Stimmung einschätze, wäre uns das womöglich zum jetzigen Zeitpunkt nicht sonderlich zugute gekommen. »Auf in den Wald!«, sage ich daher und nehme den Weg über die Gehwegplatten, die ums Haus herumführen. Kaum biege ich um die Ecke, da steht auch schon der Hund vor mir und knurrt. Das klingt mehr als bedrohlich. Ich zucke zurück und spüre den Lechner im Rücken, der ebenfalls erstarrt ist. Natürlich! Jeder Jäger hat einen Hund, nur offensichtlich hat noch keiner darüber nachgedacht, wo der vom Rosenberger abgeblieben ist, nachdem der Waidmann das Zeitliche gesegnet hat. Der schwarz-weiß gefleckte Hund ist mit ziemlich beeindruckenden Fängen ausgestattet, zumindest wenn er so die Lefzen hochzieht wie jetzt. Der Lechner schiebt sich an mir vorbei, geht in die Hocke und zeigt dem Tier die geöffneten Handflächen. Dazu beginnt er in einem beruhigenden Sermon auf den Jagdhund einzureden. Kein Wunder, dass der Hund verstört ist, wenn der Rosenberger ihn heute auf der Pirsch dabeihatte und das Tier mit angesehen hat, wie sein Herrchen aufgespießt wurde.

Aber dann hätte er mich doch genau deswegen unverzüglich angefallen! Ich meine, wenn ich es gewesen wäre und er mich als Täter erkannt hätte.

Der Lechner braucht keine dreißig Sekunden, um den Hund davon zu überzeugen, dass wir ihm nichts Böses wollen. Jedenfalls hört er damit auf, dieses tiefe, beängstigende Grollen zu erzeugen und kommt sogar auf den Lechner zu, um an seinen Händen zu schnuppern. Nicht dass ich nicht mit Hunden kann, aber bei mir hätte er vermutlich den Herbert gerochen, weshalb ich besser auf Abstand bleibe. Vorsicht ist die Mutter der Porzellankiste.

Links von uns, an der Hauswand unterhalb des ersten von drei Terrassenabsätzen, in denen der Garten angelegt wurde, ist ein Zwinger angebaut. Vermutlich ist der Hund nach dem Vorfall im Wald heimgelaufen und hat seitdem davor gewartet, ohne dass ihn jemand reingelassen hat.

Diese Aufgabe übernimmt nun der Lechner, der auch den Futternapf füllt und letztlich zu meiner Beruhigung die Zwingertür schließt.

»Ein Zeuge«, sage ich und deute auf den Hund. »Aber mich hat er nicht erkannt, ist dir das aufgefallen? Folglich war ich's nicht!«

»Depp!«, erwidert der Lechner wie so oft und geht weiter zur Südseite des Hauses. Die ist wunderschön zum Hang hin gelegen und mit einer herrlichen Aussicht gesegnet. Unter dem weit herausragenden Balkon des Wohnbereichs, der auf schweren Granitquadern lagert, führt eine Treppe drei Stufen hinab zum besagten Eingang in den Hobbykeller. Über der Tür hängt ein gehörnter Rehbockschädel. Wie prophezeit ist nicht abgeschlossen. Selbst ohne mich hinunterzubeugen, fallen mir die Kratzer um das Schloss und am Holz vom Türrahmen auf.

»Da hat doch jemand versucht einzubrechen.« Ich muss sofort an den Maier Michl denken.

Der Lechner zuckt bloß mit den Schultern. »Vielleicht die Rosenbergerin selber. Weil sie mal nachschauen wollte, wie ihr Gatte seinen privaten Rückzugsbereich so ausstaffiert hat?«

Jetzt geh ich doch in die Knie und fahre mit dem Zeigefinger sachte über die Schrammen im Holz. »Schaut in der Tat recht frisch aus«, murmele ich, dann drücke ich die Klinke, und die Tür schwingt nach innen auf. Drinnen riecht es streng, halt nach all dem, was ein echtes Mannsbild so an Düften hinterlässt. Beim Roßhauptner in der Bude habe ich heute allerdings schon Schlimmeres gerochen. Lüften wäre trotzdem angebracht, aber vielleicht hat der Rosenberger in dem Mief einfach das bessere Jagdhüttenfeeling bekommen. An und für sich schaut es sonst recht aufgeräumt aus und vor allem geräumig. Wände und Blafon sind sauber mit Kiefernholzpanelen verkleidet. Das Fenster neben der Tür lässt ausreichend Licht herein, da die schweren, hundert Prozent blickdichten, lodenmantelgrünen Vorhänge zurückgezogen sind. In einer Ecke gruppieren sich massive Ledermöbel um einen rustikalen Tisch. Es gibt einen weiteren Waffentresor und ein Regal mit gut einem Dutzend Flaschen unterschiedlichster Alkoholika. Und natürlich gibt es Tiere. Besser gesagt: Tierhüllen; ausgestopft, präpariert, konserviert in einer Haltung, in der man sie vermutlich in freier Wildbahn nie zu Gesicht bekommt. Fuchs, Wildsau, ein Rehkitz, ein Hirsch – wobei von dem natürlich nur Kopf und Hals an der Wand hängen. Außerdem ein Zebrafell und das von einer Gazelle oder Antilope – samt Hörnern. Diese Trophäen sind die einzigen im Raum, die nicht von heimischen Tieren stammen. Das erkennt mein geschultes Auge, weil ich früher bei »Expedition ins Tierreich« mit Heinz Sielmann immer gut aufgepasst habe. Obwohl ich nie an einen Elefanten oder ein Leopardenpräparat im Hobbykeller vom Rosenberger geglaubt habe, bin ich vage enttäuscht. Aber wart! Eine Stelle der Holzvertäfelung neben den afrikanischen Jagderinnerungen ist verdächtig leer. Da hat bis vor Kurzem noch was gehangen, das ist deutlich zu erkennen, weil das Holz dort weniger nachgedunkelt ist. Für einen Elefantenkopf reichen die Umrisse zwar nicht, aber durchaus für eine Holztafel, an die ein Hirschgeweih montiert gewesen sein könnte.

»Ich vermisse hier das Kanapee«, sagt der Lechner, während ich noch nach besagtem Geweih Ausschau halte. Im nächsten Moment bin ich gedanklich bei ihm oder besser gesagt bei dem, wofür der Rosenberger seine Inhouse-Jagdhütte vielleicht noch verwendet hat. Zum Schnaxln scheinen die steifen Ledersessel zwar zu unbequem zu sein, aber wie der Lechner eben feststellte, es ist halt auch nix anderes vorhanden. Nun, vielleicht hat der Rosenberger ja dafür extra ein Bärenfell ausgerollt. Vor dem gusseisernen Holzofen, den er zum Heizen der Bude verwendet hat. Die Flamme meiner Fantasie erlischt schlagartig, als unverhofft die Rosenbergerin im Türrahmen steht und dafür sorgt, dass sich der Raum deutlich verdunkelt.

»Und, alles g'funden?«, faucht sie und macht damit klar, dass die Löwin ihr Revier unter Kontrolle hat.

»Wir suchen noch die Stoßzähne«, antworte ich und hoffe,

151

mein Herz pumpert nicht so laut, wie es mir gerade vorkommt.

»Drei Wochen Safari, und alles, was sie ihm hinterher geschickt haben, waren das Fell von dem Zebra und die Hörner von dem Impala, oder wie das Viech heißt. Aber das ist ja auch nachvollziehbar, wenn man mehr Zeit im Negerpuff statt im Busch verbringt.«

Der Lechner schaut pikiert und macht damit deutlich, wie peinlich es wäre, jetzt weiter auf dieser Angelegenheit rumzureiten. Die Rosenbergerin bleibt, wo sie ist, als hinderte sie etwas daran, sich diesem unheiligen Ort noch mehr zu nähern. Vielleicht besteht in ihren Augen ja das Risiko, sich allein durch das Betreten des Refugiums mit dem anzustecken, was der Horst da Virales vom Schwarzen Kontinent mitgebracht hat.

»Später ist noch mal eine Kiste nachgekommen. Schiffsfracht aus Afrika, aber ich weiß nicht, was da drin war. Jedenfalls nix, was er hier aufgestellt oder aufgehängt hat.«

»Eine Nachsendung«, raune ich dem Lechner ganz leise zu. Ich hoffe, er erkennt, dass wir nun genug Verwertbares an Indizien und Aussagen gesammelt haben, um meinen Verdacht zu erhärten.

GOLDPREIS

»Schad, dass wir nicht den Hund befragen können«, bedauere ich erneut, als wir wieder im Auto sitzen.

»Wir haben eigentlich keine Zeit mehr, um überhaupt noch irgendwen zu befragen«, erwidert der Lechner. »Die Kripo hat Bescheid gegeben, ein Kollege ist unterwegs.«

»Seit wann weißt du das?«

»Seit dem Anruf vorhin, kurz bevor wir bei der Rosenbergerin angekommen sind.«

»Heiliger Bimbam, dann ist die halbe Stunde Fahrtzeit, die der Kommissar von Passau hier raus braucht, ja quasi schon um!«

»Eben, drum finde ich, es wär besser, wir reden noch schnell mit der Fischer Moni, statt jetzt die Zeit in diesem Restaurant zu vertrödeln.«

Ich schnaube. »Die Fischerin wird es uns kaum auf die Nase binden, wenn sie mit was auch immer positiv ist. Und es ist ja gar nicht gesagt, dass sie es vom Rosenberger hat. Falls der überhaupt je etwas mit eingeschleppt hat außer den windigen Jagdtrophäen.« Dabei fällt mir ein, dass ich seit letzter Nacht ebenfalls Gefahr laufe, mir was geholt zu haben. Also, halt im Falle, dass es mit der Fischer Moni nicht nur bei ein paar Schnäpsen an der Bar geblieben ist. Aber nein, da ist g'wiss nix weiter passiert. Ganz sicher. Nach kurzer

Abwägung, was uns das rotblonde Gift auf die Schnelle groß erzählen könnte, bleibe ich bei meiner Meinung: Besser, wir verfolgen die echt heiße Spur, solange noch Zeit bleibt. Mir ist klar, auch wenn es nach wie vor komplett gesponnen klingt, muss ich den Lechner unbedingt davon überzeugen. Denn die Indizien sprechen eine deutliche Sprache. Das Keratin, die Porzellanreibe, Schiffsfracht aus Afrika, das vietnamesische Restaurant. Ein militanter Tierschutzaktivist und ein Großwildjäger, der von seiner eigenen Jagdhütte träumt. Etwas wurde da eingefädelt – und ist dann schiefgelaufen.

»Hör zu!«, mahne ich den Lechner. »Das, was wir beim Roßhauptner gefunden haben, dieses Pulver ...«

»Keratin!«

»Genau. Also das und ...« Wieder fingere ich diese Reibe aus der seitlichen Ablage. »Also das hier. Du hast hoffentlich mittlerweile eine Idee, wofür man dieses seltsame Trumm benötigt?«

»Ganz ehrlich? Nein!«

Ich komme nicht umhin, etwas auszuholen. Darüber, was ich im Fernsehen aufgeschnappt und im Internet dazu gefunden habe. »Das ist so was wie ein Fixerbesteck.«

Er bremst etwas zu scharf vorm Kreisverkehr, dabei ist nach allen Richtungen frei.

»Nur, dass sich der Süchtige in unserem Fall keinen Schuss damit zubereitet, sondern eben dieses feine Pulver reibt, das wir als Rückstände beim Roßhauptner gefunden haben.«

Der Lechner versteht nur Bahnhof, was wahrscheinlich der Grund dafür ist, dass er schnauft wie eine alte Dampflok.

»Nashorn!«, sage ich mit eindringlicher Stimme.

»Nashorn«, wiederholt er verständnislos.

Wir fahren beim Pauli vorbei, und ich bemerke seinen sehnsüchtigen Blick. Er ist abgelenkt, zefix!

»Nashornhorn, zu Pulver gerieben, um es einzunehmen!«

»Nashornhornpulver?«

Bei so viel Ahnungslosigkeit kann ich einfach nicht ruhig bleiben. »Kreizfünferl noch amal, *du* bist es doch, der nächtens Dokumentationen schaut. Die werden doch da auch mal was über diesen Irrsinn gebracht haben! Über den verbotenen Handel mit Nashornhörnern und die traurigen Folgen des schwindenden Bestands dieser Tiere in Afrika. Zerrieben gilt Nashorn in Asien als Medizin, deshalb kann so ein Horn einen Marktwert von einer halben Million Euro erzielen. Das liegt über dem Goldpreis!«

Der Lechner blinzelt. »Woher weißt du, wie aktuell der Goldpreis steht?«

»Das spielt doch jetzt überhaupt keine Rolle«, zische ich. Dann hole ich tief Luft und versuche in gemäßigtem Tonfall weiterzusprechen: »Das Geschäft mit den Nashörnern ist mit dem organisierten Drogenhandel vergleichbar, und ich hab gelesen, dass es mindestens genauso brutal dabei zugeht. Bei den Geldsummen, über die wir hier reden, ist das auch nicht verwunderlich.«

»Ja, aber … selbst wenn das jetzt tatsächlich Nashornpulver ist …« Er zeigt auf die Tüte, die in der Mittelkonsole liegt. »Was hat das jetzt mit diesem Vietnamesen zu tun?«

»Ganz einfach: Die Drahtzieher des Nashornpulverschmuggels sitzen in Vietnam.«

»Und die Konsumenten sind Asiaten, hab ich dich richtig verstanden?«

»Vorwiegend Chinesen.«

»Und wo sind *wir*?«

Jetzt bin ich es, der blinzelt.

»Der Bayerische Wald grenzt jetzt nicht direkt an die Volksrepublik, oder?«

Da hat er in geografischer Hinsicht zwar recht, aber was sagt das bei der heutigen Globalisierung schon aus?

»Und außerdem, wie passt denn da der Roßhauptner Albin in deine Nashornjunkiegeschichte?«

Immerhin habe ich mir das schon überlegt. »Das ist jetzt nicht so schwer, da muss man nicht unbedingt ein großer Visionär sein, um sich da reinzudenken. Unser Tierschützer ist dem Rosenberger auf die Schliche gekommen.«

»Dem Rosenberger?«

Ich unterdrücke ein ungeduldiges Stöhnen. »Ja, freilich, um wen geht's denn die ganze Zeit? Also, jetzt denk doch mal nach! Der Rosenberger war vor geraumer Zeit auf Safari, richtig? Hat vielleicht nach wie vor Kontakte dorthin. Erhält dazu Frachtkisten aus Afrika und geht gern beim Vietnamesen essen.« Ich lasse ihm die paar Sekunden, die er braucht, um diese Ereigniskette zu verarbeiten.

»Und du meinst, jemand schickt dem Rosenberger Rhinozeroshörner, der reicht sie an die Vietnamesen weiter, und die wiederum bedienen damit den chinesischen Markt?«

»So schaut's aus!«

»Im unwahrscheinlichen Fall, dass es so gewesen wär, warum hat der Rosenberger dann dran glauben müssen?«

»Ja, Himmelherrgott, hinter dem Nashornschmuggler steckt das organisierte Verbrechen, quasi so was wie die Mafia! Gewaltbereite Verbrecher ...« Ich bin kurz davor, mir die Haare zu raufen. »Sag amal, hast du mir überhaupt zugehört?

Ich glaub nicht, dass man sich in der Position vom Rosenberger einen Fehltritt erlauben kann, aber ich möcht wetten, genau das ist unserem Waidmann passiert.«

»Für mich klingt das nach einem rechten Schmarrn«, kommentiert der Lechner kühl meine Theorie. Dann meldet sich sein Telefon und ich weiß, was das bedeutet. Frustriert lehne ich den Kopf gegen die Stütze.

»Was gibt's?«

…

»Ist eingetroffen, aha. Dann schenk ihm einen Kaffee ein, ich bin gleich da! Ach, und Silke, horch zu! Du schaust jetzt, dass du einen beim Zoll auftreibst, der sich mit Nashornhörnerschmuggel auskennt!«

…

»Ja, Nashorn wie Rhinozeros, und von denen die Hörner. Und der Kollege soll mich anrufen, so schnell wie's geht!«

Damit legt er auf.

»Ein rechter Schmarrn, also?«, frage ich und merke, wie mir fast ein Grinsen auskommt.

»Wie auch immer«, brummt er. »Du musst jedenfalls unverzüglich zum Verhör!«

SAIGON

Doch statt zu wenden, fährt der Lechner weiter. Weiter nach Osten, immer Richtung Saigon, wenn man so will. Zehn schweigsame Minuten später rollen wir langsam an besagter Lokalität vorbei. Das Saigon befindet sich auf halbem Weg nach Breitenberg. So betrachtet in der tiefsten, niederbayerischen Wildnis, dem bayerischen Kongo, wie es mein Opa zu nennen pflegte. Der war im Krieg bei der Marine und hat den echten Kongo mit hoher Wahrscheinlichkeit nie gesehen. Trotzdem klang er damals recht überzeugend. Wildnis gibt's dort wie hier. Wie man daher als Asiate auf die Idee kommen kann, in diesem zum Teil unerforschten Gebiet, in dem sonst nur das Wirtshaus in seiner archaischsten Urform angesiedelt ist, ein so exotisches Restaurant aufzumachen, ist ein Rätsel. Den Wirtschafts- und Finanzierungsplan samt Einnahmeprognosen, den die Eigentümer der Bank vorgelegt haben, würde ich gerne mal studieren. Aber vielleicht brauchten die Betreiber ja gar keinen Bankkredit, weil reichlich Geld aus anderen Einnahmequellen vorhanden war.

Im Dienst der Lebensmittelhygiene-Verordnung war ich kurz nach der Eröffnung dort, um nach dem Rechten zu sehen. Das dürfte ein gutes Vierteljahr her sein. Da war alles einwandfrei, was nichts zu bedeuten hat, denn anfangs sind sie immer alle um Reinlichkeit und die Einhaltung aller Auflagen bemüht. Seither gab es keinen Grund für eine Inspektion außerhalb der festgelegten Kontrollperioden. Keine anonymen Hinweise oder Meldungen von Verstößen. Niemand hat sich beschwert, was natürlich auch daran liegen mag, dass nur selten Gäste dort speisen. Mit Ausnahme vom Rosenberger, versteht sich.

Der Lechner wendet in der nächstgelegenen Busbucht und hält dann auf halbem Weg zurück zum Saigon auf dem Abzweig in einen Feldweg.

»Also, ich weiß nicht«, erklärt er mit zweiflerischer Miene. »Du kannst doch jetzt schlecht da reingehen und fragen, ob du bei denen auch Nashorn bekommst.«

Ich starrte ihn empört an. »Hältst du mich für deppert, oder was?! Freilich frag ich nicht direkt. Ich will doch nur mal so einen Eindruck bekommen, wie die so drauf sind. Und wenn ich eine gewisse Verdrucktheit oder von mir aus auch Verschlagenheit wittere, dann … Also, wenn ich der Meinung bin, die verheimlichen etwas, was über die Verstöße der Lebensmittelverordnung hinausgeht, dann ruf ich dich dazu, damit wir gemeinsam die Schlinge zuziehen können.«

»Fellinger, echt, du spinnst«, sagt der Lechner kopfschüttelnd – zeigt allerdings mit seiner Körperhaltung, dass er sich in sein Schicksal fügt. Oder es vertrauensvoll in meine Hände legt. Und das rechne ich ihm jetzt wirklich hoch an.

Der Parkplatz vor dem Restaurant ist leer. Gut, es ist schon ein wenig nach der hier üblichen Mittagszeit, aber die meisten haben heute frei. Da könnte man ja meinen, dass der ein oder andere länger sitzen bleibt. Von außen wirkt das Lokal ziemlich unscheinbar. Schon früher war hier ein Gasthof, direkt an der Hauptstraße in einer lang gezogenen Kurve gelegen. Nicht zu übersehen für alle, die ein plötzlicher Durst überkam. Die brauchten dann nur geradeaus zu fahren und rechtzeitig zu bremsen. Die ehemalige Besitzerin fand aber trotz allem keinen Nachfolger, und nach ihrem Ableben stand die Gaststätte lange zum Verkauf. Bis der Vietnamese kam. Jetzt steht auf dem von der Brauerei gestifteten Schild nicht mehr *Böhmerwaldschenke,* sondern *Saigon – Vietnamese Cuisine.* So etwas überfordert die umwohnende Landbevölkerung, das muss man einfach sehen. *Vietnamese Cuisine.* Kein Wunder, wenn die Leut fernbleiben. Da herrscht schlichtweg ein gewisser Vorbehalt gegenüber dieser Art zu kochen, auch wenn auf der Speisekarte ganz normal Schwein, Rind und Geflügel ausgewiesen sind. Aber hundertprozentig grassieren Gerüchte über das Etablissement, und für Gerüchte ist man hier extrem anfällig.

Rechts und links vom Eingang stehen jetzt Kübel mit Bambusgewächsen drin. Das war es dann aber auch an fremdländischen Eindrücken. Ansonsten hat das Gebäude einen neuen Anstrich bekommen, was allerdings, wie ich vernommen habe, nicht der Kohlbrucker Willi, der ortsansässige Maler hat machen dürfen, sondern ein Anstreicherbetrieb aus München. Jedenfalls dem Kfz-Kennzeichen nach, wie es heißt. Und das ist ein Frevel, man ist hier nämlich nicht nur gerüchteanfällig, sondern auch überaus nachtragend.

»Du meinst wirklich, wenn du da jetzt reingehst, löst sich alles in Wohlgefallen auf?«

Was für eine naive Frage, denn so wird es kaum kommen. Aber immerhin ist der Lechner dahin gehend einsichtig, dass es besser ist, ich betrete das Gasthaus erst einmal allein. Und zwar ganz offiziell als Hygieneinspektor. Zu dumm, dass ich meinen Laborkoffer nicht dabeihabe, dann wäre die Tarnung noch authentischer. Egal, mein Dienstausweis wird schon reichen, um mir einen ersten Eindruck zu verschaffen.

Die Einrichtung ist kitschig und klischeehaft und entspricht der Vorstellung der Asiaten davon, wie wir Europäer uns den Fernen Osten vorstellen. Nämlich genau so! Das ist gewissermaßen ein Teufelskreis, bei dem anscheinend keiner gewillt ist, die beiderseitigen Irrtümer auszuräumen. Weder wir noch die Asiaten. Selbst ich, der sich sonst eher schwer damit tut, das Maul zu halten, sag nix, denn für ethnische Aufklärung werde ich nicht bezahlt. Dienst ist eben Dienst, und ein Beamter tut nix, was in seiner Stellenbeschreibung nicht aufgeführt ist. Okay, das stimmt bei mir nicht ganz. Ich schnüffle über meine Zuständigkeit hinaus, wenn ich es für nötig halte. Aber das geht auf mein Unheil-Jucken und nicht auf den Amtseid zurück.

Die verwaiste Gaststube wird von verzerrten Klängen beschallt. Vietnamesische Folklore, die nicht dazu beiträgt, das bayerische Ohr zum Verweilen zu animieren. Außerdem ist es zu dunkel. Andererseits, wenn keine Gäste da sind, macht große Beleuchtung auch keinen Sinn. Dass hier gespart werden muss, ist offensichtlich, denn Strom kostet nicht wenig. Verhalten räuspere ich gegen die gewöhnungsbedürftige Klingklangmusik an, die in den hohen Tönen den Eindruck vermittelt, hier würde einer Gans der Kragen umgedreht. Nun, vielleicht steckt genau diese Absicht dahinter, weil in der Küche womöglich zeitgleich exakt das passiert. Abschlachten im Schatten der Musik, perfekt auf den Rhythmus und die Tonfolgen abgestimmt. Dieser

Gedanke erzeugt ein Frösteln entlang meiner Wirbelsäule, und auf einmal wünsche ich mir, der Lechner wäre nicht auf meine Empfehlung hin im Auto sitzen geblieben. Vorsichtig, vielleicht ein bisschen kung-fu-like bewege ich mich durch die Gaststube. Vom Ausschank her winkt mir eine vergoldete Plastikkatze zu. Sie hat ein fieses Grinsen aufgesetzt, weshalb ihr Winken auch als Warnung verstanden werden könnte. Tatsächlich fängt es zwischen meinen Schulterblättern an zu jucken. Ich bin fast beim Tresen angekommen, da höre ich ein Schlurfen von jenseits der Schwingtür, die rechts neben der Theke liegt. *Staff only* steht dort auf einem Schild. Diese Tür führte schon in die Küche, als hier noch Schweins- und Surbraten serviert wurden. Gedämpftes Klopfen ist von dort zu vernehmen und das blecherne Dröhnen eine Abluftanlage.

Ohne meine wachsende Unruhe an irgendwas festmachen zu können, greife ich nach dem rustikalen Holzbalken, mit dem der Tresen abschließt, um Halt zu finden. »Achtung, Kundschaft!«, rufe ich, weil ich nicht will, dass die Person sich erschreckt, die jetzt jede Sekunde die Gaststube betreten wird. Im nächsten Moment kommt mir die Küchentür mit heftigem Schwung entgegen, und unverhofft blendet mich grelles Licht. Für ein, zwei Sekunden erkenne ich nur einen dunklen Schemen. Wenig elegant stolpere ich zwei Schritte zurück, so ungeschickt, dass es mir böse ins Knie fährt. Unbeholfen stütze ich mich am nächstgelegenen Tisch ab und reiße dabei die Tischdecke samt Menagerie und Blumendekoration herunter. Dieses Spektakel nötigt den Schattenmenschen dazu, aus dem hellen Rechteck der Küchentür in die Gaststube zu treten. Das Halbdunkel im Restaurant lässt ihn

zu einem kleinen, schmächtigen Mann schrumpfen. Nichtsdestotrotz führt seine feingliedrige Hand ein unterarmlanges
Küchenmesser, und sowohl das schmale Gesicht wie auch die
weiße, für ihn deutlich zu große Kochjacke, in der er steckt,
sind über und über mit Blut bespritzt.

GRANATAPFELMASSAKER

Bei diesem Anblick ist es endgültig um mich geschehen, ich taumle noch weiter zurück, bis der nächste Tisch mich bremst. Stuhlbeine scharren schrill kreischend über den matten Boden. Erneut fällt etwas hinter mir um, rollt vom Tisch und zerspringt, als es auf die Steinfliesen trifft. Dann ist da nur noch die Musik, die sich im Tempo steigert und damit an Dramatik zunimmt. *Fortissimo!* Ausschank und Einrichtung versperren mir jede Fluchtmöglichkeit, wie mir ein paar hastige Blicke zeigen. Zwischen mir und dem rettenden Ausgang steht der Mann mit dem Messer, von dessen blanker Klinge roter Saft auf seine sonnenblumengelben Plastik-Flip-Flops tropft.

»Kruzitürken nocha mal«, sagt der kleine Mann.

Das setzt meiner nahenden Panikattacke ein abruptes Ende. »Is' noch was frei?«, erwidere ich schließlich, weil mir nix Besseres einfällt.

Wir mustern uns eine Weile, dann fällt ihm auf, dass er ein rot triefendes Messer hochhält, und er lässt es sinken. »Granatapfel«, erklärt er. »Macht imma groß Sauerei.« Beschämt blickt er an sich herab. »Spritzt wie varückt.«

»Granatapfel«, wiederhole ich und betrachte die zahllosen roten Tupfen auf seiner Kochjacke und in seinem Gesicht. Ein Gesicht, das auf den zweiten Blick doch recht freundlich dreinschaut. Erst jetzt fällt mir auf, dass er ein Haarnetz trägt, ganz nach Vorschrift. Darunter wuchert dichtes, schwarze Haar. Es ist so schwarz wie die von der asiatischen Lidfalte verengten Augen des Mannes, der ansonsten fast alterslos erscheint. Dennoch vermute ich, der Koch vom Saigon ist nicht mehr ganz so jung, wie es seine knabenhafte Statur vermittelt, auch wenn das Entkernen von Granatäpfeln nach wie vor eine Herausforderung für ihn zu sein scheint.

»Fellinger, Lebensmittelkontrolle!«, stelle ich mich vor und will nach meinem Ausweis greifen. Sprich, nach dem Portemonnaie. Doch der Griff geht ins Leere, und da fällt mir wieder ein, dass mein Geldbeutel samt Legitimationskärtchen noch auf dem Polizeirevier liegt. Nein, wart, korrigiere ich mich, mein Dienstausweis muss woanders sein. Womöglich in den Händen des Mörders … Zefix! Der Koch indes betrachtet mich dermaßen erwartungsvoll, dass ich einfach was sagen muss. »Na ja, auf jeden Fall, ich sollte den Chef sprechen!«

Vermutlich können nur Asiaten gleichzeitig überrascht schauen *und* sanft lächeln. »Lebens … mitte … kon … Oh, Chef, nein, nix!« Er versteckt das Messer hinter dem Rücken, womit er noch schmächtiger wirkt, lächelt aber weiter.

»Nicht da, aha«, folgere ich. Auch wenn die Leute immer behaupten, sie könnten die Gesichter von Asiaten nicht auseinanderhalten, bin ich mir sicher, diesen Koch bei meiner ersten Visite im Saigon nicht angetroffen zu haben. »Und Sie sind?«

»Duc!«

»Duc«, wiederhole ich. »Woher kommen Sie, Herr Duc, wenn man fragen darf?«

»Da Nang«, sagt er.

»Ist das in Vietnam?«

Er nickt. Seiner leicht niederbayerischen Färbung in der Aussprache entnehme ich, dass er nicht erst seit gestern bei uns in der Gegend lebt. »Gut, Herr Duc, sind Sie alleine heute?« Seit der schmächtige Vietnamese aus der Küche gekommen ist, ist es dort drinnen auffallend still.

Er lässt seinen Blick durch die leere Gaststube schweifen, was Antwort genug ist. Diesen Gästeandrang schafft er in der Tat alleine.

»Gut«, sage ich, »wo ist denn Ihr Chef?«

»Chefin«, korrigiert er mich.

»Eine Chefin also.« Ich versuch mich zu erinnern. Mit wem habe ich mich bei meiner letzten Kontrolle hier rumgeärgert? Eine Frau war's meines Wissens nicht. Auch nicht der Duc. Was nicht weiter verwundert, die Fluktuation im Hotel- und Gaststättengewerbe ist ziemlich hoch. Eine Chefin … hm. Asiatische Frauen gelten als äußerst geschäftstüchtig. Ein vietnamesisches Restaurant als Abschreibungsobjekt, um Geld aus illegalen Transaktionen zu waschen, kann auch eine Frau betreiben. Da brauche ich noch nicht nervös werden, dass ich vielleicht doch falsch liege. Aktuell spricht für Letzteres eigentlich nur, dass der Mord mit großer Kraft ausgeführt wurde. Aber vielleicht war die Chefin vom Herrn Duc vor ihrer Karriere als Gastronomin ja Landesmeisterin im Gewichtheben?

Der Schmerz im Knie ist abgeklungen oder zumindest erträglich, was ich vor allem der Adrenalinausschüttung verdanke, mit der ich auf Herrn Ducs hollywoodreifen Granatapfelmassaker-Auftritt reagiert habe. Es gelingt mir, beinahe leichtfüßig zum Tresen zu gehen und eine der dort liegenden

Speisekarten aufzuschlagen. Auf der letzten Seite finde ich die Adresse und den Vermerk, nach dem ich suche. *Inhaber Chin Ngo.* Dass ich das nicht mehr im Kopf hatte!

»Gut, Herr Duc. Wie kann ich die Frau Ngo erreichen?«

Er lächelt. »Madame Ngo heut Abend wieda in Restaurant, wegen lächeln 'in zu Gäste und kassieren, Sie verstehn?«

Ich verstehe, aber leider wartet im Polizeirevier der Herr von der Kripo auf mich. Wenn ich Madame Ngo also erst heute Abend treffe, ist es für mich zu spät. Da hocke ich schon hinter Gittern. Dem Duc das zu erklären, halte ich allerdings für zu kompliziert. Was kann ich also machen?

Mit dem arbeiten, was ich habe! Ich betrachte den Koch noch mal genauer. Abgesehen davon, dass ich, wie es meine Art ist, recht unvorbereitet hier hereingestürmt bin, kann ich schlecht direkt auf den Nashornhandel zu sprechen kommen. Dabei könnte der schmächtige Mann durchaus etwas darüber wissen. Vielleicht sagt seine Unfähigkeit, professionell und sauereifrei Granatäpfel zu zerlegen, ja auch etwas über seine anderen Qualitäten aus. Möglicherweise ist Chin ja doch ein männlicher Vorname in Vietnam und Herr Duc nicht der, für den er sich ausgibt? Das Problem: Er hat immer noch das Messer, das er jetzt zwar vor mir versteckt, dessen Vorhandensein ich aber dennoch nicht außer Acht lassen sollte.

»Macht denn die Frau Ngo noch anderweitig Geschäfte, also außerhalb der Gastronomie?«

Er lächelt sozialistisch schmal, ganz wie auf einem Propagandaplakat der kommunistischen Arbeiterpartei. Als käme er nach einem anstrengenden Tag geradewegs aus dem Reisfeld. Erschöpft, aber glücklich. Zufrieden und schweigsam – denn sagen tut er nix.

»Andere Gewerbe? Import, Export? Zigaretten?«, helfe ich. Zigaretten zu erwähnen ist natürlich schon recht gewagt, weil bekannt ist, dass der Schmuggel von Tabakwaren im deutsch-tschechischen Grenzgebiet fest in der Hand von Asiaten ist. Aber ich muss ihn zumindest mal in eine gewisse Richtung stoßen, damit er kapiert, über was er mir Auskunft geben soll. Seine Messerhand beobachte ich dabei die ganze Zeit scharf aus dem Augenwinkel, aber sie bleibt, wo sie ist. Entweder er ist ein ganz abgebrühter Hund, der nicht nur bei exotischem Obst keine Gnade kennt, oder er hat keinen blassen Schimmer, worauf ich hinauswill. Besser, ich halte mich an Madame Ngo. Gerade spiele ich mit dem Gedanken, unverrichteter Dinge abzuziehen, da geht mir zu guter Letzt doch noch ein Licht auf. »Kann ich Ihre Chefin … wie soll ich es sagen … Kann ich sie auch privat erreichen? Ich meine, Sie wollen doch heute Abend wieder Gäste bewirten. Also, wenn ich nicht unverzüglich mit der Inhaberin spreche, muss ich das Lokal leider vorerst schließen.«

Die für uns Mitteleuropäer sonst schwer einzuordnenden asiatischen Emotionen bleiben mir beim Herrn Duc nicht verborgen. Mit einem Mal schaut er ein wenig leidend drein. Das, was er an Kulinarischem für heute Abend vorgesehen hat, will er offenbar mit allen Mitteln auch in Umlauf bringen. Er schaut auf die Uhr an seinem dünnen Handgelenk. Ich erkenne eine Rolex, wenn auch mit hoher Wahrscheinlichkeit keine echte. Wir wissen ja alle, in wessen Heimat diese billigen Fälschungen produziert werden.

»Könnt sei', ich weiß, wo sie is'«, sagt er zögernd. »Aba nix sage, wo Sie habe her!«

PORNOSTAR

»Ist ja noch alles dran«, stellt der Lechner fest, der sich draußen lässig an den Kotflügel lehnt. Er trägt seine extra coole Fliegersonnenbrille, mit der er ausschaut wie ein Pornostar aus den Siebzigerjahren. »Dafür, dass du mit leeren Händen kommst, hat es ganz schön lang gedauert. So lang, dass ich kurzzeitig mit dem Gedanken gespielt habe, Verstärkung zu rufen, um die Gaststätte einzukesseln und einen koordinierten Zugriff durchzuführen. Ich möchte wetten, bei der Schwere der Anschuldigungen, die gegen dich erhoben worden sind, hätte mir die Zentrale in Passau sogar einen Hubschrauber geschickt.«

»Hörst du mich lachen?«

»Kommt vielleicht noch! Gab's nix zum Mitnehmen? Ich krieg so langsam Hunger.«

Ich übe mich in meditativer Gleichmut und antworte nicht darauf. Es wird schwer genug, ihm beizubringen, wie der nächste Schritt aussieht. Er macht derweil keine Anstalten einzusteigen, sondern streckt sein Gesicht weiter in die Sonne. Das wird die ganzen Bakterien und das andere Getier in seinem Vollbart freuen, wenn sie es so schön warm haben.

»Horch zu, während du da drin warst, habe ich mit dem Kollegen von der Zollfahndung telefoniert. Die Drahtzieher des weltweiten Nashornschmuggels sitzen tatsächlich in Vietnam.«

»Phönix!«, sag ich nur und fühle mich bestätigt.

Er schiebt die Sonnenbrille ein Stück nach unten und mustert mich ernst über ihren Rand hinweg. »Vietnam, gut und schön, wollt ich damit sagen, aber wir sind noch immer in Niederbayern ...«

Das kann ich gerade gebrauchen, dass er hier jetzt auch noch eine unnötige Dramatik in seinen Bericht einbaut. Ich schnaube unwirsch. »*Und?*«

»Dem Zoll ist nix bekannt. München, hat mein Kollege gemeint, München könnt er sich vorstellen. Dort wär's kosmopolitisch genug für so was. Nashornpulver statt Kokain zum Prosecco, da könnt man drüber nachdenken. Aber bei euch drunten, hat er g'meint, eher nicht. Wobei man schon sehen müsste, dass sich die Nashornmafia wegen den international verschärften Kontrollen durchaus ständig neue Vertriebswege und Schmuggelrouten sucht. Dennoch gibt's keine haltbaren Belege, dass einer der neuen Kanäle über Deutschland führt.«

»München? Von wegen. Und haltbare Belege hast du heute bereits auf deiner Fingerkuppe gesammelt.«

»Piano, piano! Das ist alles noch unbestätigt. Es existiert nicht eine einzige winzige Spur von einer Verbindung zu uns in den Bayerischen Wald. Bei uns hocken die Zigarettenschmuggler, und die beschäftigen die Zollfahnder zur Genüge.«

»Ja, und, was heißt das schon?« Ich muss mich zurückhalten, damit ich nicht gleich noch mal schnaube, und zwar wie ein wütendes Nashorn. »War das alles, mehr hat dein Spezi nicht rauslassen?«

Der Lechner zuckt entschuldigend mit den Schultern, was wohl bedeuten soll, dass unsere heiße Spur sich totgelaufen hat. »Er konnte mir nur noch ein paar allgemein bekannte Fakten mitgeben. Weil sie in Vietnam selber ja keine Nashörner mehr haben ... Ich glaub, er hat gesagt, das letzte hätten die Wilderer vor fünfzehn Jahren erlegt ... Na ja, jedenfalls liegt halt das Augenmerk der Nashornmafia deswegen jetzt auf Afrika. Wegen den Hörnern werden dort wohl über sechshundert Tiere pro Jahr abgeschlachtet.«

»Das ist so eine Schweinerei!«, platzt es aus mir heraus.

Er stimmt mir mit einem Nicken zu. »Vor allem, wenn man bedenkt, wofür. Der medizinische Nutzen von dem zerriebenen Nashornhorn ist gleich null, trotzdem wird das Pulver bei den Chinesen immer begehrter.«

»Vermutlich, weil es auch bei denen da drüben immer mehr Neureiche gibt. Ich sag dir, damit sind wir schon wieder ganz nah an der Münchner Proseccogesellschaft.«

»Geh weiter!«

Ich winke ab. »Jetzt aber ohne Schmarrn, von den Großkopferten könnte man doch wirklich meinen, dass sie g'scheit genug sind, um nicht an so einen Schabernack zu glauben.«

»Laut meinem Spezi vom Zoll gilt der Besitz von einem Stück Rhinozeroshorn als Statussymbol bei den Chinesen. Zudem glauben diese – also, ich find da gleich gar keinen Begriff dafür ... diese Arschlöcher ernsthaft, dass es ein allumfassendes Heilmittel gegen Fieber, Aids und sogar Krebs darstellt!« Jetzt lehnt der Lechner nicht mehr lässig am Wagen, sondern fährt sich wütend durch den Bart. »Aber hauptsächlich geht es diesen Leuten um die angeblich potenzsteigernde Wirkung. Die Krux an der Sache ist, die Abnehmer sind bestens vernetzt, ähnlich wie die dreckerten Sauhammln in den Kinderpornoringen. Bei so was ist es immer extrem schwer, an die Hintermänner zu kommen, weil die Kunden durchaus mit Süchtigen zu vergleichen sind und keiner seinen Dealer verpfeift. Alle halten das Maul, damit das Versorgungsnetz ja nicht in Gefahr gerät. Ja, so viel Irrsinn gibt's auf dieser Welt! Da fällt's mir gleich doppelt schwer, mir vorzustellen, dass der Rosenberger da irgendwie drin verwickelt war.«

»Wenn einer was weiß, dann der Roßhauptner. Bei dem haben wir das Pulver schließlich gefunden.«

»Allerdings haben wir keinen Beweis, dass das Keratin tatsächlich von einem Nashorn stammt.«

»Aber das Pulver zusammen mit dieser Porzellanreibe … ich meine, was brauchst du denn noch mehr an Indizien? Der Albin hat uns ja schon die halbe Arbeit abgenommen, hat Beweismittel sichergestellt und so weiter. Wer weiß, ob das vergammelte Fell nicht auch von einem Viech stammt, das der Rosenberger hätte gar nicht abschießen dürfen … Zefix, wenn wir ihn nur auftreiben könnten!«

Jetzt lehnt sich der Lechner wieder an. »Vielleicht ist er ja genauso hinüber, womöglich haben sie sich gegenseitig umgebracht, und wir haben bisher nur den einen gefunden … Willst du das damit sagen?«

Ich beiße mir nachdenklich auf die Lippe. »Gegenseitig? Nein, nein, so einfach ist das nicht. Da spielt noch jemand mit, den wir noch nicht auf dem Schirm haben. Aber genau von dem geht die Gefahr aus. Und deshalb versteckt sich unser Tierschützer auch. Ich möcht wetten, der Albin hat heute Morgen irgendwie erfahren, dass es den Rosenberger erwischt hat, und ist deswegen untergetaucht.«

»Und versteckt sich jetzt vor wem, den Vietnamesen?« Der Lechner tut einen tiefen Seufzer. »Das ist genau dein Problem, Fellinger. Egal, wie lang es dauert, du bist eh schon überfällig, was deinen Termin zum Verhör angeht. Es hilft alles nix, ich muss dich jetzt umgehend in die Dienststelle bringen. Der Kommissar aus Passau wird mir ohnehin die Hölle heiß machen, weil wir ihn so lang haben warten lassen.«

Damit steigt der Lechner in den Wagen.

Und ich – suche das Weite.

PROMILLESTRASSL

Eigentlich wäre der Lechner gern so ein cooler Cop, wie man sie aus den amerikanischen Fernsehserien kennt. Einer, der es auch mal nicht so genau nimmt, wenn es die Situation erfordert. Nun, leider ist er ein deutscher Beamter, was so ziemlich das krasse Gegenteil davon ist, was einem die vermeintlich harten Kerle aus den US-Serien vorgaukeln. Ich bin ebenfalls verbeamtet und weiß, wovon ich spreche. Deshalb hab ich auch höchsten Respekt davor, was er heute für mich getan hat. Und selbstverständlich lag es auf der Hand, dass er mir keine weitere Stunde mehr zugestehen konnte, um es mir zu ermöglichen, meine Unschuld zu untermauern. Weshalb ich die Flucht gedanklich durchgespielt habe, seit ich aus dem Saigon raus war. Er muss es einfach verstehen – so nah dran kann ich nicht aufgeben. Ist ja nicht so, dass ich den Irrsinnsaspekt an meinem Verhalten nicht einsehe. Vor allem, weil es jetzt schon das zweite Mal innerhalb weniger Monate ist. Was das Türmen vor den Vollzugsbeamten angeht, habe ich beinahe schon einen besseren Schnitt als wie der Dr. Kimble auf der Flucht.

Genau! Flucht! Zefix … Da kann man nix dran schönen. Der Lechner wird mich als flüchtig melden, da führt kein Weg dran vorbei. Er kann gar nicht anders. Und ich bin ihm deswegen auch gar nicht beleidigt. Wenn alles überstanden ist, spendiere ich ihm mehr als nur eine Halbe beim Pauli. Vielleicht lege ich gleich noch eine Runde Bärwurz drauf. Aber damit es überhaupt wieder so werden kann, wie es vor den Ereignissen der letzten Nacht war und wie es sein soll, musste ich mich eben trotz aller Busenfreundschaft zu diesem unkooperativen Vorgehen entschließen.

Kennt man die Arbeitsweise der hiesigen Exekutive so gut wie ich, ist es kein großes Kunststück, sich zu verdünnisieren. Und womöglich bin ich ganz schnell mit meinen Ermittlungen fertig und kann mich stellen, bevor die Fahndung überhaupt in die Gänge kommt. Dank des zuvorkommenden Verhaltens vom Herr Duc, sozusagen. Der hat mir nämlich nicht nur verraten, wo ich seine Chefin finden kann, sondern hat mich auch noch telefonieren lassen. Der verwegene Plan, der mir da unverhofft durch den Kopf geschossen ist, hat mich selber verblüfft. Ebenso wie der Zufall, dass ich über die Auskunft tatsächlich die Person an den Hörer bekommen habe, die mir als beste Option für einen Fluchthelfer eingefallen ist. In diesem Bereich ist die Personaldecke ja eher dünn. Wer gibt sich schon freiwillig für ein Abenteuer jenseits jeglicher Legalität her? Von Berufs wegen kenne ich selbstredend etliche Gauner und Ganoven, Betrüger, Weinpanscher, Steuerhinterzieher, Mindestlohndrücker, Ausbeuter und – Himmelherrschaft, auch sonst noch einiges. Aber so einen echten Kleinkriminellen ... da kenne ich direkt und persönlich eigentlich nur einen. Und der ist auch verrückt genug, um sich ohne großes Nachdenken auf diesen verfassungswidrigen Pfad zu begeben. Eine Anklage mehr fällt bei seinen Einträgen ins Führungszeugnis ohnehin nicht mehr auf.

Die einzlge Sorge, die ich derzeit habe, ist, ob er das mit

dem Timing hinbekommt. Und ob er einigermaßen nüchtern ist. Ach ja, und ob ich schnell genug bin.

Im Moment renne ich nämlich über eine Wiese, auf der das Gras für diese Jahreszeit viel zu hoch steht. Außerdem wird es in der Senke, die ich gerade durchquere, sumpfig. Zweimal sinke ich ein bis zum Knöchel und schöpfe mir die Schuhe mit kaltem Wasser voll. Hatten wir nicht vor Jahrzehnten eine akribische Flurbereinigung, die solche Grasflächen trockengelegt hat? Kreizdeife!

»Fellinger, das bringt doch nix!«, ruft der Lechner mir hinterher, aber ich dreh mich nicht um. So ein beinharter Seriencop würde jetzt vermutlich schießen, von daher bin ich froh, dass er doch nur ein deutscher Dorfpolizist ist. Einer, der zu viele Fragen beantworten und einen ausführlichen Bericht schreiben muss, wenn er auch nur in die Luft ballert.

Nach der feuchten Wiese beginnt der Wald. Schon ziemlich außer Puste, tauche ich raschelnd ins Unterholz. Ab jetzt gilt es vor allem, die Richtung beizubehalten, um den vereinbarten Treffpunkt nicht zu verfehlen, an dem, so Gott oder der Zufall will, meine *beste Option* wartet. Nachdem ich, nicht ohne ein paar ordentliche Kratzer, das dornenreiche Gestrüpp und die Rotbuchen- und Haselnussstaudenbarriere hinter mich gebracht habe, läuft es sich leichter. Im Wald ist es still, und ohne die Sonne, die bisher fortwährend auf mich herabgeleuchtet hat, wird es zwischen den hohen, eng stehenden Fichten, plötzlich unangenehm frisch.

Ich denke an den Rosenberger, den es in so einem Waldstück erwischt hat, und es fröstelt mich gleich noch ein wenig mehr. Wie das Wasser durch meine Schuhe schwappen seltsame Empfindungen durch meinen Kopf. Ich versuche mich aufs Rennen zu konzentrieren, aber … da war etwas im Wald, gestern Nacht. Und mit einem Schlag wird mir bewusst, dass ich wirklich dort war. Dort im Pufferholz, wo der Mord passiert ist.

Plötzlich pressiert es mir. Ich beschleunige meinen Schritt. Und ich sehne mich nach meiner Jacke, weil mir trotz aller Hetzerei von innen raus so kalt ist, doch die liegt als Beweismittel auf dem Polizeirevier. Dann kommt ein steiler Anstieg, und der raubt mir die letzte Luft. Der mit Herbstlaub bedeckte Hang bringt mich jetzt tatsächlich ins Schwitzen – und in den konditionellen Grenzbereich. Ich muss vorsichtig sein, wegen dem Knie, und jeden Tritt sorgsam wählen. Unter dem Laub ist der Boden matschig. Die letzten drei Meter krabble ich auf allen vieren und bin froh, dass mich keiner sieht. Im Kino hätten sie das rausgeschnitten oder mich durch einen Stuntman ersetzt.

Auf dem Kamm bleibe ich erst mal im Vierfüßlerstand, und es dauert lang, bis ich die Kraft finde, mich auch nur umzublicken. Der Lechner ist mir nicht gefolgt, das war zu erwarten. Nichtsdestotrotz dürfte ihm wegen meiner Aktion ebenfalls der Schweiß auf der Stirn stehen. Aber Mitgefühl mit dem Lechner hilft mir jetzt nicht weiter. Ich rapple mich hoch und befreie mich vom Waldboden, den ich in den letzten Minuten aufgesammelt habe. Dabei stoße ich auf die Porzellanreibe in meiner hinteren Hosentasche. Ich kann mich gar nicht erinnern, wann ich sie dorthin verfrachtet habe.

Immer noch keuchend, torkle ich weiter. Zu meinem Erstaunen ist es nicht mehr weit, dann bin ich wieder aus dem Wald draußen. Wie geplant treffe ich auf den Feldweg. Zurück in der Sonne stelle ich fest, dass ich inzwischen daherkomme wie einer, der sich mit einer Wildschweinrotte herumgetrieben und Eicheln aus dem Waldboden gewühlt hat.

Weit und breit ist niemand zu entdecken. Der nächste Hof liegt außer Rufweite. Kurz bin ich verunsichert, welche Richtung ich einschlagen muss, da der Weg einen lang gezogenen Bogen macht und ich ihn weder rechts noch links weit genug einsehen kann. Ich kenne die Gegend überhaupt nur, weil es ganz in der Nähe ein abgelegenes Wirtshaus gibt. Ich entscheide mich für rechts und verfalle in einen leichten Laufschritt. Unfassbar, was mein Körper in so einer Extremsituation zu leisten imstande ist. Da ich nie ein großer Jogger war, spüre ich schon nach hundert Metern erste Erschöpfungserscheinungen. Dass eine Lunge, die nie geraucht hat, so rasseln kann, ist schon irgendwie beängstigend.

Endlich wird der Schotterpfad gerade, und ich merke, dass ich hier richtig bin. Das ist tröstlich. Die Einmündung in den Schleichweg ist nur noch ein paar Dutzend Schritte voraus.

Mein Fluchtplan kalkuliert ein, dass der Lechner einen zeitraubenden Umweg zu fahren hat, um mich auf dieser Seite des Waldes wieder einfangen zu können. Trotzdem wäre es vermessen, jetzt zu trödeln. Dort, wo der Feldweg in das anvisierte Promillestraßl mündet, steht ein weißer Wagen. Allerdings nicht der, den ich erwartet habe, weshalb ich mich mit neuer Verunsicherung nähere. Ich bin auf etwa zwanzig Meter heran, da steigt jemand aus. Mobiler Pflegedienst steht auf der Autotür. Erleichtert atme ich auf. Es ist der, den ich angerufen habe.

»He, Fellinger, oide Wurschthaut!«, schreit er mir über das Autodach hinweg entgegen.

»Leise, du Depp!«, erwidere ich, womit sich wieder einmal zeigt, wie sehr sich eine gängige niederbayerische Begrüßung doch von dem unterscheidet, was im Rest der Republik als gesellschaftsfähig gilt.

Der Aschenbrenner Max kommt um den Wagen herum, und ich erkenne sofort, dass er betrunken ist. Vor allem daran, dass er nicht zittert, während er sich eine ansteckt.

»Jetzt ist doch keine Zeit für eine Rauchpause!«, schimpfe ich und schließe zu ihm auf. »Was ist das für ein Karrn?«

»Vom Pflegedienst.«

»Das seh ich, aber warum fährst du damit rum?« Statt einem weißen Pflegerkittel und Birkenstocklatschen trägt er einen gedeckten Blaumann und Arbeitsschuhe mit Stahlkappen. Sonst bietet sich mir der übliche grausige Anblick eines schwindsüchtigen Grattlers, der es mit der Hygiene nicht so genau nimmt. Da könnte er sich weiß Gott mit dem Roßhauptner zusammentun. Sein dünnes krauses Haar steht ihm wirr vom Kopf ab und weist offenbar Spuren von Altöl auf. Anders kann ich das nicht interpretieren, was sich da partiell in Schlieren über seinen Kopf zieht. Na ja, spart das Haargel, wenn man sich mit den schmierigen Mechanikerfingern durch die Lockenpracht streicht.

»Es is' wegen den Sozialstunden, die ich ableisten muss, weil ich doch im Sommer das Ruderboot von der Wasserwacht versenkt hab«, erklärt er und schaut mich aus wässrigen, rotgeränderten Augen an.

Ach, deshalb! Der Aschenbrenner, den die meisten nur unter seinem Spitznamen Texmäx kennen, weil er einmal eine bedrohliche Situation mit einer Kettensäge heraufbeschworen hat – also ein Texas Chainsaw Massacre auf Niederbayerisch sozusagen, zum Glück aber ohne Leichen –, ist grundsätzlich Spezialist für außergewöhnliche Straftaten. Und die Geschichte mit dem Ruderboot war damals kurzzeitig wirklich in aller Munde. Es war in einer Sommernacht, die er unten am See verbrachte – vermutlich fühlte er sich nicht mehr in der Lage, den Heimweg zu finden, weil wenn der Johnny dicht ist, ist er alles andere als ein Walker. Jedenfalls wurde es dem Mäx trotz den lauen Temperaturen letztlich kalt, so nah am Seeufer, also hat er es sich im Ruderboot von der Wasserwacht gemütlich gemacht, das dort am Steg vertäut war. Leider hatte ihm niemand gesagt, dass man in einem Boot, vor allem einem Holzboot, kein Lagerfeuer machen soll.

»Ja, und jetzt?«, frage ich.

»Jetzt darf ich in hundertzwanzig Sozialstunden die Autos vom Pflegedienst warten und saubermachen. Mei, und wenn ich weiß, dass ein Wagen übers Wochenende nicht gebraucht wird, behalt ich den Schlüssel. Man kann ja nie wissen, ob man nicht unverhofft irgendwohin muss.« Er grinst mir mit seinem Nikotingebiss entgegen. »Manchmal vergessen sie auch Zeugs im Auto, Spritzen und so anderen medizinischen Kram …«

»Ich will nix davon wissen«, winke ich ab, mir reicht schon die Vorstellung, was der Aschenbrenner mit und in diesen *Leihwagen* treibt. »Können wir jetzt los?«

Er steht da und stiert mich an. Ich mache eine auffordernde Geste, aber er rührt sich nicht. »Is' was?«

»Du hast deinen Pullover falsch rum an.«

Ich hab schon vorher gewusst, dass ich einen Fehler mache, wenn ich diesen Hirndüwe um Hilfe bitte. »Das trägt man heutzutage so«, erkläre ich und versuche, nicht zu genervt zu klingen.

»Ja, aber …«, sagt er und stellt sich mir in den Weg.

Ich hebe beschwichtigend die Hände. »Gut, ich dreh ihn um.«

»Darum geht's nicht.«

»Worum dann?«

»Hast du wirklich den Rosenberger abgemurkst? Ich mein ja nur, auf eine Anklage wegen Beihilfe bin ich nicht sonderlich scharf.«

Himmlherrgott, hängt da schon ein Aushang am Schwarzen Brett im Pfarrgemeindesaal? »Das ist alles ein Missverständnis«, beruhige ich ihn. »Das habe ich dir doch schon am Telefon erklärt.«

»Ja, aber warum dann dieses geheime Treffen hier?«

Weil mir natürlich klar war, wenn einer dieses kaum befahrene Sträßchen kennt, auf dem man jeglichen Kontrollen entgehen kann, dann der Aschenbrenner. Bloß das will ich ihm nicht auf die Nase binden. »Ja, weil halt! Es hat schon alles seine Richtigkeit!«

Er mustert mich skeptisch. Seine Augäpfel schimmern definitiv zu gelb, als dass man auf eine gesunde Leber schließen könnte. »Es kost natürlich mehr«, erklärt er mir, nimmt einen letzten Zug und schnippt die Kippe in die Wiese.

»Wie jetzt? Niemand hat was von Kosten gesagt!«

»Ich jetzt schon!«, lässt er mich wissen. »Cash und im Voraus!« Er hält mir seine schwielige Pranke hin.

»Aschenbrenner, zefix, wir haben einen Deal ausgemacht, und daran halte ich mich, aber darüber hinaus gibt es keine Geld- oder Sachleistungen. Du fährst mich jetzt wie vereinbart runter in den Ort, sonst …«

»Sonst was?«, brüllt er zurück und nimmt die Fäuste hoch.

»Sonst verrat ich das mit den Spritztouren … und den Spritzen, die du heimlich einsteckst. Dann darfst du bei deine nächsten Sozialstunden nur noch Abfallkörbe leeren und Gehwege fegen!«

Der Texmäx gibt seine Angriffshaltung auf. »Ich hätt nix sagen sollen, Sakrament. Du bist ein ganz elendiger Krüppl, Fellinger! Steig ein!«

»Damit kann ich leben«, murmele ich und bin für die Naivität dieses Mannes dankbar. Auch wenn ich beinahe ein schlechtes Gewissen habe, diesen stets benebelten Verstand so unverschämt auszunutzen. Und dem Texmäx seine unbeherrschbare Affinität zum Alkohol. Habe ich ihm doch versprochen, alles zu tun, damit das Hausverbot in seinem einstigen Stammlokal wieder aufgehoben wird, das ihm seit rund einem Jahr nicht mehr erlaubt, dort sein Bier zu trinken. So viel Einfluss traut er mir deshalb zu, weil er natürlich weiß, dass ich über nicht verhandelbare Druckmittel verfüge. Die Rosi, die Wirtin vom Adler, wird schon mit sich reden lassen, da bin ich recht zuversichtlich. Sofern mich der Texmäx erst mal sicher an mein Ziel bringt.

Der Aschenbrenner fährt langsam. Hypervorsichtig und weit übers Lenkrad gebeugt, als hätte er seine Brille vergessen. Was in der Tat der Fall sein könnte und mich noch nervöser macht. Plötzlich bin ich mir nicht mal mehr sicher, ob der Mäx überhaupt noch einen Führerschein hat … Auf meine Anweisung hin vermeidet er die Hauptstraße, und am Freudensee lasse ich ihn abbiegen, damit wir im Schatten des Staffelbergs über die Schröck fahren können. Dort begegnen uns allenfalls Wanderer und Mountainbiker. So gesehen ist die Tarnung mit dem Mobilen Pflegedienst nicht schlecht ... solange keiner die Insassen erkennt.

Dafür, dass der Lechner vor einer knappen halben Stunde Alarm geschlagen haben dürfte, tut sich in Sachen Polizeipräsenz im Ort noch sehr wenig. Freilich, er wird als Erstes Verstärkung anfordern. Oder besser der Kriminalkommissar, der jetzt den Einsatz leitet und meinem Spezi mit Konsequenzen droht. Wie immer die Dinge im hiesigen Revier auch stehen, mein unkonventionelles Taxi wird nicht gestoppt, bis wir auf den großen Parkplatz vom Festgelände einbiegen. Auf diesem Areal war früher mal eine Holzfabrik, die vor allem Spanplatten produzierte, damals, als die Arbeitskräfte bei uns noch billig waren. Statt der Fabrik befindet sich hier jetzt besagtes Festgelände, auf dem einmal im Jahr für eine Woche das Volksfest stattfindet. Durchaus ein begrüßenswerter Verwendungszweck für so ein Areal. Zudem hat man eine Art Park angelegt, mit Ententeich und Kinderspielplatz. Das ist für mich auch in Ordnung, dann weiß man als Eltern wenigstens, wo die Jugendlichen rumhängen, um ungestört zu saufen und zu kiffen. Falls der Herr Duc mir keinen Schmarrn erzählt hat, findet im Moment auf der Wiese neben dem Ententeich ein Tai-Chi-Kurs statt, initiiert von der vietnamesischen Gemeinde. Ich hatte bisher keine Ahnung, dass wir hier in der Gegend eine vietnamesische Gemeinde haben. Aber ich kann ja auch nicht alles wissen. Und ich mache eher selten Tai-Chi. Also: nie.

Um diese Tageszeit stehen nur wenige Autos auf dem Parkplatz des Festgeländes. Ich bedeute dem Aschenbrenner, wo er das Pflegemobil abstellen soll, und bin aus dem Wagen, noch bevor er den Motor ausmachen kann.

»Sitzen bleiben!«, befehle ich noch, dann schleiche ich geduckt zu der Hecke, die den Parkplatz von der Vergnügungswiese trennt. Wenn mich jemand beobachtet, könnte er mich für einen Spanner halten, aber das muss ich jetzt verdrängen. Gerade weil es eben drängt.

Den Kurs leitet Madame Ngo, hat ihr Koch gemeint. Für die asiatischen Mitbürger, die bei uns in der Nähe leben. Aber offenbar nicht nur für sie. Die Asiaten erkennt man leicht an ihrer schlanken Gestalt und den grazil ausgeführten Bewegungen. Die anderen Teilnehmer sind Landleute von mir und darüber zu identifizieren, dass sie durchwegs übergewichtig sind und bei den Übungen eher unbeholfen wirken. Nicht dass ich damit sagen will, wir Niederbayern sind über einen Kamm geschoren alle übergewichtig und unbeholfen. Nein, das trifft nur auf die zu, die Tai-Chi machen … und noch auf ein paar andere. Jedenfalls zähle ich zwei Dutzend Leute, hauptsächlich Frauen, und wundere mich, wie beliebt diese Freiluftveranstaltung für Bewegungsübungen ist. Vielleicht machen heute aber auch nur besonders viele mit, weil Brückentag ist und man ohnehin Zeit hat.

Madame Ngo sticht heraus, was nicht nur daran liegt, dass sie die Vorturnerin gibt. Sie besitzt eine ungeahnte Exotik, das sehe ich selbst aus der Entfernung.

»Brauchst du mich noch?«, fragt der Aschenbrenner direkt hinter mir, und ich schrecke zusammen. Ich habe nicht bemerkt, dass er doch ausgestiegen und mir gefolgt ist. Jetzt lauern also schon zwei Spanner hinter der Hainbuchenhecke.

»Und wenn nicht?«, will ich aggressiv flüsternd wissen.

»Ja, dann würde ich mal schauen, wer sich hier unten gerade so rumtreibt. Vielleicht will jemand was kaufen?«

»Hau bloß ab!«, fahre ich ihn an, vielleicht etwas zu laut.
»Deine Ambitionen im Drogenhandel musst du dir heut ver-
kneifen! Hock dich ins Auto und wart, bis ich hier fertig bin!«

Doch statt zu gehen, zündet er sich eine Zigarette an und
buckelt sich weiter neben mich hin. Beißender Rauch steigt
mir in die Augen. »Es ist gleich aus«, erklärt er ungefragt.

»Was?«

»Tai-Chi im Park, jeden Freitag halb zwei Uhr, nur bei gu-
tem Wetter«, zitiert er.

»Woher weißt ...«, setze ich verdutzt an.

»Steht im Bistumsblatt.«

Das verblüfft mich noch mehr. Der Aschenbrenner liest
das Bistumsblatt? Plötzlich fällt mir ein, dass er ganz in der
Nähe wohnt, mehr oder weniger nur über die Straße. »Hast
du etwa auch schon mitgemacht?«

Er kichert bloß und behält sich die Antwort vor. Ich stelle
mir den Texmäx unter den Teilnehmern vor und wie er seine
schwindsüchtige Statur bei den Übungen verrenkt. So schnell
wie möglich blinzle ich diese grauenerregende Bild weg und
konzentriere mich wieder auf die Kursleiterin. Madame Ngo
hat sich in Seide gehüllt. Zumindest sehen die luftigen Tü-
cher, die ihren schlanken Körper umwehen, nach Seide aus.
Ihre eleganten Bewegungen erinnern an ein im Sommerwind
wogendes Reisfeld, und es schaut aus, als würde sie jede Sekunde abheben und davongetragen. Gleichwohl wirkt sie alterslos, jedenfalls sind auf die Entfernung keine Falten in
ihrem herzförmigen Gesicht zu erkennen. Ihr hochgesteck-
tes Haar ist tiefschwarz, die Fingernägel sind lang und im selben grellen Rot lackiert, das auch ihre Lippen schmückt. Alles in allem sieht es ganz danach aus, als ob Frau Ngo ganz

dick im Geschäft wäre ... vielleicht auch, was den Handel mit Nashornhörnern angeht.

»Weißt du zufällig, wo die Vorturnerin wohnt?«, murmele ich, ohne echte Hoffnung, eine Antwort zu erhalten.

»Logisch«, sagt der Aschenbrenner und überrascht mich erneut.

EDELBUNKER

»Und ihren Mann, kennst du den auch?«

»Kann man sagen«, meint der Mäx. Mittlerweile sitzen wir wieder im Pflegemobil, und er zeigt durch die verschmierte Windschutzscheibe auf einen 500er Mercedes, der in der Reihe vor uns parkt. »Das ist ihr Karrn, den hab ich mal umlackiert. Von silbergrau auf schwarz. Obwohl der alte Lack noch einwandfrei war. Polieren hätt's auch getan.«

»Könnt der Wagen, sagen wir mal, nicht ganz legal erworben sein?«

»Meinst du, ich bin so deppert und hinterfrag so was?«

Da hat er freilich recht, danach fragt man nicht in den Kreisen, in denen sich der Aschenbrenner bewegt. »Und der Herr Ngo, womit verdient der sein Geld?«

Wieder lässt er sein weibisches Kichern hören. »Import, Export, was die Asiaten bei uns halt so machen, wenn sie nicht gerade ein Restaurant oder einen Wok-Imbiss haben.«

»Ist das nicht recht klischeehaft?«

»Okay!«, stimmt er mir zu. »Manche machen auch in Massage oder Nagelstudio.«

Unser Dialog wird durch das Ende des Tai-Chi-Kurses unterbrochen, wofür ich dankbar bin. Auch wenn ich nicht wirklich weiß, in welche Richtung es jetzt weitergeht, kommt es mir nicht ratsam vor, sich in meiner aktuellen Lage zu lange am selben Ort aufzuhalten. Die Fahndung gegen mich wird auf Hochtouren laufen, die Schlinge zieht sich unweigerlich zu, davon ist auszugehen.

Wir rutschen tief in unsere Sitze hinein, als Madame Ngo an uns vorbei zu ihrem Boliden geht. Nein, sie geht nicht, sie schwebt – obwohl das Tai-Chi schon beendet ist. In dem Kleinwagen der Pflegehilfe nach unten zu rutschen, ist natürlich aufgrund der mangelnden Beinfreiheit unmöglich, weshalb unser Verhalten viel auffälliger ist, als wenn wir einfach nur ganz normal sitzen geblieben wären. Aber gewisse Reflexe lassen sich nicht abstellen, da geht es dem Banditen neben mir nicht anders als mir selbst, der ich im Namen der Gerechtigkeit unterwegs bin.

Madame Ngo allerdings schaut weder nach rechts noch nach links. Beziehungsweise, ich kann wegen ihrer überdimensionalen Sonnenbrille gar nicht beurteilen, wie aufmerksam sie ihre Umgebung im Blick hat. Nebenbei frage ich mich, wie dieses Trumm an Blendschutz überhaupt Halt auf ihrem kaum vorhandenen Nasenbein findet. Geduldig warten wir, bis sie losfährt, und folgen ihr dann mit gebührendem Anstand. Etwas zu viel Abstand für meinen Geschmack. Der Aschenbrenner fährt wie ein Fahranfänger bei seiner ersten Überlandfahrstunde. Gerade will ich was sagen, da biegt vor unserer Schnauze ein Traktor ein und bremst uns endgültig aus. Wie zum Dablecka zieht er auch noch ein Güllefass hinterher. Das bedeutet nicht nur keine Sicht, sondern auch noch tränentreibenden Gestank.

»Überhol halt jetzt!«, verlange ich, doch diesen Wunsch erfüllt mir der Texmäx erst nach der Ewigkeit von zwei Minuten. Und natürlich – nachdem er sich endlich vorbeizufahren traut, ist der Mercedes längst über alle Berge. Ziemlich harsch weise ich den Aschenbrenner an, mich zum Domizil der Ngos zu fahren. Das befindet sich unterhalb unseres Hausberges, etwas abgelegen vom Rest der Bebauung. Feinster Südhang, einwandfrei, aber leider umgeben von einer mannshohen Granitsteinmauer, welche überdies noch von Bambusgewächsen überragt wird. Von der Straße aus ist nix zu erkennen. Auch nicht, ob der Mercedes dort abgestellt worden war.

»Das hat noch der Ellwanger gebaut, bevor sie ihn wegen Steuerhinterziehung drangekriegt haben«, erklärt der Texmäx, der sich zu meiner nicht nachlassenden Verwunderung als wahres Auskunftsbüro entpuppt. »Danach haben es die Schlitzaugen gekauft. Es soll fast eine Million gekostet haben, sagen die Leut.«

Der Ellwanger war einer der großen Bauunternehmer in der Gegend, der nur leider vergessen hat, seinen Anteil an Einnahmen regelmäßig dem Fiskus zuzuführen. Stattdessen hat er mit seinem Vermögen auf waghalsige Weise jongliert, bis es nicht mehr ging und alles aufgeflogen ist. Jetzt sitzt er in der JVA in Straubing, während seine Frau, nachdem die Scheidung rechtskräftig war, den Firmenanwalt geheiratet hat. Jedenfalls passt auch der Kauf dieses Edelbunkers mit eigenem Schwimmbad im Keller durch die Ngos zu allem, was ich bisher rausgefunden habe. Mein Verdacht erhärtet sich, wie man so schön sagt. Das schlecht besuchte Saigon wird nur sehr mäßig zur Kostendeckung von diesem Luxusanwesen beitragen.

»… neuste Überwachungstechnik«, brabbelt der Aschenbrenner vor sich hin, und auch diesmal verlange ich keine Erklärung, woher er das weiß. Diese Art Wissen ist für den

Gauner letztendlich überlebenswichtig. In seiner Branche muss man einfach gut darüber informiert sein, wo sich ein Einbruch rentiert und wo man es besser gleich gar nicht versucht.

Soll ich einfach klingeln? Oder über die Mauer kraxeln und mich durch den Bambushain kämpfen wie der Vietcong? Rumschniern? Aber das löst mit Sicherheit einen Alarm aus, und dann rückt vermutlich der Lechner an. Und der Kriminaler aus Passau!

Ich komme mit mir überein, dass ich hier im Moment ebenso wenig ausrichten kann, wie wenn ich mich vor dem Saigon auf die Lauer lege. Beides wäre in der aktuellen Lage nicht klug. Der Lechner weiß ja, wer bei meinem Ermittlungsansatz in den Fokus gerückt ist und dass ich hinter der vietnamesischen Nashornmafia her bin. Auch wenn er es selbst nicht glauben mag. Unter diesem Aspekt ergibt sogar das freitägliche Tai-Chi von Madame Ngo einen Sinn. Ich spiele den Gedanken durch. Die Nashornpulver-Junkies schicken ihre Frauen zum gemeinschaftlichen, als Deckmantel genutzten Übungstreffen und lassen sich dort den Nachschub besorgen, so wie andere Süchtige beim Dealer des Vertrauens nach Passau unter die Schanzlbrücke gehen, um den Kokainvorrat aufzustocken. Zefix, warum bin ich nicht bis zum Kursende hinter der Hecke stehen geblieben? Vielleicht hätte ich dann eine dieser versteckten Transaktionen beobachten können. Es ist zum Haareraufen! Aber gut, jetzt muss ich halt anders taktieren. Noch gibt's ein paar Personen, die mir Antworten schulden. »Fahren wir!«, verlange ich daher.

»Wohin?«, will mein Chauffeur wissen.

»Einen Klodeckel kaufen!«

TSCHAMSTERER

An der Tür des Verkaufsladens hängt ein Schild, auf dem eine Notfallnummer steht, falls das Klo ausgerechnet heute überlaufen sollte. Ebenso am Eingang zur Werkstatt nebenan. Ich hätte mir denken können, dass der Hofer Erwin am Brückentag geschlossen hat. Natürlich würde er bei Notfällen ausrücken, dann aber sehr wahrscheinlich auch den Feiertagszuschlag berechnen. Als Handwerker kannst du heutzutage beinahe alles mit deiner Kundschaft machen, und das wird in den nächsten Jahren noch schlimmer werden. Jetzt, da alle studieren und keiner mehr – wie noch der Hofer – Installateur lernen will. Die Handwerksberufe sterben nach und nach aus, wie damals die Dinosaurier. *Ich krieg keine Auszubildenden mehr*, jammert er mir wieder und wieder vor, wenn ich ihn beim Kellerwirt treffe. Und ich denk mir jedes Mal: Dann mach deinen Laden halt zu, hast es vermutlich ohnehin nicht mehr nötig, bei den Preisen, die du in Rechnung stellst. Allein schon für die Anfahrt, grad wie wenn er von Regensburg runterfahren müsste.

Ich verfluche den Brückentag und die Arbeitsmoral meiner Mitmenschen und will gerade wieder kehrtmachen, da sehe ich, wie sich oben hinter dem Bürofenster jemand bewegt. Könnte ich in der Tat heute auch einmal Glück haben, an diesem für mich sonst so verfluchten Tag? Als Flüchtiger

191

in einem Mordfall sollte man sich zwar eigentlich diskret verhalten, aber ich hämmere trotzdem gegen die schwere Metalltüre, die in das Werkstatttor eingelassen ist. Prompt gerät die ganze Konstruktion ins Schwingen. Der von allen Seiten geschlossene Innenhof wirkt dabei wie ein Schalltrichter und verstärkt den Radau ins Maßlose. Sofort geht im ersten Stock das Fenster auf.

»Wir hab'n heut zu!«, schreit sie mir entgegen, dann erkennt sie mich und schreckt zurück. Ihr entsetzter Blick sagt mir, wie sehr sie es bereut, das Fenster geöffnet zu haben. Und er bestätigt mir, dass es die richtige Entscheidung war, herzukommen.

»Mei, der Fellinger«, sagt sie kleinlaut.

»Servus, Moni, magst mir nicht g'schwind aufmachen!«, entgegne ich. Ich klinge nicht so freundlich, wie ich könnte, und mache ihr damit klar, dass das keine Frage war.

»Wart, ich komm runter«, schlägt sie mir stattdessen vor, was mir auch recht ist. Im Innenhof des Installateurbetriebs sind wir vor fremden Blicken weitgehend verborgen. Ich hoffe nur, der Aschenbrenner, der vor der Zufahrt wartet, wird nicht identifiziert. Sonst schaut es gleich so aus, als würde er Schmiere stehen, und ein derart verdächtiges Verhalten bringt gerne mal einen aufmerksamen Nachbarn auf die Idee, eine Meldung zu machen. Aufmerksame Nachbarn haben wir leider gerade genug rundherum.

Die Fischer Moni tritt aus der Tür. Sie schaut auch ohne Dirndl großartig aus. Zweifelsohne hat sie das feuchtfröhliche Feuerwehrfest mit weitaus weniger Schaden überstanden als gewisse andere Leute. Zum einen, weil sie deutlich jünger ist und die Sauferei noch besser verträgt. Zum anderen hat sie vermutlich im Gegensatz zu mir ausschlafen können. Offenbar habe ich sie mit meinem Erscheinen dazu animiert, gleich Feierabend zu machen, weil sie schon ihr Jackerl übergestreift und das Handtascherl über der Schulter hängen hat.

»Hast schon Schluss heut?«

»Hab eh nur g'schwind was fertig machen müssen. Was willst?«, fragt sie, und mir wird klar, dass der erste Schreck über mein plötzliches Erscheinen verdaut ist. Dafür mustert sie mich jetzt genau. »Ui, was ist passiert?«

Ich schaue an mir runter und hoffe, dass sie jetzt nicht glaubt, ich hätte hinter der Feuerwehrhalle meinen Rausch ausgeschlafen und wäre erst vor Kurzem desorientiert aufgewacht. Und mein erster, einigermaßen klarer Gedanke hätte ihr gegolten, weshalb ich flugs und so schnell meine immer noch wackligen Beine mich getragen haben, zu ihr geeilt bin. So verdreckt, wie ich bin.

»Es wär wegen gestern Abend«, beginne ich etwas zögerlich und stelle fest, dass dieser Einstieg just jenes Rausch-Ausschlaf-Szenario untermauert.

»Mei, du warst ganz schön anzund'n«, lässt sie mich wissen, und ihre Worte brennen wie Salz in der Wunde.

Ich räuspere mich. »Sag amal, wir waren nicht zufällig noch woanders, ich mein, nach den paar Schnapserl an der Bar?«

»Sag bloß, du kannst dich nimmer erinnern, was gestern war?«

»War denn noch was, an das ich mich erinnern sollte, so gegen später?«, frage ich mit gerunzelter Stirn.

Sie lacht mit breitem Mund. Zu breit, weshalb sie mir auf einmal überhaupt nicht mehr gefällt. »Wenn du das nicht mehr weißt ...«, spottet sie. Mir bleibt nichts übrig, als die

Häme über mich ergehen zu lassen, schließlich bin ich ihr und meiner Amnesie ausgeliefert. Möglicherweise, fällt mir dann ein, kann ich aber auch eine Reaktion provozieren, wenn ich ihr mein Gedächtnisproblem ganz unverblümt offenlege.

»Also ... meine Erinnerung wird ein bisserl lückenhaft, ungefähr da, wo der Rosenberger gekommen ist«, gestehe ich.

»Der Rosenberger. Stimmt, der war ja auch da ...« Eine besonders gute Schauspielerin ist sie nicht, das muss man sagen. »Mei, wie spät wird's da g'wesen sein?«

Langsam wird der Dialog etwas nervig. Man könnte fast den Verdacht haben, dass sie sich einen Spaß daraus macht, dieses Luder. »Das frag ich *dich*!«

»Also, ich hab nicht auf die Uhr g'schaut, aber du bist eigentlich gleich nach ihm gegangen. Drum musst ich übrigens die letzte Runde Schnaps selber zahlen. Das war nicht sehr nett von dir!«

Dann hatte ich meinen Geldbeutel zu diesem Zeitpunkt also doch bei mir? Langsam kenne ich mich nicht mehr aus. Und was hat sie gerade gesagt? Direkt nach dem Rosenberger ... Das klingt irgendwie schlecht. Da wäre es freilich besser gewesen, sie hätte jetzt gesagt, ich wäre ihr gegenüber noch etwas aufdringlich geworden.

»Weißt du eigentlich noch, warum der Rosenberger so einen Hals gehabt hat? Ging es dabei eventuell um dich?«

»Wieso um mich?«, fragt sie unschuldig.

»Na, du weißt schon, weil wir zwei uns so gut amüsiert haben.«

»Bild dir fei nix ein, Fellinger!«

»Jetzt sag halt, hat der Rosenberger sich vorgeführt gefühlt?«

»Geh, der soll gerade sein unverschämtes Maul halten. Ein Mordsmannsbild, aber nix dahinter. Der hat echt überhaupts keinen Grund, sich aufzumandln. Mit ein paar ausg'stopfte Viecher bin ich nicht zu beeindrucken.«

Zwei Dinge werden mir gleichzeitig klar. Erstens, die Fischerin hat noch keine Ahnung davon, dass der Rosenberger nicht mehr unter uns weilt. Zweitens, sie hat es jetzt zwar nicht *direkt* gesagt, aber offenbar lief es bei unserem Waidmann sexuell nicht so einwandfrei, wie er immer getan hat. Womöglich hat er in seiner Verzweiflung deshalb auf fragwürdige chinesische Hausmittelchen zurückgegriffen: um seine Manneskraft zu fördern. Wenn dem so wäre und ich das auch noch bestätigt kriegen würde, wäre ich einen großen Schritt weiter.

»Du, ich werd jetzt gleich abg'holt!«, verkündete sie mitten in meine Überlegung hinein und wirkt auf einmal nervös, wie wenn es ihr peinlich wäre, mit mir erwischt zu werden.

»Wenn du auf den Maier wartest, der wird vermutlich nicht kommen.«

Sie blickt mich mit ihren Katzenaugen an. Smaragdgrün sind sie, und das macht es schon schwer, nicht kopfüber hineinzufallen. Rote Haare und grüne Augen, das ist schon eine teuflische Mischung. Als wäre ihr plötzlich kalt, zieht sie die leichte Strickjacke über ihrem Busen zusammen. »Wieso der Michl ... wie kommst jetzt auf den?«

Demnach doch nicht unser jüngst überführter und vermutlich immer noch flüchtiger Wilddieb. Wie kann man bei so vielen Verehren bloß den Überblick behalten? Für zwei Sekunden verstehe ich die Welt nicht mehr, dann vernehme ich Schritte von der Straße her. Einen Herzschlag später biegt der erwartete Tschamsterer von der Fischer Moni um die Ecke.

Mir wird augenblicklich schlecht.

Es hilft alles nix, ich muss mich an ihr festhalten, um nicht einfach der Länge nach hinzufallen. Dass ich so hilfesuchend nach beiden Oberarmen der kessen Moni lange, dürfte freilich noch wesentlich verfänglicher auf den jungen Mann wirken, der wie angewurzelt im Torbogen zum Innenhof stehen bleibt. Im selben Moment fällt mir ein, dass er mich heute seinerseits schon einmal recht grob gepackt hat. Obwohl er nicht mehr in seiner Uniform steckt, scheint er doch zu allem entschlossen, wenn ich nach seinem Gesichtsausdruck gehe.

»Ei verbibbsch!«, ruft er und macht damit die prekäre Situation noch schlimmer.

Ei verbibbsch!

Der Raik!

Blitzlichtartig zucken mir Bilder durch den Kopf. Unser Ossi-Polizist in sehr eindeutiger Zweisamkeit mit der Fischerin – und dann im Moment des Höhepunkts, im innigsten Augenblick der Ekstase, lässt der Mensch dieser Ausruf los. *Ei verbibbsch!* Ich meine, was passiert da mit dir? Als Frau?

Allerdings kommt mir die Fischer Moni nicht so vor, als ob sie sich darüber Gedanken macht. Offensichtlich graust ihr vor noch weniger, als ich angenommen habe. Mich allerdings ekelt es dermaßen, dass ich kaum noch gradaus schauen kann. Dabei weiß ich gar nix Gewisses. Nicht, ob es nur bei ein paar Runden Obstler geblieben ist. Oder ob sich unsere Lippen berührt haben ... oder die Zungen! Und ob dieses ... ich weiß nicht, wie ich es nennen soll ... also ob durch den Austausch von Körperflüssigkeiten eine Übertragung möglich ist und ich nun ebenfalls infiziert bin mit – *Ei verbibbsch.*

Wenn es die Situation zugelassen hätte, ich hätte dem Hofer Erwin vermutlich vor die Werkstattür gekotzt, weil mein Magen nach wie vor höchst sensibel auf alle äußeren Einflüsse reagiert. Aber für all das habe ich jetzt keine Zeit, weil der Raik als ausgebildeter Vollzugsbeamter sich nämlich schnell wieder in Griff haben und mich aller Voraussicht in der nächsten Sekunde anspringen und niederringen wird. Denn trotz Feierabend dürfte er natürlich wissen, dass eine Fahndung nach mir läuft. Und ich kann mir genauso wenig vorstellen, dass er sich die Aussicht, als Held der Polizeiarbeit gefeiert zu werden, entgehen lässt. Auf solcherart Ruhm sind unsere Mitbürger aus den neuen Bundesländern doch noch wesentlich erpichter als wir abgestumpften, übersättigten Westler.

»Hab isch doch rischtsch gesehn, gestern uffm Feuerwährsfest«, sagt er zu meiner Überraschung. »Haste nu och was mit dem da?«

»Der wollt nur eine Auskunft, du Aff!«, schießt die Moni zurück.

»Eigentlich wollt ich nur einen Klodeckel«, berichtige ich, doch keiner von beiden beachtet mich.

»Das is en Mörder, is dir das klar?«, fährt der Raik fort.

»Voreilige Verurteilungen stehen einem Polizeibeamten nicht gut zu Gesicht«, werfe ich dazwischen und werde erneut ignoriert.

Bei der Fischerin tritt das in ihrem Fall äußerst seltene Phänomen der Sprachlosigkeit auf. Meine Gedanken rasen. Der

Raik! Er hat mich also gestern bei den Jubiläumsfeierlichkeiten mit der Moni flirten sehen. Und seine Schlüsse gezogen. Vermutlich weiß er auch, dass der Rosenberger ihr ebenfalls nachgestiegen ist. War er deshalb so engagiert heute Vormittag, wollte er mich deshalb unverzüglich in der Zelle haben? Weil ich für ihn der ideale Sündenbock für ein Vergehen bin, dass er selbst begangen hat? Aus Eifersucht, um seine Monika nicht weiter teilen zu müssen? Den Jäger aus dem Weg geräumt und einen weiteren Konkurrenten sicher hinter Gittern – sauber, sag ich.

Langsam kommt er auf mich zu.

Ich merke, dass ich immer noch die Arme der Fischerin umfasst halte. Dort wo sich meine Finger in das weiche Fleisch krallen, ist ihre Samthaut schon ganz rot. Zeit also, das Täubchen endlich freizugeben. Allerdings geht es für mich um Kopf und Kragen, und darum schubse ich sie wider alle guten Sitten dem Raik entgegen. Sie taumelt auf ihn zu, und ihr entweicht ein spitzer, theatralischer Schrei. Der Polizist – entweder im Reflex oder weil er ein Gentleman ist – fängt sie auf, statt mich anzuspringen. Diese wenigen Sekunden reichen mir, um den kleinen Innenhof zu überqueren und hinaus auf die Straße zu flüchten. Leider muss der Raik das blonde Gift irgendwie abgelegt oder an die nächstbeste Wand gestellt haben, denn ich spüre bereits seinen Atem im Nacken.

Ohne Plan, allein auf meinen Instinkt vertrauend, biege ich nach links ab. Dabei weiß ich genau, dass ich dem Raik in jeder Hinsicht unterlegen bin. Einen längeren Dauerlauf kann ich konditionell unmöglich durchhalten. Eher wird es ein kurzer Sprint. Der Raik ist zwar auch kein Usain Bolt, aber locker fünfzehn Jahre jünger als ich und mit Sicherheit ein ambitionierter Polizeisportler. Ich kann nur froh sein, dass er seine Dienstwaffe nicht dabeihat.

Im Vergleich zu meinen schwer hämmernden Schritten auf dem Kopfsteinpflaster sind die seinen weich und schnell. Komisch, dass ich sie neben meinem eigenen Schnaufen und Stampfen überhaupt hören kann. Vielleicht tu ich das ja auch gar nicht, vielleicht existiert dieses pantherhafte Auftreten meines Verfolgers nur in meinem Kopf. Nichtsdestotrotz beschleunigt es meinen Puls noch zusätzlich, und das rasende Pumpen meines überbeanspruchten Herzens hallt mir wie Donner in den Ohren. Obwohl ich wie verrückt nach Luft schnappe, gelangt nicht mehr Sauerstoff in meine Lungen. Ich bin am Ende, noch ehe ich die nächste einmündende Straße erreiche, wo ich, getrieben von Verzweiflung, noch ein letztes Mal abbiegen könnte. Eine Hausecke, nicht einsehbar, die ich nutzen könnte, um für eine klägliche Sekunde dem Verfolger aus den Augen zu kommen. Diese Illusion einer gelingenden Flucht befeuert mich immerhin so weit, dass ich die ersehnte Einmündung erreiche, aber dann fehlt mir die Kraft, einen Haken hineinzuschlagen. Halb fallend stolpere ich daran vorbei und erfasse nur noch im Augenwinkel etwas Weißes, das knapp hinter mir daraus hervorschießt.

In meinem Rücken tut es einen grausigen Schlag, gleichzeitig ertönt ein schrilles Kreischen.

Ich kann nicht so abrupt anhalten, wie ich gerne möchte. Die über meine Grenzen hinaus beanspruchte Muskulatur erlaubt mir nur ein Austrudeln, und wie ich mich endlich umdrehen kann, bin ich zwanzig Meter weg von der Einmündung. Der Aschenbrenner ist schon ausgestiegen und betrachtet die Delle auf der Motorhaube von seinem Pfle-gemobil.

»Ob ich die bis Montag ausgespachtelt und lackiert be-komme?«, fragt er sich selbst, aber laut genug, dass ich es trotz des Hämmerns in meinen Ohren hören kann. Er steht mit-ten auf der Straße, etwas quer, weil er mit blockierenden Rä-dern noch ein Stück über das glatte Pflaster geschlittert ist. Gut fünf Meter entfernt liegt ungesund verkrümmt der Raik.

»Himmelherrgott!«, will ich schreien und »Du Irrer!«, aber es kommt nur ein Krächzen heraus. Er schaut zu mir, dann zu dem überfahrenen Polizisten, der sich jetzt zu meiner Er-leichterung bewegt. Der Raik hält sich das eine Knie und windet sich wie ein Fußballer, der eine saubere Blutgrätsche abbekommen hat.

»Der wird schon wieder, war ja nur ein ganz kleiner Schub-ser. Ein Reh hätt so was weggesteckt und wär längst in den Wald gerannt«, diagnostiziert der Aschenbrenner und ki-chert. »Komm, steig ein, bevor die Verstärkung anrückt.«

EINFLUGLUKE

Meine Eltern haben mich spät gekriegt. Weil sie sich selber erst spät gekriegt haben. Beide waren damals schon weit in den Dreißigern. Aber es hat noch geklappt. Man geniert sich ja immer etwas vor sich selbst, wenn man sich ausmalen muss, wie die eigenen Eltern ihre Kinder gemacht haben. Im Speziellen bei meinen Eltern ist diese Vorstellung eine geradezu utopische, daher gönne ich mir ab und zu die Idee, ich wäre einem Reagenzglas entstiegen. Na ja, egal wie, ich bin auf der Welt, auch wenn ich nicht so geworden bin, wie es der Papa gerne gehabt hätte. Denn leider lasse ich völlig die Begeisterung für Ackerkrumen und Landmaschinen vermissen. Stattdessen bin ich Beamter und noch dazu einer, der denunziert. Der den Leuten die Existenz abgräbt. Der Papa lässt auch nicht gelten, wenn ich ihm wieder und wieder erkläre, dass es an den Wirtsleuten selbst liegt, wenn ich ihren Laden dichtmachen muss. Das bisserl Dreck, murrt er dann immer.

Freilich, wenn einer höchstens alle Jubeljahre ein Bier in einem Wirtshaus trinkt und sich ansonsten immer schön bequem von der Mama bekochen lässt, dann fehlt halt auch jegliches Verständnis für die harte Realität. Für mich ist es schwer genug, nicht in die Kuchl von der Mama zu schauen, zumindest nicht so genau, wie ich es von Berufs wegen tun würde. Nicht, dass es nicht schmeckt, was die Mama kocht.

Nein, nein, das ist immer einwandfrei. Also geschmacklich. Doch schon allein die bäuerliche Umgebung beißt sich mit meinen peniblen Hygieneansprüchen. Das war früher schon so und hat sich durch meinen Beruf noch mal vielfach verstärkt. Meistens gelingt es mir, nicht darüber nachzudenken, wenn ich bei der Mama zum Essen eingeladen bin. Es ist ja in der Regel auch immer alles gut durchgegart.

Ja, die Mama! Die ist ihrem Sohnemann gegenüber freilich viel sanftmütiger als der Papa. Ihre Erwartungen an mich lassen sich auf eine einzige Sehnsucht reduzieren. Sie wünscht sich eigentlich nur, dass sie Oma wird. Sie kennt sonst niemanden in meinem Alter, der noch keine Kinder hat, das wirft sie mir ständig vor. Was genau genommen heißt, sie kennt niemanden in *ihrem* Alter, der noch keine Enkel hat.

Wie komme ich da jetzt eigentlich drauf? Auf die Familie, aufs Kinderkriegen? Unterbewusst beschäftigt mich da wohl was, aber immer wenn ich tiefer schürfe, ist das ein Loch ohne Licht. Außerdem kriege ich sofort wieder Kopfschmerzen. Vermutlich hat mein Verstand einfach eine Pause gebraucht von dem, was vor einer Viertelstunde passiert ist. Der Aschenbrenner, dieser Irre, hat einen Polizisten über den Haufen gefahren. Um mich zu retten, wie er behauptet, und wenn ich ihn so von der Seite her anschaue, kann ich erkennen, dass er stolz darauf ist. Es leuchtet förmlich, sein verlebtes Gesicht. Und ich? Darf ich mich damit trösten, dass sich der Raik lediglich böse das Knie angeschlagen hat? Wenn das überhaupt so stimmt. Ich meine, letztlich haben wir ihn einfach dort liegen gelassen. Gut, mitten im Ort. Und bei dem Lärm, den die Aktion verursacht hat, sind, kurz nachdem wir mit durchdrehenden Reifen losgeheizt sind, bestimmt gleich

Leute auf die Straße gelaufen. Außerdem war da ja noch die Fischerin. Ich stelle mir vor, wie sie sich jetzt gerade über ihren verletzten Liebhaber beugt, ihm fest die Hand drückt und ihm Mut zuspricht, bis der Rettungswagen eintrifft. Dessen Sirene allerdings immer noch nicht zu hören ist.

Alles wird gut! Früher oder später.

Aktuell werde ich vermutlich ab sofort als potenzieller Gefährder eingestuft, als einer, der sich nicht einfach so ergibt, wenn man ihn stellt. Als einer, der Gewalt anwendet. Das deutet leider sehr darauf hin, dass sie ein SEK anrücken lassen. Das kann ich gerade noch gebrauchen, so kurz vorm Ziel.

»Wie geht's jetzt weiter?«

Seit dem Unfall fährt der Texmäx planlos herum, ein Verhalten, das an und für sich schon auffällig genug ist.

»Für dich gar nicht! Lass mich da vorne aussteigen, und dann bringst du den Wagen zurück zur Caritas oder woher du ihn auch immer hast.«

»Das ist also der Dank!«

»Aschenbrenner, was willst du denn noch? Hast du es nicht schon schlimm genug gemacht?«

Er zieht eine beleidigte Lätschn und hält am Straßenrand an. »So wie du dich anstellst, kommst eh nicht weit!«

Ebenso wütend wie benommen steige ich aus. Es wäre besser gewesen, den Texmäx nicht zu vergraulen, denke ich, während ich ihm nachschaue – bis mir auffällt, dass ich hier wie auf dem Präsentierteller stehe. Vor allem, weil gleich voraus der Parkplatz vom Granit-Besucherzentrum ist und dort immer irgendwelche Touristen unterwegs sind. Wobei Touristen jetzt nicht das größte Problem sind. Die kennen mich ja nicht. Aber vielleicht gab es bereits einen Warnhinweis im

Radio. Dass sich in der Gegend ein flüchtiger Mörder rumtreibt und man keine Anhalter mitnehmen soll. So in der
Art. Das macht die Leute nervös und übermäßig aufmerksam. Ich beeile mich also, von der Hauptstraße wegzukom-
men. Sicherer fühle ich mich trotzdem nicht. Es sind heute
einfach zu viele daheim. Das gute Wetter verleitet dazu, die
Sonne auf der Terrasse zu genießen oder den Garten zu pfle-
gen. Nach meinem Ausflug in den Wald wirke auch ich, wie
wenn ich von der Gartenarbeit komme, doch leider fühle ich
mich trotzdem nicht getarnt. Es mag Einbildung sein, aber
ich habe das Gefühl, tausend Augen ruhen auf mir.

Klar ist, ich brauche schnell einen Plan. Im Schutz einer
hohen Thujenhecke bewege ich mich möglichst unauffällig wieder Richtung Ortskern. Nach der nächsten Biegung
kommt die Friedhofsmauer in Sicht. Jenseits des Totenackers,
oben bei der Kirche, parkt mein Auto. Bloß suchen sie danach vermutlich als Erstes. Außerdem müsste ich dazu in
meine Wohnung, um den Schlüssel zu holen. Und mein
Handy. Das klingt schwer nach Himmelfahrtskommando.
Zwar wäre ich mobil und könnte telefonieren, doch könnten sie mich übers Handy dann auch orten. Sogar wenn ich
es nicht einschalte. Das Wissen um diese Möglichkeit behält
der Überwachungsstaat gern für sich.

Zu riskant, entscheide ich also. Zefix noch amal, wie mach
ich jetzt nur weiter? Mir fällt ein, dass es von hier aus auch
zur Höllmüllerin nicht viel weiter ist, jedenfalls zu ihrer Wohnung. Außerdem schließt sie ihre Garage nicht ab, weil das
Schloss klemmt und sie nicht die Geduld hat, ewig daran
rumzufummeln, vor allem, wenn sie zu einem Notarztein-
satz gerufen wird.

Es ist jetzt keine ausgereifte oder gar durchdachte Überlegung, aber sie treibt mich an. Um die Marktstraße nicht queren zu müssen, wähle ich einen Umweg. Allerdings begegnen mir, egal wie ich es anstelle, immer wieder Leute, darunter sogar welche, die mich kennen. Natürlich ist es bei uns schwer, einen nicht zu kennen, der hier länger als ein paar Wochen wohnt. Immerhin scheut keiner vor mir zurück, die meisten grüßen ganz normal. Es hält mich auch niemand auf; stattdessen ist es, als wäre ich nach wie vor der Mann von der Lebensmittelkontrolle und nicht ein gesuchter Verbrecher. So viel Normalität bringt mich beinah schon aus dem Konzept. Hat der Lechner überhaupt Alarm geschlagen? Oder wurde gar zwischenzeitlich der wahre Täter gefasst? Vielleicht sollte ich ihn mal anrufen. Scheißdreck, kein Handy! Während ich mich noch darüber ärgere, nicht doch nach Hause gegangen zu sein, erinnere ich mich wieder, wie der Raik mich als Mörder betitelt und mich verfolgt hat. Dem war meine Unschuld definitiv noch nicht bekannt, sonst hätte er nicht so impulsiv reagiert. Obwohl, vielleicht war's ja die rasende Eifersucht, die ihn so hat handeln lassen. Wie auch immer, es ist besser, ich bleibe erst einmal bei meinem Vorhaben, den Fall selbst in die Hand zu nehmen. Hinter der innerörtlichen Parkgarage beginnt ein kleines Wäldchen. Wobei das eine ziemliche Übertreibung ist, da stehen halt eine Handvoll recht hoher Nadelbäume, umringt von ein paar Haselnussstauden, in voller Herbstlaubpracht. Jedenfalls führt unter den Kiefern ein Fußweg vorbei, auf dem selten jemand unterwegs ist. Nachts würde ich den jetzt nicht unbedingt nutzen, weil er nämlich nicht beleuchtet ist. Also, nicht dass irgendwer oder vor allem das weibliche Geschlecht jetzt Angst haben müsste vor irgendwelchen Strolchen, die sich hier rumtreiben. Die gibt es bisweilen zwar auch, aber trotz der vermeintlichen Abgeschiedenheit stehen Häuser ringsherum, in unmittelbarer Hilferufweite, wenn man so will. Vermutlich wird der Pfad eher wegen seiner Unebenheit geschmäht ... Zumindest rede ich mir das ein. Denn selbst mir wird – obwohl es taghell ist – jetzt ein bisserl unheimlich, wie da hoch über mir der Wind in den Wipfeln rauscht. Er übertönt den Lärm der Hauptstraße, die nur wenige Meter unterhalb verläuft, und auch alle anderen Geräusche. Und wie die Schatten der Bäume das Sonnenlicht verschlucken, sodass es unter den tiefhängenden Ästen gleich merklich kühler wird ... Es ist beinahe wie im echten Wald. Und der Wald hält, wie ich inzwischen wissen sollte, etwas für mich parat.

Ohne Vorwarnung überkommt mich ein Flashback. Ich im Wald. Fröstelnd. Wo ist meine Jacke? Ich bin nicht sonderlich sicher auf den Beinen. Und ich schleppe irgendwas mit mir herum. Schwer liegt es in meiner Hand, und obwohl ich nach unten starre, hin zu meinen kalten Fingern, kann ich nicht erkennen, was ich da umklammere. Es ist zu dunkel. Dennoch weiß ich ohne jeden Zweifel, wo ich bin. Es ist das Waldstück, das ich von einem Tatortfoto her kenne. Ein mir unbekannter Forst, den ich nicht einfach so wiederfinde, wenn ich jetzt losziehen würde. Aber ich war dort. Gestern, in der Frühherbstfinsternis. Und es war jemand bei mir. Ein paar Meter voraus, hinter jungen Tannen, höre ich Stimmen.

Stimmen!

Der Rosenberger war nicht allein. Natürlich nicht! Der, der ihn umgebracht hat, war bei ihm, das gebietet die Logik. Nur sehen kann ich ihn nicht.

Ich komme wieder zurück ins Hier und Jetzt, und die Vision ist vorbei, ohne dass sie mir großartige Erkenntnisse beschert hätte. Allerdings fühle ich mich in meinem Gefühl bestärkt. Da war der Rosenberger, im Gespräch mit einem Unbekannten. Und ich bin in meinem Rausch irgendwie dazu geraten. Desorientiert durch den Alkohol. Nur was ist dann passiert?

Prompt kommt mir ein ganz neuer Gedanke. Hat der Mörder mich dort bemerkt? Bin ich selbst in Gefahr? Sofort muss ich wieder an die Nashornmafia denken. Keine Frage, die fackeln nicht lange, wenn sie in mir eine potenzielle Gefahr sehen. Herrschaft, und ich bin so deppert und präsentiere mich denen noch auf dem Tablett, marschiere blindlings in die Höhle des vietnamesischen Löwen! Höchstwahrscheinlich hatte ich vorhin, als ich im Saigon war, schlicht ein Wahnsinnsmassel, dass nur der Herr Duc da war und keine höheren Chargen! Kruzifix, ich muss endlich etwas finden, womit ich die Asiaten vorführen kann. Und zwar am besten, bevor mich der Mörder identifiziert und ebenfalls mundtot macht.

Unvermittelt tauche ich auf aus meinen Überlegungen und stelle ganz überrascht fest, dass ich es tatsächlich ungeschoren bis zur Höllmüllerin geschafft habe. Sie hat dieses Einfamilienhaus angemietet, weil sie von hier aus in wenigen Minuten zu Fuß in der Praxis ist. Das ist neben der günstigen Miete leider auch schon der einzige Grund, der für diese Behausung spricht. Wobei man für diesen alten Kasten auch kaum mehr Geld hätte verlangen können. Wie erwartet ist das Garagentor nicht verschlossen. Ich schiebe es auf, und es quietscht hundselendig laut. Wie angewurzelt verharre ich einige Sekunden, grad als ob ich so die Schallwellen des von mir erzeugten Lärms wieder zu mir zurücklenken könnte. Als wäre ich ein Schallwellenmagnet oder ein schwarzes Loch mit einer dermaßen hohen Gravitation, dass ich alles verschlucke. Ich schüttle schnell den Kopf, um ihn wieder klarzukriegen. Immerhin, sollten sie mich schnappen, kann ich vielleicht wegen Realitätsverlust auf mildernde Umstände plädieren.

Der Höllmüllerin dient ihre Garage nicht unbedingt dem Abstellen eines Wagens, denn dafür ist hier drin gar kein Platz. Als dieses Haus samt Abstellort in den Siebzigern des letzten Jahrhunderts gebaut wurde, konnte sich auch dieser Architekt mit seinen Visionen nicht von seinen Kollegen abgrenzen. Auch er zauberte eine Garage aufs Reißbrett, die für heutige Fahrzeugdimensionen von vornherein zu eng ist. Vor fünfzig Jahren konnte man sich einfach vieles noch nicht vorstellen, außer vielleicht, man war in Hollywood Drehbuchschreiber für Raumschiff Enterprise.

»Maschinenraum an Brücke!«

»Was gibt's, Scotty?«

»Käpt'n, wir haben ein Problem. Die Einflugluke für das Shuttle ist zu schmal.«

»Wart, ich komm runter, mit schmalen Luken kenn ich mich aus ...«

Mildernde Umstände, ich sag's ja.

Jedenfalls fehlt es in der Garage von der Höllmüllerin an jeglichem Platz. Selbst mit eingeklappten Außenspiegeln. Du kämst zwar rein, kannst aber nicht mehr aussteigen. Was freilich auch daran liegt, dass hier so einiges an Graffl herumsteht. Immer noch Umzugskisten, von vor fünf Jahren, die nie ausgepackt wurden. Ein Regal mit allem drin, was man nicht direkt im Haus haben will. Werkzeug, Spraydosen mit

Kriechöl, Klarlack oder Ameisenvernichter. Der Rasenmäher, eine Schlauchtrommel, der Hochdruckreiniger. Ein Stapel alter Winterreifen, die noch von dem Wagen sind, den sie bis vor einem halben Jahr gefahren hat. Die Schneeschaufel, die bereits auf ihren ersten voradventlichen Einsatz wartet. Und das Mountainbike. In martialischem Mattschwarz lackiert. Mächtig und massiv wie ein Panzer, mit elektrisch verstärktem Antrieb. Was ich persönlich ja für einen Beschiss halte. Impliziert man doch beim Mountainbiken noch viel mehr als beim normalen Radfahren, dass man mit purer Muskelkraft aus seinen gestählten Wadeln heraus und mit nahezu übermenschlicher Anstrengung einen Berg hinaufradelt. Na gut, bei der Höllmüllerin drücke ich ein Auge zu, wenn sie beim Anstieg ein wenig bescheißt, weil ich vermutlich kraftraubend genug bin ...

Für einen wunderbaren Moment spüre ich die Wärme, die mir ins Herz strömt. Es wird höchste Zeit, dass ich unseren kleinen Zwist beseitige, jedenfalls sobald ich darauf gekommen bin, was ich angestellt habe. Und das wiederum heißt, ich muss mir vorher meine weiße Weste zurückholen. Ich zwänge mich bis zum Mountainbike durch und drücke aufs Display am Lenker. Akkukapazität fünfzehn Prozent. Herrschaft, hätt sie den nicht noch aufladen können? Verdreckt ist es auch, rauf bis zum Sattel. Wo ist sie denn damit rumgefahren, zefix? Wenigstens in den Reifen ist genug Luft, auch für mein Gewicht. Ich hieve das sperrige Trumm hinaus auf die Einfahrt und schließe das Tor, ein Vorgang, der genauso viel Lärm verursacht wie das Öffnen. Soll ich ihr einen Zettel schreiben? Keine Zeit, entscheide ich – in erster Linie, weil ich gar nichts zum Schreiben parat hab.

FLECKVIEH

Der Akku reicht bis kurz vor Krinning. Freilich wäre es ratsam gewesen, nicht die ganze Strecke mit maximaler Unterstützung des Elektroantriebs zu fahren. Wo ist eine Stromtankstelle, wenn man eine braucht? Bluadige Hennakrepf!

Beim Radeln macht mein lädiertes Knie erstaunlich wenig Probleme, aber das ist mir im Moment kein Trost. Während ich strample und schwitze und schwitze und strample und verzweifelt das Ende des Anstiegs herbeisehne, fast schon fiebrig und dem Kollaps nicht mehr fern, drängen sich mir ein paar essenzielle Fragen auf. Meine Jacke in der Nähe des Tatorts, zum Beispiel. Was bedeutet das, warum habe ich sie überhaupt ausgezogen, mitten in der Nacht und bei den niedrigen Temperaturen? Hat sie mir womöglich jemand beim Feuerwehrfest geklaut und bewusst bei der Leiche abgelegt? Das würde heißen, der Täter ist ebenfalls auf der Jubiläumsfeier gewesen und hat mich dort ausgespäht …

Nein, macht irgendwie keinen Sinn, wenn es die Vietnamesen waren. Ein Asiate wäre beim Fest aufgefallen, trotz der vielen Leut. Was also, wenn es doch ein Eifersuchtsdrama war und der Rosenberger gar nicht am Nashornpulver hing? Und wie passt der Roßhauptner da mit dazu? Und der Raik? Der hat ja quasi zugegeben, auch auf der Feier gewesen zu sein und mich mit der Moni gesehen zu haben

Irgendwie schaffe ich es, auch wenn ich nicht weiß, wie, und mir auch gar nicht ausrechnen will, wie lange ich für die Strecke gebraucht habe. Aber ich bin endlich oben angekommen und konzentriere mich darauf, wieder Luft zu bekommen. Zudem sage ich mir, dass es ab hier nur noch bergab geht.

Nur noch bergab!

Jedenfalls bis runter zum Freudensee. Aber wie gesagt, jetzt bin ich erst mal oben, dort, wo ich hinwollte. Jedenfalls fast, also auf Sichtweite.

Nachdem mein Puls wieder unter einhundert Schläge pro Minute gerutscht ist, wird mir so nach und nach klar, dass mein aktueller Plan nicht so ganz durchdacht ist. Vor allem, weil bis zur Sperrstunde locker noch sieben, acht Stunden vergehen könnten. Und was mache ich in der ganzen Zeit, hier auf meinem Beobachtungsposten im Busunterstand an der Staatsstraße St2128 nach Breitenberg? Frieren, wahrscheinlich. Noch bin ich zwar aufgeheizt und am Nachglühen. Allerdings auch schweißnass und ohne die Möglichkeit, mich umzuziehen. Und wenn später die Sonne weg ist, wird es zapfig, ohne Frage.

Leicht nervös sondiere ich meine Lage. Ganz ehrlich, ich hatte erwartet, dass der Lechner eine Streife zum Saigon schickt, um mich dort abzufangen. Konnte er mein Vorgehen wirklich nicht so weit vorausahnen? Gut, vermutlich geht er davon aus, dass ich ohne Auto über keinen so großen Aktionsradius verfüge. Aber sollte er nicht längst von seinem angefahrenen Kollegen Raik gehört haben, dass ich in einem Wagen vom mobilen Pflegedienst entkommen konnte? Ist das hier eine Falle, haben sich die Bullen womöglich hinter dem Lokal verschanzt?

Noch parkt vor dem vietnamesischen Restaurant nur der Mercedes, mit dem die Madame Ngo vorhin vom Tai-Chi weggefahren ist. Was mich insofern beruhigt, als ich wenigstens weiß, wo sich eine meiner Hauptverdächtigen aufhält. Denn dort wird sie aller Voraussicht auch eine Weile bleiben und sich um die Gäste kümmern. Wenn überhaupt welche kommen. Demnach bleibt mir Zeit, mich besser zu organisieren. Der nächste Bus ist erst in knapp zwei Stunden zu erwarten, und das wird dann für heute auch der letzte sein, wenn ich die Tabellen des Fahrplanaushangs richtig deute. Oberhalb meines Unterstands, nahe am Waldrand, reihen sich ein paar verstreute Häuser und Gehöfte. Von weit her höre ich das unverkennbare Nageln einer selbstzündenden Landmaschine, ohne dass ich sehen kann, wo der Bauer mit seinem Traktor rumfährt. Auch sonst lässt sich niemand blicken. Kurzentschlossen gehe ich auf den nächstgelegenen, vielleicht zweihundert Meter entfernten Hof zu; mir ist da nämlich was ins Auge gefallen. Die Sonne im Rücken tut gut, sie trocknet den Schweiß in meinem Nacken. Mittlerweile zittern auch meine Oberschenkel nicht mehr. Nachdem ich rund die Hälfte gegangen bin, weiß ich, dass ich richtig gesehen habe. Die Bäuerin nutzt den herrlichen Herbsttag, um ihre Wäsche draußen auf der Leine zu trocknen. Überwiegend Stallklamotten, wie mir scheint, aber in der Not nehme ich, was ich kriegen, sprich, mir ausleihen kann.

Einen fremden Bauernhof zu betreten birgt ein ähnlich hohes Risiko, wie wenn man als Lebensmittelkontrolleur eine Gastronomieküche inspiziert. Du weißt nie, was dich erwartet und wo die Gefahr lauert. Bei der illegal beschäftigten

Küchenhilfe, die eben dabei ist, die Schnitzel zu klopfen und beim Anblick des Dienstausweises von Panik ergriffen wird? Bei der mit was auch immer infizierten Ratte, die sich im Lager hinter der Trockenware verkrochen hat, sich durch die Kontrolle der Nudelware in die Enge getrieben fühlt und ihren einzigen Ausweg im Zubeißen sieht? Oder beim Wirt selbst, den man beim Wetzen der Küchenmesser überrascht, ohne zu ahnen, dass ihm die Existenzangst bereits jede Hemmung genommen hat? In jedem Fall ist höchste Vorsicht geboten. Minenfelder gibt es überall.

Wie ich um die Ecke vom Heustadel biege, fühlen sich ein paar Hühner von mir belästigt und suchen protestierend gackernd das Weite. Federvieh stellt in der Regel kein Problem dar, sofern es sich nicht um ausgewachsene Mastgänse handelt. Lieber halte ich nach dem Hund Ausschau. Früher konnte man immer davon ausgehen, dass der Hofhund an der Kette lag, vor allem, wenn er scharf abgerichtet war. Dann war es unumgänglich, die Länge der Kette zu kennen, um ungeschoren davonzukommen. Heutzutage sind die Hunde meist nicht mehr so überzogen gedrillt, dafür laufen sie alle frei herum. So ein Hund kann unter normalen Bedingungen ein noch so lieber Kerl sein – wenn es gilt, sein Revier zu verteidigen und die zu schützen, die ihm täglich das Futter hinstellen, dann kommt bei jedem die Bestie zum Vorschein. Wenn es also einen gibt, wovon ich praktisch ausgehe, dürfte er meine Angst riechen. Selbst wenn ich mir einrede, ich hätte keine. Eine Hundenase ist weitaus schwerer zu täuschen als man selbst.

Auf dem Hof herrscht die obligatorische bäuerliche Unordnung. Es liegen und stehen Unmengen von Zeugs herum, was entweder auf Überforderung oder auf Nachlässigkeit hindeutet. Oder auf beides. Betrachtet man den Grad der Überwucherung durch Unkräuter, die Einsinktiefe der ins Erdreich gesackten Gerätschaften und die Menge an Rost im Verhältnis zum Ursprungsmaterial der vor Jahren und Jahrzehnten ausrangierten Landmaschinen, dann herrscht dieser Zustand schon lange vor. Dazu kommen Bauschutt, Holzabfall, Kompostgut und Berge von Erdaushüben. Ich will gar nicht so genau hinschauen. Und ich kann auch nicht. Obwohl es kein Hund ist, der sich plötzlich zwischen mich und mein anvisiertes Ziel, die Wäscheleine, stellt. Wo auch immer sie hergekommen ist – es ist eine Kuh.

Dieses Tier sollte meiner Ansicht nach bei den Artgenossinnen auf der Weide stehen, die ich ein Stück entfernt zwischen Stadel und Kuhstall erspähen kann. Dort, wo auf immer noch üppigem Grün ihre Kolleginnen grasen, wiederkäuen und in den Pansen rülpsen.

Eine Kuh, die es schafft, aus einem von einem Elektrozaun umgebenen Areal auszubüxen, darf nicht unterschätzt werden, denke ich noch, da senkt sie auch schon das gehörnte Haupt, zwar nur eine Nuance, aber deutlich genug, um mir ihren wehrhaften Charakter kundzutun. Sie ist ein für die Gegend typisches Fleckvieh in Braun-Weiß und verfügt über einen leicht irren Blick, der ebenso beunruhigend wirkt wie ihre Hörner.

Keratin. Da ist es wieder. Von der Natur zu respekteinflößenden Auswüchsen geformt. Mir fallen die Nashörner ein und dass ich keinem so gegenüberstehen möchte wie im Moment dieser Kuh. Sehr wahrscheinlich würde ich mir dabei sofort in die Hose scheißen. Selbst wenn ich ein Gewehr

dabeihätte. Ja, ich wäre für einen Wildererjob völlig unge-
eignet.

Die Kuh schleckt sich mit ihrer Zunge das linke Nasenloch
sauber, macht aber sonst keinerlei Anstalten, sich zu bewegen.
Ohne sie wirklich aus den Augen zu lassen, schaue ich mich
um. Wo sind die Bauersleut? Gut, der Landwirt malträtiert
nach wie vor das Getriebe seines Traktors, irgendwo jenseits
des Bauernhauses, wo ich ihn nicht sehen kann. Doch was
ist mit der Gattin? Oder ist er gar Single? Das würde in Sachen Chaos einiges erklären. Ein Bauer, der eine Frau sucht.
Ein immer häufiger auftretendes Phänomen, selbst in unserer nach wie vor recht traditionellen Gegend. Schlecht für
den Bauern, gut für mich, wenn diese Voraussetzung zutrifft,
denn dann kann ich unbeobachtet mein Vorhaben zu Ende
bringen. Unbeobachtet jedenfalls von Menschen, korrigiere
ich mich, denn selbst wenn ich die Hühner vernachlässige,
ist da ja noch die Kuh. Wobei ich weniger die Befürchtung
hege, dass sie eine brauchbare Aussage über den Wäschedieb
machen wird. Vielmehr scheint sie nicht gewillt zu sein, mich
überhaupt an die Wäscheleine zu lassen. Die übrigens viel zu
nahe am Misthaufen gespannt ist, rein nach meinem Empfinden und was die Aufnahmefähigkeit gewebter Materialien
bezüglich Gerüchen im Allgemeinen betrifft.

Ich gehe vier Schritte zurück, um aus einem Haufen vor
sich hin gammelndem Baumschnittabfall einen einigermaßen brauchbaren Ast zu ziehen, den ich schnell von Zweigen
und trocknem Blattwerk befreie, um eine Art Gerte zu erhalten. Damit fuchtle ich etwas herum, was die Wäschewäch-
terin dazu veranlasst, ihren Schwanz aufzustellen und einen
Fladen abzulassen. Nun, das ist auch ein Antwort.

Während ich noch damit ringe, ihr tatsächlich einen Schlag zu versetzen, stürmt sie plötzlich ohne Vorwarnung auf mich zu. Nicht einmal ein Muh hat sie losgelassen, diese hinterhältige Milchschleuder. Mit frisch entleertem Darm bewegt sie sich ziemlich agil. Kaum zu glauben bei der Masse. Irgendwie gelingt es mir trotzdem, den Hörnern und allem, was da noch an Kampfgewicht auf mich zuschießt, auszuweichen. Allerdings nicht ohne der schnellen Gleichgewichtsverlagerung Tribut zu zollen und zu stürzen. Ich lasse den Stock fallen und versuche mich abzufangen, was mir Pirouetten drehend auch einigermaßen gelingt. Beim Aufstützen lange ich jedoch ausgerechnet in den noch sehr warmen und weichen Kuhfladen. Na ja, eh schon wurscht. Immerhin haben wir durch diese Aktion die Plätze getauscht, und es gilt, die Gunst der Sekunde zu nutzen. Ich rappele mich auf und renne zur Wäscheleine, rupfe einen der Arbeitspullover herunter und presche einfach weiter. Ohne mich umzusehen, bis ich mich hinter einem vor sich hin erodierenden Güllewagen in Deckung bringen kann. Nachdem ich dreimal tief durchgeatmet habe, wage ich es, einen Blick auf meine Angreiferin zu werfen. Die Kuh ist einfach wieder stehen geblieben und hält es nicht mal für notwendig, sich nach mir umzudrehen. Vielleicht schämt sie sich ja ihrer Niederlage und verzichtet darauf, mir in die Augen zu blicken.

FLUGROST

Meine Hand stinkt nach Kuhmist, obwohl ich sie mehrfach in dem Steintrog abgeschrubbt habe, der das Regenwasser aus der Dachrinne des Stadels auffängt. Der Pullover, den ich habe mitgehen lassen, riecht ebenfalls nicht sonderlich frisch. Weichspüler mit Aprilduft steht bei diesem Bauern nicht in der Waschküche. Aber er ist groß genug, und er wärmt. Mehr wollte ich fürs Erste gar nicht. Ich hocke wieder im Unterstand an der Bushaltestelle. Das ist praktischerweise noch einer der alten aus Holz, in dem man sich gut verbergen kann. Schnell macht es mich verrückt, dass ich keine Uhr habe und meine Augen nicht mehr gut genug sind, um das Zifferblatt auf dem einige Kilometer entfernten Turm der Dorfkirche von Sonnen zu erkennen, die dort erhaben über dem Ort thront. Mir wird klar, dass ich es unter so viel Anspannung nicht aushalte, hier mehrere Stunden zu verbringen. Es hilft alles nichts, ich muss in die Offensive gehen. Eine verdeckte Offensive, wohlgemerkt.

Vom Charakter her bin ich ja eher der Typ des maskierten Rächers. Und so einer fackelt nicht lang, wenn es gilt, die Welt zu retten. Oder sich selbst, wie in meinem Fall. Ich schleiche mich also an. Wobei, sich an ein freistehendes Gebäude anzuschleichen, das im weiteren Umkreis von nichts umgeben ist als von Wiese und der Straße, die darauf zuführt, ist halt auch nicht so trivial. Weshalb es eher so ein Schlendern ist, eine Gangart, von der ich hoffe, dass sie mich irgendwie unsichtbar macht und mich mit der Umgebung verschmelzen lässt. Und zwar ganz ohne Camouflageanzug, lediglich getarnt durch den jauchegrubenbraunen Pullover mit der wattierten und abgesteppten Ellbogenverstärkung und dem Odeur des Landadels. Gut, wenn jetzt die Madame Ngo aus einem der vielen Fenster ihres Restaurants schaut, wird sie mich trotzdem sehen. Da beißt die Maus keinen Faden ab. Aber vielleicht nimmt sie mich nicht bewusst wahr, eben weil ich willentlich so gar nicht vorhanden bin.

Ich komme bis zu einem Punkt, den ich für einen toten Winkel halte. Da steht nämlich eine sehr alte, sehr breite Kastanie, die mir auf den letzten Metern als Deckung dienen kann, solange ich mich in ebenjenem Winkel bewege, der den mächtigen Stamm zwischen mich und das Saigon bringt. Zu guter Letzt lege ich erleichtert meine Hände auf die raue Borke und weiß nun sicher, dass ich tatsächlich verborgen bin. Je nachdem, an welcher Seite des Baumstamms ich vorbeischiele, blicke ich frontal auf den Eingang oder auf eine der kurzen Seiten des Gebäudes. Hinten raus ist die Küche, das weiß ich noch von meinem Antrittsbesuch. Dorthin mache ich mich jetzt geduckt auf den Weg. Die Rückseite wurde nicht, wie die Front, frisch verputzt und getüncht. Es wachsen auch keine Bambusstauden aus Kübeln. Ich sehe lediglich zusätzlich angebrachte Lüftungsschächte und Fliegengitter vor den beiden Küchenfenstern. Und davor parkt ein Geländewagen, den ich von der Straße aus nicht entdeckt habe. Ein eckiger, moosgrüner Suzuki SJ 413 auf schmalen, aber hohen Felgen, die ordentlich Flugrost angesetzt haben.

Derselbe Karrn, wie ihn auch der Papa bis vor Kurzem noch fuhr. Bis der TÜV endgültig den Kopf geschüttelt hat. Dieses geländegängige Vehikel mit ordentlich Bodenfreiheit wird nach wie vor gerne von Jägern und Waldarbeitern genutzt. Weil man mit dem unverwüstlichen Allradwühler eben überall hin-, rein- und raufkommt. Vielleicht ist es dem Herrn Duc seiner, denke ich, wobei ich mir nicht vorstellen kann, durch was sich der Koch vom Saigon wühlen müsste.

In der Küche wird gewerkelt, das höre ich durch die Fenster. Sehen kann man nichts, wegen dem Insektenschutz und dem Fettfilm auf dem Glas. Wenn ich nicht reinschauen kann, können die Vietnamesen auch nicht rausschauen. Das ist schon mal ein Vorteil. Irgendwie interessiert mich nämlich der Geländewagen, ohne dass ich sagen könnte, warum. Psychosomatisch, wie ich veranlagt bin, fängt es zu jucken an. Deshalb kann ich gar nicht anders. Gebückt renne ich zu dem Suzuki. Die nächste Hauptuntersuchung wird er nicht mehr schaffen, stelle ich fest, als ich mich bei der Fahrertür in Deckung bringe. Die ist nämlich durchgerostet. Ebenso wie der Kotflügel und der hintere Radlauf. Es ist nicht abgeschlossen. Ich hätte die Tür gerne leise aufgezogen, aber sie quietscht. Drinnen stinkt's. Nach Zigarettenrauch und Verfall. Im Wagen ist seit den frühen Neunzigerjahren nicht mehr gesaugt worden. In den wannenförmigen Fußmatten könnte man Erdäpfel anbauen, so viel Nährboden hat sich dort angesammelt. Wenn das alles vorbei ist, muss ich dringend noch mal die Küche vom Saigon inspizieren, denn das Sauberkeitsverständnis des Kochs lässt arge Mängel erahnen. Räumt heutzutage eigentlich niemand mehr auf, egal ob Haus, Hof oder Fahrzeug? Ich meine, was ich mir heute schon alles ansehen, wo ich schon überall hab reinlangen müssen … Leider komme ich nicht umhin, auch in den Wagen vom Duc zu langen. In der Mittelkonsole liegt nämlich ein Handy, und zwar eines, das noch im letzten Jahrtausend gebaut wurde. Ein Nokia Tastentelefon. Ich werde beinahe nostalgisch. Ohne groß zu überlegen, nehme ich es an mich, drücke dann die Tür wieder zu und hocke mich im Schutz des Wagens auf den Boden, weil mir von der gebückten Haltung schon das Kreuz wehtut. Von den Knien gar nicht zu reden.

Warum bin ich eigentlich so sicher, dass der Karrn dem Duc gehört? Keine Ahnung, ich meine es einfach zu wissen. Ich drücke auf die Einschalttaste, das Display leuchtet auf. Eine PIN wird nicht verlangt. Gab es die damals überhaupt schon? Der Akku ist auf jeden Fall besser beieinander als der am Mountainbike von der Höllmüllerin, das hoffentlich immer noch im Bushäuschen steht. Leider habe ich das Fahrradschloss in ihrer Garage liegen lassen …

Ach, egal jetzt! Ich muss meine Konzentration auf essenziellere Dinge richten. Der Handybesitzer telefoniert nicht viel, stelle ich fest, und wenn, dann immer mit derselben Nummer mit österreichischer Ländervorwahl – und eigenwilligerweise hauptsächlich nachts. Gut, als Koch hat man schwierige Arbeitszeiten, aber das schaut schon sehr nach einem verdächtigen Zweithandy aus, dass nur für einen bestimmten Zweck gedacht ist. Ein Fremdgeher-Handy? Ich stelle mir den Duc beim Seitensprung vor, also nicht im Detail, nur vage. Zum Schnaxln über die Grenze? Kann man machen, selbst als Vietnamese. Wobei ich als Ausländer vorsichtig wäre, drüben in Österreich. Jede Wette, dass im ländlich geprägten Mühlviertel die FPÖ-Anhänger in der Überzahl sind.

Plötzlich geht die Tür neben den Küchenfenstern auf. Wenn der Vietnamese jetzt g'schwind zum Einkaufen fahren muss, bin ich der Mops. Mir bleiben vielleicht drei Sekunden, um mir eine Erklärung zurechtzulegen, warum ich mich hier hinter seinem Auto verstecke.

Doch die Person geht auf der anderen Seite vorbei. Ich lege mich auf den Bauch und spähe angestrengt unter dem Wagenboden durch. Die gestampfte Lehm-Kies-Mischung ist kalt und feucht. Hinterm Haus gibt's wenige Sonne, und der Herbst versteckt sich schon im Erdreich. Wegen der Kardanwelle sehe ich die Person nur vom Wadenbein abwärts. Schlanke Fesseln enden in kleinen Füßen, die in High Heels stecken. Madame Ngo! Sie trägt eine Plastiktüte bei sich, genauso eine, die man kriegt, wenn man sein Essen am Imbiss mitnimmt. Machen die hier auch Lieferservice? Das erscheint mir logisch, nur sehe ich die Chefin jetzt nicht als diejenige, die an Türen klingelt und Essen zustellt. Im Moment macht sie den Eindruck, wie wenn es ihr pressiert. Damit das Essen nicht kalt wird?

Ich warte, bis sie außer Sicht ist, dann mühe ich mich hoch. Als ich an die Hausecke komme, lässt sie gerade den Motor an. Meine Gedanken rasen, ich spiele meine Möglichkeiten durch. Wie lang brauche ich zum Busunterstand? Zwanzig Sekunden, wenn ich sprinte. Aber was dann? Was, wenn sie jetzt links Richtung Sonnen fährt? Weiter den Berg hoch? Dann kann ich es gleich bleiben lassen.

Sie stößt zurück – und biegt nach rechts ab. Ins Tal! Ich renne los.

Für eine halbe Ewigkeit ist da nichts außer dem Rauschen des Bluts in meinem Schädel, das schleimige Keuchen in meinen Atemwegen und das schmerzhafte Hämmern in meiner Brust. Dann sitze ich endlich auf diesem klobigen Fahrrad und bemühe mich, es in Gang zu bringen. Nach einer weiteren Ewigkeit, während bereits schwarze Ränder mein Sichtfeld einengen, spüre ich den nach und nach entstehenden Schwung, den mir das physikalische Gesetz des Hangabtriebs beschert. Leider ist jetzt von dem schwarz umlackierten Mercedes weit und breit nix mehr zu sehen.

GESCHWINDIGKEITSÜBERSCHUSS

Mit allem, was mir an Substanz geblieben ist, trete ich in die Pedale. Da dem Display der Saft fehlt, wird mir keine Geschwindigkeit angezeigt, aber am Ortsausgang von Krinning habe ich gefühlt über fünfzig Stundenkilometer drauf. Wenn sie jetzt irgendwo mit dem Radar stehen ... Nun, das ist nicht wirklich ein Problem. Ich muss eher davor bangen, dass aus einer schlecht einsehbaren Hofeinfahrt ein Bauer mit seinem Traktor rausschießt. Radfahrer werden ja gerne mal übersehen, hab ich gehört.

Nach dem Dorf fällt die Straße weiterhin ab und wird über eine weite Strecke gut einsehbar. Vor mir, in der Ferne, taucht mein Heimatort auf, von der Herbstsonne angestrahlt. Ein stilles Idyll. Ich bin fast ein bisschen enttäuscht, dass kein Polizeihubschrauber obendrüber kreist. Oder gar zwei, bei der Schwere des Verbrechens, das mir zur Last gelegt wird. Doch das sollte mich jetzt gar nicht kümmern, denn einen halben Kilometer voraus biegt gerade der Mercedes links ab, kurz bevor die Straße sich erneut in einer sanften Biegung um die Bergflanke windet. Insofern habe ich Glück, dass Madame Ngo sich hangabwärts orientiert und nicht die bewaldete Bergseite wählt, die sich zu unserer Rechten erstreckt. Trotz des Tempos, mit dem ich meine unterwegs zu sein, brauche ich noch sehr lang, bis ich ebenfalls die Abzweigung erreiche. Hinab geht es in eine Klamm, so eng, dass die Sonne nicht mehr hineinleuchtet. Weshalb es nach wenigen Metern kalt wird, zwischen den Fichten und Tannen, die hier flechtenbewachsen im Schatten stehen. Die Fahrbahn ist schmal, mit Schlaglöchern gespickt, die Kurven sind spitz und mit feuchtem Laub ausgekleidet. Ich muss mich konzentrieren, denke ich noch, da rutscht mir auch schon das Hinterrad weg. Einem Sturz kann ich gerade so entgehen, aber danach hämmert mein Herz noch schneller. Vom Auto der Vietnamesin ist nichts zu sehen und zu hören. Eine Möglichkeit zum erneuten Abbiegen gab es allerdings auch nicht. Ich entscheide also, langsamer zu fahren, ehe ich noch an einem Baum ende. Dann bin ich unten. Hier führt eine Brücke über den Staffelbach, und auf der anderen Seite steigt die Straße wieder an. Ich will schon fluchen, da sehe ich einen Waldweg, der parallel zum Bach verläuft. Ich bremse scharf. Wieder gerate ich ins Schlingern, und diesmal so richtig. Offensichtlich ist mein Geschwindigkeitsüberschuss höher als kalkuliert. Statt die Kurve zu kriegen, geht's gerade aus. Die Böschung hinunter ins Bachbett ist höchstens mannshoch, aber steil wie die Eigernordwand. Das Mountainbike schießt mit mir über die Kante und verliert den Bodenkontakt. In meiner Panik höre ich auf zu atmen und lasse den Lenker los. Getrennt von der Masse des Drahtesels, bin ich für den Moment schwerelos. Für ein paar Augenblicke bin ich Major Tom, dann greift die Schwerkraft nach mir. Mein Schwung reicht, um mich über den Bach zu tragen, der hier kaum zwei Meter breit ist. Drüben erwarten mich Büsche von wild wucherndem Indischen Springkraut, unter die sich hüfthohe Brennnesseln gemischt haben. Bei so viel blattreicher Botanik könnte man meinen, dass der Aufprall recht weich ausfällt, doch stattdessen schüttelt er mich bis auf die Knochen durch. Mir wird schwarz vor Augen, eine Schwärze, die ich beinahe begrüße, weil sie mir nicht nur das Licht ausknipst, sondern auch den Schmerz nimmt.

... denn schwebt er weiter ...

Schlagartig bin ich wieder hellwach. Offenbar hat mein erschlaffter Körper an der Böschung keinen Halt gefunden und ist ins eisige Wasser gekullert. Der Kälteschock regt auch meine Atmung wieder an, weshalb ich für die rabiate Reanimation nicht undankbar sein sollte. Wäre doch peinlich gewesen, im zwanzig Zentimeter tiefen Bachlauf zu ersaufen. Andererseits liege ich jetzt schon wieder in diesem Scheißbach, genau wie vor ein paar Wochen. Ich springe auf, als hätte man mir einen voll aufgeladenen Defibrillator gegen den Brustkorb gedrückt. Während das kalte Wasser aus meinen Haxen Eisbein macht, horche ich in mich hinein. Es ist kaum zu glauben, aber offenbar ist nichts gebrochen. Was bleibt, ist die Nässe, die mir unter die Haut kriecht. Vollgepumpt mit Adrenalin, wie ich bin, stört mich das im Augenblick noch nicht sonderlich. Ich berge der Höllmüllerin ihr Fahrrad, das unweit von mir bachabwärts liegt. Es wirkt leicht lädiert. Das Display ist weg, und das Gehäuse vom Akku hat einen Sprung. Himmelherrgott!

Ich muss das Rad einige Meter über unebenen Grund durchs Wasser schieben, bis ich eine Stelle finde, wo der Graben, den der Bach über die Jahrhunderte ausgewaschen hat, nicht mehr so tief und die Uferböschung weniger steil ist. Und wo mir gleichzeitig ein mäßiger Bewuchs von Stauden,

Sträuchern und Gräsern erlaubt, das Ufer zu erklimmen. Insofern kann ich von Glück reden, dass es diesen Sommer wenig geregnet hat und der Staffelbach mir statt einer reißenden Strömung nur ein lauschiges Plätschern entgegensprudelt. Unter Aufbietung aller Kräfte zerre ich das Monstrum schließlich aus dem Bachlauf.

Schwer nach Luft ringend, hocke ich neben dem Mountainbike, das im Gegensatz zu mir wohl nicht mehr wiederzubeleben ist. Ich richte es auf und lehne es an den nächstbesten Baum, bevor ich meine Lage sondiere. Die Vernunft sagt mir, dass es schlau wäre, schleunigst hoch zur Landstraße zu joggen, jemanden anzuhalten und dazu zu nötigen, mich in den Ort mitzunehmen, um als Erstes die nassen Klamotten loszuwerden. Wobei vermutlich genau wegen denen niemand anhält – so wie ich aussehe. Ich müsste mich schon mitten auf die Straße stellen, um eine Mitfahrgelegenheit zu erzwingen, und selbst dann ist nicht gewährleistet, dass man mich nicht einfach umfährt … oder um*fährt*.

Der Feldweg! Das, weswegen ich überhaupt erst in dem Drecksbach gelandet bin. *Da* muss ich lang, das sagt mir jedenfalls mein Instinkt, den es zwar ebenfalls friert, der aber trotzdem die Mission *Unschuldsbeweis* einem Klamottenwechsel voranstellt. Auf dem harten und trockenen Boden fehlt jeglicher Hinweis auf Reifenspuren. Trotzdem bin ich überzeugt, dass Madame Ngo hier entlanggefahren ist, auch wenn es wegen den Unebenheiten, dem Wurzelwerk und den tiefhängenden Ästen absolut kein Weg für eine Mercedes-Limousine ist.

Während ich hier rumstehe und das Für und Wider abwäge, wird mir nur kälter, also marschiere ich entschlossen los. Der Weg schaut aus, als würde er schnell aus dem Wald rausführen. Vielleicht erwartet mich dort vorn eine sonnenbeschienene Wiese? Ein motivierender Gedanke! Tatsächlich stehen die Bäume bald weniger eng, das wärmende Licht schafft es bis zu mir herab und zeichnet helle Flecken auf den Waldboden. Und dann sehe ich es. Zwischen Strauchwerk und Jungtannen blitzt etwas auf. Zuerst verhalten, doch bald schon wird das Strahlen intensiver. Die Sonne spiegelt sich in der Chromzierleiste des hochmotorisierten Boliden, der auf einer Waldlichtung parkt. Dort endet auch der Weg. Direkt vor einem Holzverschlag. Kurz bevor es auf die Lichtung geht, spannt sich eine Kette zwischen zwei Holzpfosten über den Weg. Daran schaukelt ein recht neues Blechschild leicht und geräuschlos im Wind. *Privat* steht drauf. Madame Ngo muss, nachdem sie durch diese Sperre gefahren ist, die Kette wieder hingehängt haben. Wozu bloß dieser Aufwand?

Ich schleiche bis zu ihrem Wagen, der noch im Schatten der Bäume steht. Im festgefahrenen Erdreich erkenne ich Reifenspuren. Hier wird öfter geparkt, gewendet und wieder zurück in den Wald gefahren. Obwohl mir die Klamotten nass und zäh an der Haut kleben, spüre ich die Kälte nicht mehr. Das Jagdfieber heizt mich auf.

Jenseits des Unterstands beginnt wieder der Wald, der sich dort den Hang hinaufzieht und so dicht steht wie im Amazonasbecken. Zum Schuppen sind es keine zwanzig Meter, aber dort ist das Gras zu hoch, um direkt davor zu parken. Möglicherweise ist der Boden auch zu morastig, der Wagen würde einsinken und stecken bleiben. Die Wände sind grau und verwittert. Schief steht der Holzbau da, als würde er sich gegen einen Wind stemmen, den ich nicht spüre. Offenbar ist das aus Steinquadern bestehende Fundament auf einer Seite abgesunken. Einige der Ziegel, mit denen der Schuppen gedeckt ist, sind kaputt und an der Nordseite dick mit Moos bewachsen. Ein für die Gegend typischer Verschlag, in dem Bauern früher ihre Pflüge und Heuwagen abgestellt haben, als diese noch nicht so gigantische Dimensionen hatten, dass sie nur noch von Megatraktoren mit satellitengestützter Navigation bewegt werden können. Folglich ist die Holzhütte nicht mehr in Gebrauch. Dennoch wurde kürzlich was daran gemacht. In den mir zugewandten Wänden gibt es keine Fenster, nur diese massiv wirkende Tür unter dem Giebel. Das helle, frische Holz der Tür in Verbindung mit einem schweren Riegel aus matt glänzendem Metall verrät, dass die Madame den Schuppen noch nicht lange verschließt. In jedem Fall ist das kein Ort, an den man vietnamesisches Essen liefert. Hier wird vielmehr etwas eingeschlossen, das nicht jeder zu Gesicht bekommen soll.

Schon wie ich mich annähere, vernehme ich Stimmen aus dem Schuppen. Eine tiefe – und eine noch tiefere. Madame Ngo und ein Mann. Ein geheimer Treffpunkt für ein Stelldichein? Ist es so einfach? Vor allem wäre es enttäuschend, gestehe ich mir ein. Aber wenn es doch so ist – wie ist der Mann dann hergekommen? Zu Fuß? Freilich, es gibt Frauen, für die läuft man meilenweit, Madame Ngo allerdings gehört für mich jetzt nicht in diese Kategorie. Oder bin ich da schlicht kein Maßstab?

Noch sind sie dabei, sich zu unterhalten. Vielleicht hocken sie dabei auf Heuballen und essen das, was die Vietnamesin aus dem Saigon mitgebracht hat. Etwas mit Granatapfelkernen. Ich verstehe zwar kein Wort, doch der ganze Tonfall hat eher was von Auseinandersetzung als von Liebesschwüren. Vielleicht schmecken ihm ja die Speisen nicht. Wie auch immer, ich muss näher ran. Geduckt schleiche ich durchs hohe Gras, das dieses Jahr nicht gemäht worden ist. Wie vermutet, ist der Boden stellenweise weich und nass. Wieder ein Stück Wiese, das die Flurbereinigung im Zuge ihres Trockenlegungswahns in den Siebzigerjahren ausgelassen hat. Ich halte auf die Längsseite des Schuppens zu, nicht dass jemand unverhofft ins Freie tritt und ich mich erklären muss.

Wer sind Sie?

Na, das Ding aus dem Sumpf natürlich.

Im Schatten der Bretterwand wird's erneut empfindlich kalt. Tröstlich ist nur das Astloch, das ich schnell ausmache, weil es praktischerweise nahezu in Augenhöhe ist. So leise es geht, trete ich die Brennnesseln nieder, die hier wuchern. Dann spähe ich durch den natürlich gewachsenen Spion. Es dauert eine ganze Weile, bis sich mein Auge an die drinnen vorherrschenden Lichtverhältnisse angepasst hat. Auch wenn sie anfangs nur ein Schemen ist und mit dem Rücken zu mir steht, erkenne ich Madame Ngo. Den Mann kann ich zuerst nicht ausmachen, obwohl ich seine Stimme jetzt deutlich höre. Nur langsam verstehe ich, was ich durch das sich nach innen verjüngende Astloch sehe. Im arg eingeschränkten Sichtwinkel bietet sich mir ein Anblick, der mir noch mehr frostige Schauer über den Rücken jagt.

Der Mann, der sich mit der Vietnamesin unterhält, ist nicht freiwillig hier. Er kauert in einem Hundezwinger, der ihm, wie der Name schon sagt, wegen der geringen Höhe eine unbequem gebückte Haltung aufzwingt. Und das ist nicht das Einzige, was mich in höchstem Maße beunruhigt.

Obwohl er sich ziemlich verändert hat seit unserer letzten Begegnung, erkenne ich ihn. Und daher macht mir diese Entdeckung doppelt zu schaffen. Aber immerhin weiß ich jetzt, wo er den ganzen Tag über gesteckt hat, der Roßhauptner Albin.

RESONANZRAUM

Der Roßhauptner muss irgendwann beim Friseur gewesen sein. Soweit ich das durch die Gitterstäbe des Hundezwingers erahnen kann, trägt er jetzt statt seiner über Jahrzehnte verfilzten Haarpracht einen Seitenscheitel. Gut, um seine Business- und Politikerfrisur steht es nicht zum Besten, was vermutlich dem Umstand geschuldet ist, dass er hier schon eine Weile eingesperrt ist. Gleiches gilt für seinen marineblauen Anzug, der sehr mitgenommen wirkt, aber immer noch sauberer ausschaut als damals seine selber gestrickten Wollpullover, die er ganzjährig getragen hat.

»… termingerecht … hundertprozentig …«, höre ich ihn jammern. »Mehr weiß ich nicht.«

Madame Ngo hat die Arme vor der schmalen Brust verschränkt und wirkt extrem unnachgiebig in ihrer Körperhaltung. Alles Schwebende ist verschwunden. Irgendwie hatte die Jessica doch recht damit, dass der Roßhauptner bei einer NGO anheuern will – auch wenn sie es anders gemeint hat.

»So wir komme nix weita«, stellt die Ngo fest. Für so wenig Resonanzraum hat sie eine kräftige, tiefe Stimme.

»Dann fragt's halt *ihn*, was wollt ihr von mir?« Er hört sich schon ziemlich verzweifelt an. Hier ist wohl schnelles Eingreifen gefragt.

»Ich 'abe Geschäft mit Ihne, Sie kümmern!«

»Wie denn, wenn ich hier drin hock?«

»Sitze Käfig, ist für bekomme Einsicht. 'at funktioniert bei Bär, funktioniert auch bei Mensch.«

Augenblicklich erinnere ich mich an einen Fernsehbericht über Vietnamesen, die verbotenerweise bei sich in der Garage einen Bären im Käfig gehalten haben. Noch so eine traditionsbehaftete Tierquälerei für einen widersinnigen Zweck, der mir im Moment nicht mehr einfällt. Mir scheint, da hat sich eine ziemlich unzurechnungsfähige Sippschaft bei uns angesiedelt. Nicht auszuschließen, dass Madame Ngo bewaffnet ist. Sehr vorsichtig ziehe ich mich von meinem Astloch zurück und tauche ab.

Ich muss Hilfe holen. Aber wie? Reflexhaft klopfe ich meine Hosentaschen ab. Und stoße auf etwas! Vorhin hab ich nämlich was eingesteckt, was mir nicht gehört. Überrascht ziehe ich das Handy aus der Tasche, das ich in dem alten Suzuki-Jeep gefunden hatte. Der antike Knochen ist so nassfeucht wie ich selbst, hat aber den Sturz in den Bach überlebt. Das war damals halt noch Qualität, was die Finnen da zusammengeschraubt haben. Noch verwunderlicher ist, dass es hier in diesem Loch auch noch Empfang gibt. Zwar nur ein Balken, aber für einen Notruf wird's reichen. Kurz halte ich inne. Ist es ratsam, die 110 zu wählen? Bis ich da erklärt habe, was los ist … Die einzige Nummer, die ich sonst auswendig kenne, ist die von der Höllmüllerin. Es ist zwar nahezu verantwortungslos, sie jetzt in so einer Situation anzurufen, aber eine andere Option habe ich nicht. Ich entferne mich ein paar Schritte vom Schuppen, damit ich auf keinen Fall gehört werde. Es dauert recht lang, bis die Verbindung steht, was vermutlich an der schwächelnden Funkzelle liegt, in der sich die Höllmüllerin gerade rumtreibt.

»Ja, bitte?« Sie wird sich jetzt sicher fragen, wem die unbekannte Nummer gehört. Wenn es nicht am morastigen Boden liegt, in dem ich stehe, sind es wohl meine Knie, die mir dieses weiche Gefühl unter den Füßen bescheren.

»Ich bin's …«

»Aha! Fellinger, echt, du bist nicht normal!«, scheißt sie mich auf der Stelle zusammen. »Wie kannst du mir das nur antun?«

»Ich war's nicht«, verteidige ich mich, so leise wie möglich, »ich hab den Rosenberger nicht auf dem Gewissen.«

»Das traue ich dir auch gar nicht zu, und das meine ich auch nicht. Aber wie kann man nur so deppert sein, vor der Polizei davonzulaufen, statt alles aufzuklären? Und wie blöd du den Sepp hast dastehen lassen!«

In dieser Wunde tut der bohrende Finger besonders weh. Dieser Seelenschmerz bewirkt allerdings auch, dass ein leichter Zorn über diese Vorwürfe in mir aufschäumt. »Unsere ach so kompetenten Gesetzeshüter haben mich doch von Beginn an vorverurteilt!«

»Aber nicht der Lechner, das weißt du genau!«

Ja, das weiß ich, aber ich habe jetzt nicht die Zeit, für mein impulsives Handeln Reue zu zeigen. »Es ging nicht anders, so wie sich die Dinge entwickelt haben.«

»Geh, hör doch auf!« Sie schnauft abfällig ins Telefon. »Und übrigens, für den Fall, dass du dich bei mir meldest, soll ich dir vom Sepp ausrichten, dass das Blut an deiner Jacke nicht vom Rosenberger stammt. Aber bevor du zu überschwänglich wirst, deine Fingerabdrücke auf der Tatwaffe bleiben ein Fakt.«

Die Fingerabdrücke auf dem Hirschgeweih. Kreizdeife, da muss ich noch dahintersteigen, wie das hat passieren können. Aber zuerst brauche ich eine Lösung für mein aktuelles Problem. »Hör mir bitte zu«, sage ich und schlage einen ruhigen, aber bestimmten Tonfall an, »du rufst jetzt den Lechner an und richtest ihm aus, dass ich den Roßhauptner gefunden hab. Und dass er *unser Mann* ist. Allerdings soll er sich beeilen, weil ich so meine Bedenken habe, ob *unser Mann* noch recht lange überlebt.«

Ich merke an ihrer Reaktion, dass sie gerne noch eine nähere Ausführung hätte, aber sehr wahrscheinlich registriert sie in meiner Stimme die prekäre Dringlichkeit. Also schweigt sie und lässt sich erklären, wo ich mich aktuell befinde. Kaum habe ich die Verbindung getrennt, höre ich, wie vorne die Tür geht. Ohne nachzudenken, werfe ich mich auf den matschigen Boden. Durchweicht bin ich ja sowieso schon.

Ich traue mich nicht, den Kopf zu heben, bis ich vernehme, wie sie die Autotür zuschlägt und den Motor startet. Sie rangiert eine Ewigkeit herum, bis sie ihren Karrn wieder auf dem Waldweg ausgerichtet hat. Mindestens genauso lang braucht sie mit der Kette bei der Zufahrt auf die Lichtung. Dann endlich, als ihre Rücklichter im Wald verschwinden, stehe ich auf, das halbe Feuchtbiotop an Hose und Pullover.

Nachdem ich mir endlich relativ sicher bin, dass Madame Ngo nichts vergessen hat und nicht noch mal zurückkommt, schleiche ich zu der mit einem Stahlbügel gesicherten Tür. Aus einem Reflex heraus rüttle ich daran, obwohl ich schon von vorherein weiß, dass es überhaupt nix bewirkt. Außer, dass ich die Aufmerksamkeit vom Roßhauptner habe.

»Ist da wer?«, höre ich ihn von drinnen fragen.

»Könnt sein!«

»Klar, da ist doch wer«, bestätigt er sich selbst, und ich vernehme eine unbändige Erleichterung in seiner Stimme. »Wer ist denn da, können Sie mir helfen?«

»Ich würd eigentlich nur gerne wissen, warum sie dich dort eingesperrt haben wie einen Hund.«

»Die Tür, kriegen Sie die Tür auf?«

Es interessiert ihn offenbar gar nicht zu erfahren, wer ihm da zur Freiheit verhelfen könnte.

»Warum sollte ich? Du bist ja sicher nicht unbegründet dort drin.«

»Doch, doch! Es ist alles eine Verwechslung. Mein Name ist Albin Roßhauptner, und wenn Sie mich sehen könnten, würden Sie erkennen, dass es bei mir nix zu holen gibt.« So nach und nach kehrt bei ihm die Verzweiflung zurück.

»Und davon hast du die Dame, die eben weggefahren ist, nicht überzeugen können? Schon komisch, oder?«

Pause. Er denkt nach, nehme ich an. »Hey, wart amal! Gehörst du etwa auch zu ... diesen Leuten?« Jetzt klingt er schon beinahe wieder so panisch wie vorhin, als die Vietnamesin ihm einen Besuch abgestattet hat.

»Zur Konkurrenz!«, behaupte ich. »Vielleicht kommen wir ja ins Geschäft? Was kannst du denn anbieten?« Ich spekuliere darauf, dass der Lechner und seine Einsatztruppe sich noch ein wenig Zeit lassen. Wenn ja, dann bekommen sie nicht nur einen echten Verdächtigen, sondern womöglich auch gleich ein lupenreines Geständnis serviert. Zu schade, dass das alte Nokia vom Duc noch keine Diktierfunktion hat. »Wer hat denn jetzt die Ware?«

»Es geht fei nicht um Drogen, wenn Sie das glauben!«

»Drogen! Freilich geht's um Drogen!«, lache ich. »Aber halt nicht um klassische Betäubungsmittel oder Psychopharmaka. Komm, Roßhauptner, mir kannst du es doch sagen!«

»Nein, nein, nein!« Jetzt hört er sich geradezu entsetzt an.

»Ich weiß alles! Ich will es nur aus deinem Mund hören. Dann komme ich mit dem Brecheisen.«

»Himmelherrgott, so ein Scheißdreck!« Ich glaube fast, den Ansatz eines Schluchzens zu hören. »Hören Sie, ich hab keine Ahnung, wo er es versteckt hat. Ich weiß ja nicht mal, warum er es überhaupt versteckt und nicht wie vereinbart ausgeliefert hat. Stattdessen macht er so was Idiotisches und jubelt denen ein Stück Hirschgeweih unter. Wie wenn die nicht irgendwo Leute sitzen hätten, die das analysieren. Scheißdreck, Scheißdreck, Scheißdreck!«

Kurz wird es still – aber dann erzählt er. Und ich lege mein Ohr an die verwitterten Bretter des Unterstands, damit ich auch ja alles verstehe.

INGO

Der Roßhauptner ist gerade fertig mit seinem Geständnis, da sehe ich auf dem Waldweg die ersten Blaulichter blinken. Schnell wird die Kette gelüftet, dann kommen sie mit drei Autos auf die Lichtung geschossen. Zwei Streifenwagen und ein Ziviler. Vermutlich der Kommissar aus Passau. Aus Platzmangel fährt er seinen Karrn, einen alten himmelblauen Volvo, direkt in die durchweichte Wiese. Er wird einen Abschleppwagen brauchen, wenn er dort wieder rauswill. Ich beobachte ihn beim Aussteigen. Sein dunkelbrauner Halbschuh versinkt bis über den Knöchel. Da wird er eine saubere Freude haben – und sehr wahrscheinlich bin ich es, der die ausbaden darf. Ich sehe auch den Lechner, der so mürrisch dreinschaut wie sonst nur, wenn seine Frau beim Kellerwirt anruft und ihm vom Pauli ausrichten lässt, dass das Essen auf dem Tisch steht und seine Kinder ihn gerne auch mal wieder zu Gesicht bekommen würden. Auch der Kronawitter und die Silke sind dabei. Beide wirken ziemlich überfordert. Der Kronawitter schöpft sich ebenfalls die Schuhe voll, was mir eine kleine Genugtuung bereitet, bei all dem martialischen Einsatzgehabe der Polizeitruppe.

Und dann ist da freilich der Raik. Dem pressiert es am meisten, aus dem Wagen zu kommen. Mit hochrotem Gesicht humpelt er vor allen anderen über die Wiese auf mich zu. Er trägt wieder seine Uniform, und ich frage mich, warum er nach dem Unfall nicht für dienstunfähig erklärt worden ist. Wobei ich es mir denken kann. Vermutlich wollte er es sich einfach nicht nehmen lassen, mich zu verhaften. Vorsorglich hebe ich schon mal die Hände. Sicher ist sicher.

Doch ohne auf meine Geste der bereitwilligen Aufgabe zu achten, drückt er mich gewaltsam zu Boden, dreht mir schmerzhaft die Arme auf den Rücken und prellt mir sein Knie – jenes, das den Unfall unbeschadet überstanden hat – mit übertriebener Härte gegen die Wirbelsäule, sodass meine Bandscheiben knirschen und mir die Augen feucht werden. Elendiger Saukrüppel, elendiger!

Dann geht alles ganz schnell, und bevor ich wieder richtig schauen kann, hocke ich auf dem Rücksitz von einem der Streifenwagen und trage Handschellen. Durch die verschmierte Scheibe beobachte ich, wie sie den Schuppen aufbrechen. Wenige Minuten später geleiten sie den Roßhauptner Albin ins Freie. Geschniegelt und gestriegelt wie ein Zeuge Jehovas auf Akquisetour. Sie müssen ihn stützen, und ich kann immer noch nicht fassen, dass er einen Anzug trägt – aber keine Handschellen.

Innerhalb einer knappen Stunde sitze ich wieder im Verhörzimmer. Nicht einmal einen Tee haben sie mir hingestellt, sondern lediglich ein Wasser – ohne Sprudel drin. Zum Wärmen habe ich eine alte, fusselige Decke bekommen, die über meinen gebeugten Schultern hängt und nach nassem Hund stinkt. Meine Klamotten sind immer noch klamm, ich krieg garantiert eine Erkältung. Wenn es schlimmer und eine Lungenentzündung draus wird, dann verklage ich diese unsensible Bagage.

Es dauert ewig, bis der Herr Kommissar sich endlich zu mir bequemt. Draußen dämmert es mittlerweile. Er setzt sich mir gegenüber, dahin, wo heute Vormittag noch der Lechner saß. Den lassen sie offenbar nun nicht mehr zu mir. Ich kann nur inständig hoffen, dass er kein Disziplinarverfahren aufgebrummt bekommt.

Der Kommissar ist käsweiß bis ins Maul rein – so jedenfalls hätte ihn meine Mutter beschrieben – und schätzungsweise so um die vierzig. In meinem Alter also ... oder er sieht einfach nur so verlebt aus, weil sein Job ihn dermaßen schlaucht. Er trägt Jeans, eine Lederjacke und darunter ein langweiliges, steingraues Hemd, das, ganz dem Klischee entsprechend, schlecht bis gar nicht gebügelt ist. Sein Haar ist so weißblond wie beim Michel aus Lönneberga, und seine oberen Vorderzähne stehen genauso hasenmäßig hervor. Um die schmale, charakterlose Nase leuchten zahlreiche rote Äderchen durch die nahezu transparente Haut. Demnach braucht er nach Dienstschluss regelmäßig Alkohol, um runterzukommen.

Ohne mir groß Beachtung zu schenken, legt er seine Unterlagen vor sich ab, schaltet das Aufnahmegerät an und schaut mir etwas zu angeberisch auf seine Breitling-Uhr. Er nennt Datum und Uhrzeit sowie den Grund, warum wir hier so gemütlich beieinandersitzen. Dann diktiert er meine Personalien und endet damit, dass er sich vorstellt. »Das Verhör führt Hauptkommissar Ingo Reischl.«

Der Ingo! Ich verkneife mir, danach zu fragen, ob sie sein Auto schon geborgen haben ... oder seine Socken wieder trocken sind. Stattdessen benehme ich mich, zeige mich kooperativ und einsichtig. Gebe alles so zu Protokoll, wie es auch der Lechner schon gehört hat. Ändere nix, füge nix hinzu, bleibe bei meiner Aussage. Den Reischl interessiert alles in Bezug auf den Rosenberger, darüber, was vorgefallen ist, auf dem Feuerwehrfest und danach im Wald. Er bearbeitet mich zwei Stunden und ist dabei weder freundlich noch feindselig. Der Ingo ist der langweiligste Beamte, dem ich je begegnet bin, und das mag schon was heißen, wenn man bedenkt, wie viele Kollegen im Amt für Lebensmittelüberwachung mir schon übern Weg gelaufen sind. Ich finde es nicht verwunderlich, dass er keinen Ehering trägt. Ich möchte wetten, sobald er daheim seine Polizeimarke und die Dienstwaffe abgelegt hat, wird er unsichtbar.

Er spult sein Verhörprogramm ab, ohne dabei je eine Verbindung zum Roßhauptner oder den Vietnamesen zu knüpfen. Entweder ist er nicht nur langweilig, sondern auch dumm – oder der Lechner hat die ganze Sache ausgespart. Oder natürlich er hält die Geschichte mit dem Nashornschmuggel bewusst zurück. Vielleicht, weil er es noch nicht glauben mag und abwartet, bis seine Kollegen mehr Informationen darüber gesammelt haben. Das Thema nicht von mir aus anzusprechen, fällt mir unendlich schwer, weil es die einzigen wirklich entlastenden Indizien für mich birgt. Aber aus der Erfahrung mit dieser Kategorie von Ermittlern heraus weiß ich, dass sie nix gelten lassen, worauf sie nicht selber kommen.

Ich bin erschöpft, aber ich halte durch. Danach stellt man mir einen Haftprüfungstermin am Montag in Aussicht, wenn sich bis dahin keine neuen Erkenntnisse ergeben. Einerseits wäre es schlau gewesen, gleich auf einem Anwalt zu bestehen. Andererseits hätte man mir die Forderung nach einem Rechtsbeistand auch als eine Art Schuldeingeständnis auslegen können. Egal, vorerst bin ich frei. Offenbar sind ein paar eindeutige Fingerabdrücke auf der Mordwaffe kein ausreichendes Indiz mehr, um mich für den Rest des Wochenendes einzukasteln. Der Reischl nimmt mir meinen Ausweis ab und erteilt mir erweiterten Hausarrest. Danach wird der Kronawitter dazu abgestellt, mich heimzubringen, und der nimmt den Job mindestens so ernst wie ein Personenschützer vom US-Präsidenten. Wie er so neben mir hertrappelt und in die Oktoberhitze hineinschwitzt, stelle ich fest, dass er immer fetter wird, der Herr Polizeimeister. Schlank bin ich auch nicht. Oder nicht mehr. Aber ich habe ja eher so eine Käpt'n-Kirk-Wampe, bei der die Wölbung gleich unter den Brustwarzen anfängt und zum Glück dadurch nicht so auffällig ausgeprägt ist. Einen Bauch, den man ohne Probleme noch einziehen kann, je nachdem, wer vorbeikommt. Der Kronawitter hingegen schiebt den klassischen Bierbauch vor sich her, der von Form und Kontur her einer Schwangerschaft im achten oder neunten Monat ähnelt. Der Lechner hat mal erzählt, dass der Kronawitter früher dünn gewesen wäre. Mieselsüchtig als Kind, oft krank. Anfällig für alles, vor allem halt für Angina tonsillaris, die typische Mandelentzündung. Bis sie ihm die Mandeln rausgemacht haben. Danach war er immer gesund und hat entsprechend auch einen gesunden Hunger bekommen. Wenn ich ihn jetzt so anschaue, wie er neben mir herhechelt, weiß ich nicht, was besser ist. Ein dicker Hals oder ein dicker Bauch.

Ist ja auch wurscht, ich hab andere Sorgen. Zum Beispiel diese Auflage, den Ort nicht zu verlassen und mich täglich zweimal im Revier zu melden. Auf meine berechtigte Frage, wie ich unter diesen Repressionen am Montag wieder meiner

Arbeit nachgehen soll – weil ja klar sein sollte, dass ich als Außendienstler herumfahren muss –, erhalte ich vorerst keine Antwort. Man wird sehen, wie weit man mit dem Fall nach dem Wochenende ist, heißt es, und dass ich mich ohne Ausnahme zur Verfügung halten muss.

Daheim schäle ich mich aus den klebrigen, nach verfaulten Organismen stinkenden Klamotten und dusche ausgiebig. Erst danach stelle ich fest, dass die Spurensicherung ein wenig bei mir herumgekramt hat, doch zum Aufräumen der entstandenen Unordnung bin ich nicht in der Lage. Zu meiner Beruhigung finde ich wenigstens meinen Dienstausweis. Der war tatsächlich nicht in meinem Portemonnaie. Zefix! Aber ändert das was an meiner Theorie?

Nachdem ich das Dachfenster im Bad geöffnet und den Herbert reingelassen habe, falle ich ansatzlos ins Bett. Der Kater kommt zu mir, und diesmal lasse ich ihn gewähren, statt ihn von der Matratze zu werfen, weil ich zu keinerlei Auseinandersetzung mehr fähig bin. Außerdem ist in seinem getigerten Fell immer noch die Wärme der Herbstsonne gespeichert. Wärme, die ich gerade gut gebrauchen kann.

SCHNAXLHÜTTE

Am Samstagvormittag steht der Lechner vor der Tür. Grad wie ich ihm aufmache, fällt mir ein, dass ziemlich genau vierundzwanzig Stunden vergangen sind, seit er mich gestern genau hier des Mordes am Rosenberger Horst bezichtigt hat. Nur ein Tag, der sich rückblickend wie eine Ewigkeit hingezogen hat. Ich ertappe mich dabei, abzuchecken, ob ich meinen Pulli heute auch auf rechts trage. Dann frage ich mich, ob der Lechner da ist, um mich jetzt doch in Sicherheitsverwahrung zu nehmen, und für die ein, zwei Sekunden, in denen er so still vor mir steht, umfängt mich eine eiskalte Angst.

»Machst uns einen Kaffee?«, fragt er dann, womit mir keine Wahl bleibt, als ihn reinzubitten. Was ich unter diesen Umständen selbstverständlich gerne tue, auch wenn er von Amts wegen hier ist. Und natürlich mache ich uns einen Kaffee, während er am Küchentisch Platz nimmt.

»Und?«, frage ich, als mir sein Schweigen zu belastend wird.

»Der Roßhauptner sagt nix!«, verkündet er zwischen dem dritten und vierten Löffel Kaffeepulver. Den ich vor lauter Aufregung auch gleich neben den Filter zittere.

»Dieser Saukrüppl, dieser elendige. Ist das der Dank dafür, dass ich ihm das Leben gerettet hab?« Zefix! Jetzt geht auch noch die Hälfte vom fünften Löffel daneben, weil ich mich so aufrege. Zum Glück sagt der Lechner erst mal nix mehr, und mir gelingt es, die Maschine in Gang zu setzen.

»Nix, also?«

»Da haben wir keine Handhabe.«

Wie mitfühlend. Das hilft mir jetzt nicht wirklich weiter. Dabei habe ich große Hoffnungen in eine brauchbare Aussage vom Roßhauptner gesetzt. In eine Aussage, die mich entlasten sollte. Die Kaffeemaschine fängt an zu glucksen.

»Wie lang ist der Roßhauptner eigentlich in dem Zwinger gewesen? Hat er wenigstens dazu was gesagt?«

»Seit Mittwoch.«

»Behauptet er.«

»Behauptet er.«

»Hat er denn nicht am Donnerstag den Hühnerhof vom Graml überfallen?«

»Tja, einer von beiden lügt«, stellt der Lechner fest. »Oder aber der Schlag auf den Kopf von unserem Hühnerzüchter war doch heftiger, und er war nicht nur ein paar Stunden, sondern einen ganzen Tag weggetreten. Vielleicht hätten wir ihn gestern in Anwesenheit des Notarztes fragen sollen, welchen Tag wir haben.« Ich stelle zwei dampfende Becher mit Kaffee zwischen uns und hocke mich ihm gegenüber.

»Wenn der Graml lügt, dann nur, weil er den Roßhauptner damit anschwärzen will«, überlege ich laut.

»Dann neigst du dazu, dem Tierschützer zu glauben?«

»Ich kann's nicht erklären, aber … ja. Was freilich heißt, dass auch deine Nichte nicht die Wahrheit über die nächtliche Aktion auf dem Hühnerhof gesagt hat.« Den Lechner darauf hinzuweisen, fällt mir jetzt nicht so leicht. Immerhin ist die Jessica mit ihm verwandt. Aber was hilft's?

»Sie hat allerdings auch nicht direkt zugegeben, dass der Roßhauptner mit dabei war beim Hühner-Casting«, hält der Lechner entgegen, und ich muss ihm zustimmen.

Der Lechner trinkt vom Kaffee und verzieht das Gesicht. Eine reichlich dünne Brühe habe ich da fabriziert.

»Zucker?«

»Hilft auch nicht!«

»Zurück zum Roßhauptner«, verlange ich, weil der mich mehr interessiert als der Graml oder die Jessica. »Irgendwas muss er doch darüber gesagt haben, wie er in den abgelegenen Schuppen gekommen ist.«

»Es war wohl eine recht wirre Geschichte, die er dem Reischl erzählt haben soll. Aus den uns bekannten Gründen durfte ich leider nicht dabei sein, ich kann dir also nur sagen, was ich so auf dem Gang aufgeschnappt hab.« Er wirft mir einen leidenden Blick zu, bevor er fortfährt. »Jedenfalls hat er nix mitbekommen. Hinterrücks hätte man ihn überwältigt, als er am Mittwoch aus dem Adler gekommen ist, wo er an einem politischen Informationsabend der Grünen teilgenommen hat.«

Dass die Rosi, die Wirtin vom Adler, jetzt schon den Grünen ein Podium beschert, stimmt mich für einen Augenblick nachdenklich. Andererseits, wenn man weiß, dass es der Rosi ausschließlich um ihre Einnahmen geht, muss man sich keine allzu ernsten Gedanken über ihr politisches Engagement machen.

»Sag nicht, er hat dem Reischl seine Entführung als politisches Attentat verkauft?«

Schulterzucken, dann fährt der Lechner fort: »Die Frau wäre einmal am Tag gekommen und hätte ihm was zu essen gebracht, hat aber wohl weder auf vernünftige Argumente noch auf Betteln und Flehen reagiert. Und erst recht nicht hat sie ihm verraten, was sie eigentlich von ihm will, geschweige denn, warum er überhaupt gefangen gehalten wird.«

»Und das hat ihm der Reischl geglaubt?«

»Vermutlich nicht, aber was sollte er machen? Der Roßhauptner hat ja auch zu Protokoll gegeben, dass er nicht wüsste, wer die Frau ist.«

»Aber ich weiß es doch! Die Ngo vom Saigon war das. Hat mir der Reischl, dieser Depp denn gar nicht zugehört?«

»Na ja, du hast auch nur durch ein Astloch geschaut …«

»Geh, hör doch auf! Ich habe sie vom Restaurant bis zu dem Schuppen verfolgt, und nach der Unterhaltung, die ohne Frage zwischen der Geisel und der Geiselnehmerin erfolgt ist, auch wenn der Roßhauptner was anderes behauptet … jedenfalls, ich habe sie auch wieder aus dem Verschlag rauskommen sehen. Und es war niemand anderes als die Madame Ngo!«

»Laut deren Aussage war sie nach ihrem Tai-Chi-Kurs die ganze Zeit über im Restaurant. Das hat auch ihr Koch bestätigt.«

Jetzt hau ich auf den Tisch. »Ja, freilich bestätigt der das, weil er nämlich sonst morgen keinen Job mehr hat. Kann man denn nicht erwarten, dass ihr ein bisschen mitdenkt?«

»Jetzt krieg dich wieder ein!«, mahnt mich der Lechner. »Ich hab Kopf und Kragen riskiert, um dir zu helfen, und das ist der Dank!«

Leider hat es nur bisher nix geholfen, das Riskieren von Kopf und Kragen. Das sage ich natürlich nicht laut. Auch nicht, dass ich mir mal wieder selber helfen muss. Das weiß er auch so. Ich schnaufe dreimal tief durch, und zum Glück fällt mir dabei schon wieder was Neues ein.

»Hast du den Roßhauptner eigentlich wegen dem Wildschweinfell gefragt?«

Er schaut mich unschlüssig an, und ich merke, dass ihm das stinkende Fell in der Bude vom Roßhauptner überhaupt nicht mehr präsent war.

»Ich konnt ihn überhaupt nix fragen«, erinnert er mich und meint, damit aus dem Schneider zu sein.

»Demnach habt ihr ihn also einfach wieder laufen lassen«, folgere ich schweren Herzens. »Ohne Geständnis!«

»Er ist ein Opfer, kein Tatverdächtiger.«

»Freilich, ein Opfer. So ein Schmarrn!«

»Es besteht keine Verbindung zwischen seinen mutmaßlichen Entführern und dem Mord am Rosenberger«, doziert der Lechner. »Zumindest solang er keine herstellt. Was hätten wir machen sollen? Er hat seine Aussage zu Protokoll gegeben, dann durfte er gehen. Rechtlich hatten wir gar keine andere Handhabe ... Wobei er mir fast den Eindruck vermittelt hat, es wäre ihm lieber gewesen, wir hätten ihn dabehalten.«

»Der hat einen Mordsschiss nach der Einschüchterung durch die Vietnamesen-Mafia, Angst, dass es ihm ebenso ergeht wie dem Rosenberger«, stelle ich fest und seufze. »Und der Maier, was ist mit dem Maier?«

»Muss irgendwo untergekrochen sein.«

Das ist unsere Polizei. Und für eine dermaßene Unfähigkeit zahle ich Steuern! Ich könnte an die Decke gehen, beherrsche mich aber. Schau auf deinen Blutdruck, sagt mir die Höllmüllerin immer. Beim Gedanken an die Franziska löst sich mein Zorn prompt wieder auf. Vermutlich auch deshalb, weil mir dadurch bewusst wird, dass mein Gedächtnis doch noch nicht wieder vollständig hergestellt ist. Schweigend trinken wir unseren Kaffee, auch wenn er greislich schmeckt. Aber offenbar muss nicht nur ich, sondern auch der Lechner was runterspülen. Ich hoffe, bei ihm hat's was mit den stümperhaften Ermittlungen zu tun und damit, dass mir sein Einsatz noch kein Stück geholfen hat.

»Ich hab viel drüber nachgedacht, wie sich das so alles zugetragen haben könnte«, werfe ich schließlich ein. Vielleicht hilft es, wenn er meine Theorie hört, die ich mir in dieser schlaflosen Nacht zurechtgeschustert habe. Möglicherweise erfährt dann auch der Herr Wachtmeister eine Erleuchtung.

»Nachgedacht?«, wiederholt er fragend.

»Ja, über die Vorgeschichte, die letztlich zu dem Mord geführt hat.« Ich schaue ihm ins bärtige Gesicht und meine so etwas wie Aufnahmebereitschaft zu erkennen. »Jedenfalls könnte es so gewesen sein.« Ich hole tief Luft. »Der Rosenberger war doch dieses Frühjahr auf Afrikasafari.«

»Ist bekannt.«

»Genau! Und dort ist er irgendwie an Kontakte gekommen.«

»Kontakte.«

»Du brauchst jetzt nicht alles wiederholen, hör einfach zu!« Der Lechner nickt.

»Stell dir vor, der Rosenberger ist auf seinem Jagdausflug in der Savanne … oder von mir aus in der Steppe, ist ja jetzt egal. Logischerweise hat er dort dann auch campiert, wie man das als echter Großwildjäger halt so macht.«

»Schnee am Kilimandscharo«, murmelt der Lechner.

Ein Gregory Peck war er nicht gerade, der Horst, aber

wenn's dem Polizeihauptmeister dabei hilft, eine bessere Vorstellung zu bekommen … »Oder er ist in irgendwelchen Safarilodges untergekommen«, rede ich weiter. »Jedenfalls, sagen wir mal, da waren dann plötzlich auch Asiaten. Abends, am Lagerfeuer. Man kommt zwangsläufig ins Gespräch, während um einem herum aus der Dunkelheit heraus die Löwen brüllen.«

»Ins Gespräch«, murmelt der Lechner.

»Ja, wie beim Pauli halt, wenn man am Stammtisch zusammenhockt.«

»Meinst, der Rosenberger hat so gut Englisch können?«

»Was weiß denn ich, Himmelherrgott! Irgendwie wird man sich schon verstanden haben! Immerhin haben es die Asiaten, oder wer auch immer dort die Nashornmafia vertritt, geschafft, einen Deal mit dem Rosenberger auszuhandeln.«

»Einen Deal!«

»Genau! Einen, zu dem unser Jägermeister nicht hat Nein sagen können – wir wissen ja schließlich, dass er Geld gebraucht hat. Für seine Weiberg'schichten, für den Traum von der eigenen Jagdhütte et cetera, et cetera.«

»Das wäre wohl eher eine Schnaxlhütte geworden«, mutmaßt der Lechner.

»Ja, von mir aus!«, stimme ich ihm nickend bei, um ihm das Gefühl zu vermitteln, dass ich merke, wie aufmerksam er dabei ist. Beim Stichwort *schnaxln* fällt mir freilich gleich ein, was die Fischerin hinsichtlich der Manneskraft vom Rosenberger gesagt hat, aber das behalte ich jetzt für mich. Das würde den Lechner womöglich zu sehr ablenken, und letztlich ist es ja wurscht, wozu die Gier den Horst verleitet hat. »Wie auch immer, betrachten wir es als gegeben, dass diejenigen, die den Rosenberger während seiner Safari angesprochen haben, darauf aus waren, neue Möglichkeiten aufzutun, um ihre illegale Ware raus aus Afrika und letztlich weiter nach China zu befördern. Und zwar auf so verschlungenen Wegen, dass die Zollfahndung ihnen nicht dahinterkommt.«

»Und wie sie den Rosenberger da am Lagerfeuer in der Savanne haben sitzen sehen, ist ihnen nichts Besseres in den Sinn gekommen als ein Umweg über den Bayerischen Wald?«

Okay, es klingt abgedreht, aber abgedreht ist auch ein Mord mit einem Hirschgeweih. »So schlecht finde ich die Idee gar nicht. Ein Jäger aus Bayern schießt auf seiner Safari ein Zebra und eine Antilope. Alles sauber und legal und bei den örtlichen Behörden in Namibia angemeldet. Die Großwildjagdpauschale beinhaltet die Lieferung der Felle und anderer Jagdtrophäen nach Deutschland. Dazu packen die Nashornwilderer dann einfach schnell noch ein, zwei Nashornhörner mit rein. Besagter Waidmann aus dem Wald erhält später die von den hiesigen Zollbehörden freigegebenen Jagdtrophäen, wie mit dem namibischen Safariveranstalter vereinbart. Moralisch verwerflich, für unsereins, aber amtlich besiegelt. Und zack, sind die Nashornhörner bei uns in der Heimat, wo die vietnamesische Nashornmafia die Ware übernimmt und für den Weitertransport sorgt. Ich erinnere dich an die Frachtkisten beim Rosenberger!«

»Klingt echt bescheuert«, kommentiert der Lechner. »Und überhaupt, wie flanschen wir jetzt den Roßhauptner an diese hanebüchene Geschichte dran?«

»Keine Ahnung«, gebe ich nach kurzem Schweigen zu. »Aber eins steht wohl fest, der Rosenberger war mit dieser Geschichte letztlich völlig überfordert.«

Der Herbert kommt in die Küche und streicht dem Lechner um die Beine. Mir ist schon mehrfach aufgefallen, dass er den Sepp gut leiden kann. Zumindest schleimt er sich jedes Mal bei ihm ein, wenn er auf Besuch kommt. Vielleicht ist der Kater ja schwul. Nicht dass mir das was ausmacht, er kann tun und lassen, was er will, solange er mir nicht in die Wohnung brunzt. Vom Herbert schaue ich wieder zum Lechner, der gedankenverloren durch dessen Fell streicht. »Und wie geht es deiner Meinung nach weiter?«, will er schließlich wissen.

»Wenn wir davon ausgehen, dass das Schmuggelgut beim Rosenberger wie geplant eingetroffen ist, konnte er die Nashornhörner offensichtlich nicht zum vereinbarten Termin an seine Abnehmer übergeben – oder wollte das plötzlich nicht mehr. Vielleicht ist ihm zwischendrin aufgegangen, wie wertvoll das Ding ist, das er da in der Hand hat, und er wollte mehr Geld rausschinden. Ja, das würde ich ihm zutrauen, nach allem, was ich gestern über ihn erfahren habe. Wenn das Horn eine halbe Million wert ist, war ihm seine Provision als Kurier vielleicht auf einmal zu wenig.«

»Ja, das würd mir einleuchten. Immerhin trug er als Empfänger der Fracht das ganze Risiko.«

»Jetzt sind wir beieinander! Es wäre also durchaus an der Zeit, die Madame Ngo endlich dingfest zu machen! Am besten mit ihrem Gatten, denn ich vermute, der ist der Kopf der Organisation.«

»Es hat geheißen, er ist auf Geschäftsreise. In Südostasien.«

»Schmarrn!«

»Muss ja nicht stimmen«, meint der Lechner nachgiebig. Dass die Kripo sich offenbar nach dem Verbleib von diesem

Ngo erkundigt hat, wirkt auf mich fast wie ein zarter Hoff-
nungsschimmer. Wie es ausschaut, denkt der Reischl doch
über den Tellerrand hinaus.

»Was macht der eigentlich für Geschäfte, der Monsieur
Ngo?«

Der Lechner hebt die Schultern. »Er soll mehrere so
Ramschläden haben, rauf bis Regensburg. So Asiakram, bil-
liges Plastikglump, Winkekatzen, Reisschüsseln, Essstäb-
chen …«

»So Läden, in denen nie einer einkauft und wo man sich
fragt, wie die sich finanzieren.«

»In etwa.«

»Geldwäsche?«

»Die Kollegen werden das sicher untersuchen, sofern sich
eine Verbindung zum Rosenberger ergibt.«

Das klingt mir schon wieder viel zu sehr nach tatenlosem
Gottvertrauen. Die Kriminalisten aus Passau wissen wirklich
noch nicht sonderlich viel, stelle ich bedauernd fest. Zumindest zu wenig, als dass es mich demnächst entlasten könnte.
Und solange die Vietnamesen nicht fassbar sind, habe ich
meinen erweiterten Hausarrest. Das geht mir definitiv alles
zu zäh. Was auch kein Wunder ist, wenn einer wie der käs-
weiße Ingo die Leitung hat.

»Was meinst, weiß die Witwe vielleicht mehr, als was sie
uns gestern gesagt hat?«

Der Lechner verzieht das Gesicht, offenbar verspürt er
keine Ambitionen, der Rosenbergerin noch mal unter die
Augen zu treten.

»Komm, wir fahren g'schwind vorbei«, schlage ich vor, weil
ich spüre, wie Energie und Tatendrang in meinen Körper

zurückkehren. Irgendwie fühle ich, dass da wieder was gehen könnte. »Die hat sich doch von Anfang an verdächtig benommen, das muss dir doch auch aufgefallen sein!«

»Eigentlich darf ich gar nicht hier sein. Ich hab strikte Anweisung, mich rauszuhalten«, murmelt er.

»Vom Reischl?«

»Ja, vom Reischl, zefix!«

Habe ich ihn noch zu wenig bedauert? War ich erneut zu forsch? Vielleicht, wenn ich ihm vorschlage, im Anschluss zum Pauli rüberzufahren …

»Es ist immer noch nicht klar, was du am Tatort gemacht hast«, platzt es plötzlich aus ihm heraus. »Auch nicht, wieso deine Fingerabdrücke auf dem Geweih sind. Du bist also nicht aus dem Schneider, bevor wir darauf eine Antwort haben!«

»Genau! Und darum fahren wir jetzt zur Rosenbergerin!«

TRAUERBEWÄLTIGUNG

Das Wetter ist umgeschlagen. War gestern noch Spätsommer, ist es heute neblig trüb und deutlich kälter. Wie ich meine Volksgenossen kenne, werden die Ersten heute die Luft bei den Winterreifen in der Garage kontrollieren. Wieder fahren wir bergwärts, Richtung Waldkirchen, und ich habe ein Déjà-vu. Ich neben dem Lechner, in seinem Polizeikarrn, ein erfolgreiches Ermittlerteam wie Horst Tappert und Fritz Wepper. Na, wohl eher Batman und Robin, wobei klar sein dürfte, wer von uns zweien der Mann mit den Fledermausohren ist.

»Ich versteh nicht, warum ihr diese Ngo nicht stärker in die Mangel genommen habt«, reite ich erneut auf der ermittlerischen Nachlässigkeit herum.

»Weil der Roßhauptner sie in keiner Weise belastet hat, zefix!«

Eigentlich unfassbar, dass meiner Aussage hierzu anscheinend keinerlei Beachtung geschenkt wird. »Die ist mindestens Mitwisserin. Wobei ich nicht glaube, dass es bloß um so was geht, sie hat sich nämlich recht eindringlich mit dem Roßhauptner unterhalten, wollte wissen, wo *es* ist … Jede Wette, die hat eine hohe Funktion im Syndikat. Der zweite Mann hinter ihrem Mann, sozusagen.«

»Syndikat! Jetzt übertreib's nicht!«

»Eh klar, dass du dafür mal wieder nicht empfänglich bist!«
Ich beuge mich so weit zu ihm rüber, wie es die Mittelkonsole zulässt, weil ich spüre, dass ich gerade so richtig in Fahrt komme. Endlich ist der Elan zurück, der mir gestern schlichtweg gefehlt hat. Wäre ich nicht so schlecht beieinander gewesen, der Fall wäre längst aufgeklärt. »Die Ngo, das ist eine ganz Durchtriebene, das habe ich auf den ersten Blick gesehen. Allein ihr freitägliches Tai-Chi, das hat doch alles System! Das Gekasperl im Park dient der Ngo als Umschlagsplatz für den Nashornhandel, so schaut es nämlich aus. Ihre Kunden, diese unzurechnungsfähigen Zehennägelschnupfer, erhalten auf diesem Weg unerkannt ihre Ware. So läuft das ab, das sag ich dir. Frag den Aschenbrenner, der vertickt dort unten auch seinen Stoff. Ein ganz heißes Pflaster ist das. Bahnhofsgelände halt, auch wenn es ein ehemaliges ist und dort seit dreißig Jahren kein Zug mehr fährt. So ein Bahnhofsareal hat einfach ein schlechtes Karma. Drogen, Prostitution, wie überall. Da kann man noch so viele Bäume und Büsche drum rumpflanzen, alles schön begrünen und ein Heckenlabyrinth setzen ...«

»Fellinger, du spinnst doch! Als ob bei uns auf dem Bahnhof jemals irgendwelche Drogendealer oder Junkies rumgehangen hätten ... oder Nutten.«

»Sepp, du siehst die Welt nicht, wie sie wirklich ist. Selbst bei uns wird das friedliche Idyll, das wir aus unserer Kindheit kennen, immer mehr zurückgedrängt. Das ist nix anderes, wie wenn die in Afrika unten die sicheren Rückzugsgebiete der Nashörner immer mehr beschneiden.«

»Willst mir jetzt sagen, wir sterben dann auch bald aus, gleich nach den Nashörnern?«

Gut, so dramatisch wird es nicht kommen, aber der Lechner

braucht manchmal eine plastische Darstellung der Dinge. Ich mein, wir haben vermutlich nix an uns, was bei den Chinesen als Heil- oder Potenzmittel herhalten könnte. Wobei … So ein findiger Asiate würde mit Sicherheit aus allem Möglichen ein Geschäft machen. *Schauts her, Leut, jetzt ganz neu im Gesundheitsprogramm, das luftgetrocknete Gemächt eines ausgewachsenen Niederbayern, man kann es wahlweise ins Müsli schneiden oder als Tee aufkochen, es hilft immer und gegen alles!* So in der Art. Bei dem Gedanken zieht es mir ein wenig in der Leiste, und ich muss meine Sitzposition verändern.

Zum dritten Mal innerhalb von vierundzwanzig Stunden parken wir an der Stelle mit Sicht auf das Rosenberger-Haus. Der Lechner denkt vermutlich noch über sein Aussterben nach, also warte ich geduldig, bis er damit fertig ist.

»Ich fühle mich nicht wohl dabei, dass wir die Frau ein weiteres Mal belästigen. Der Reischl hat sie doch auch schon vernommen.«

»Warst du dabei?«

»Nein, aber …«

»Dann hör mir mit dem Reischl auf!«, fahre ich ihm ins Wort. »Es geht hier um meine vollständige Rehabilitierung, da verlasse ich mich nicht auf so eine Schlafhaubn wie den Ingo. Auf jetzt, fragen wir die Witwe nach dem Nashornhorn! Dann haben wir hinterher Zeit, um beim Kellerwirt was zu essen.« Mit dem Elan ist nämlich auch mein Appetit zurückgekehrt. Außerdem glaube ich, dass der Pauli mich schon vermisst.

Er seufzt, dann steigt er aus. Ich frage nicht nach, was genau ihn jetzt dazu motiviert hat. Der Vogelscheuche ist das Wetter heute offenbar auch zu trüb, jedenfalls steht sie nicht in ihrem Vorgarten und schwärzt Nachbarn an. Unten im

Zwinger bellt der Hund. Diesmal dauert es länger, bis die Rosenbergerin aufmacht. Allem Anschein nach hat sie nicht schon wieder mit uns gerechnet. Jedenfalls hat ihr die Zeit gefehlt, sich herzurichten; sie schaut etwas zerzaust aus. Am Ärmel ihrer Bluse hängt eine Staubfluse. Die Jeans, in die sie sich gepresst hat, spannt sich prall über ihre Oberschenkel. Auch der Zopf ist alles andere als akkurat frisiert.

»Stören wir beim Hausputz?«, eröffne ich die Runde.

»Was wollt ihr noch?«

»Es haben sich ein paar weitere Fragen ergeben«, erklärt der Lechner wie ein astreiner Tatort-Kommissar.

»Na ja, eigentlich wollten wir nur wissen, ob Sie es gefunden haben«, ergänze ich.

Sie kräuselt die Stirn. »Gefunden? Was?«

»Das, was Ihr werter Gatte nicht mehr hat hergeben wollen.«

Neben mir brummt der Lechner etwas Unverständliches.

»Schleichts euch!«, raunzt die Rosenbergerin.

Die Verbohrtheit mancher Leute treibt mir echt die Galle hoch. »Sie, diese Leute, mit denen Ihr Gatte Geschäfte gemacht hat, die verstehen fei keinen Spaß. Wollen Sie auch noch dran glauben, oder was?«

»Fellinger, zefix!«, knurrt der Lechner.

»Is' doch wahr. Wir haben schließlich gesehen, zu was diese Mafia in der Lage ist.«

»Mafia!«, wiederholt die Rosenbergerin, und ich meine, eine Spur Beunruhigung in ihrer Stimme zu hören.

»Vielleicht können wir ja noch mal ins Büro von Ihrem Mann reinschauen«, schlägt der Lechner sanftmütig vor, anstatt seine Polizeiautorität auszupacken.

Prompt kommt mir ein Gedanke.

»Hat er auch eine Werkstatt im Haus gehabt, der Horst?«

Man merkt ihr an, dass sie ein wenig ins Wanken gekommen ist, seit ich die Mafia ins Spiel gebracht habe.

»Im Keller hat er eine Werkbank stehen«, erklärt sie zögernd. »Nicht dass er damit groß was gemacht hätte, außer vielleicht mal ein Gewehr einzuspannen und den Lauf aufzubohren …«

»Dann fangen wir da an!«, fordere ich, und die Rosenbergerin tritt tatsächlich zur Seite. Sie führt uns die Treppe runter. Es riecht frisch. Sie hat auch im Untergeschoss geputzt. Vielleicht ist die Durchwischerei ihre Form der Trauerbewältigung?

»Deine Spusi sollte sich auch mal die Frachtkisten vornehmen, die im Büro und in der Jagdhütte«, fällt mir ein. Der Lechner nickt zwar, macht aber keine Anstalten, nach dem Telefon zu greifen und die Kollegen von der KTU zu informieren. Vermutlich weil er nicht weiß, wie er seine erneute Anwesenheit bei der Rosenbergerin erklären soll.

Wir erreichen besagte Kellerwerkstatt, und die Witwe lässt uns den Vortritt. Die Neonlampe braucht ein paar Sekunden, bis sie anspringt, danach wird es leuchtend hell. Man sieht gleich, dass das dem Horst sein Reich war. Hier ist nämlich nicht aufgeräumt. In seiner Werkstatt hat der Hobbyhandwerker von heute ein umfangreiches Baumarktsortiment an Gerätschaften herumstehen, die kein Mensch wirklich braucht. Der Horst hat es zu seinen Lebzeiten nicht einmal geschafft, das Werkzeug wieder an die Stellen an der Lochblechwand zu hängen, so wie es die angezeichneten Umrisse der Utensilien vorsehen. Wer in diesem Durcheinander etwas

Verdächtiges finden will, braucht ein waches Auge. Neben den Maulschlüsseln, dem Hammer, den Zangen, den Schraubendrehern liegen auf der Werkbank auch zwei Sägen. Eine fürs Grobe und eine mit feinem Sägeblatt. Griffbereit beim Schraubstock, der fest montiert ist. Während der Lechner unbeholfen um Hindernisse wie Hochdruckreiniger, Laubbläser und Nass-Trocken-Sauger herumtappt, inspiziere ich den Schraubstock. Und im kalten Schein der Beleuchtung entdecke ich, wonach ich Ausschau gehalten habe. Vorsichtig fahre ich mit dem Zeigefinger über die geprägten Stahlbacken. Der Rosenberger hat hier erst kürzlich was zersägt und die Rückstände nicht sauber entfernt. Auch nicht von den Sägeblättern, mit denen er gearbeitet hat. Warum auch? Unter normalen Umständen hätte hier niemals niemand danach gesucht. Aber jetzt klebt es auf meiner Fingerkuppe, dieses Pulver.

Keratin.

BÄRWURZ

Eine Viertelstunde später sitzen wir beim Pauli. Der Kellerwirt ist gewissermaßen die Erweiterung bei meinem Hausarrest. Er freut sich, auch wenn er es nicht zeigen kann. So ist
er eben. Ein Wirt mit Zurückhaltung. Dann kann er in nix
reingeraten, meint er immer. Vor allem nicht in die Verlegenheit, mal einen ausgeben zu müssen. Noch sind wir die Einzigen am Stammtisch, das heißt, wir können uns ohne neu-
gierige Zuhörer unterhalten.

Ich baue meine Theorie aus. »Ich sag dir, der Rosenberger
hat in seiner Werkstatt das Nashornhorn portionsgerecht zerlegt und ist dann selbst damit hausieren gegangen. Und dafür hat er mit dem Leben bezahlt.«

Der Lechner widerspricht nicht, stimmt mir aber auch
nicht zu. Sofort fühle ich mich wieder alleingelassen. Wie
viele Indizien braucht er denn noch? Ständig dieses Zaudern. Auch wenn ich mich wiederhole – aber dass so ein
Mensch Revierleiter geworden ist, spiegelt deutlich die Zustände in unserem Polizeiapparat wider. Und die reichen
hinauf bis ins Innenministerium in Berlin, diese Zustände.
Wie der Herr, so's G'scherr! Man sieht ihm an, dass er froh
ist, als endlich Gäste ins Wirtshaus kommen, die sich zu
uns an den Tisch hocken. Froh darüber, dass ich ihn jetzt
nicht mehr mit *meinem Thema* zutexten kann. Natürlich

wollen alle sofort wissen, warum ich nicht im Zuchthaus einsitz. Am Stammtisch zeigen sich die wahren Freundschaften.

»Die Untersuchungen laufen noch«, erklärt der Lechner, und auch das ärgert mich. Hätte er nicht einfach sagen können, dass alles ein Irrtum war und ich mit dem Mord nichts zu tun habe? Danach werden dann die üblichen Witze gerissen. Bis der Pauli endlich so weit ist, die Bestellungen fürs Essen aufzunehmen, hab ich schon keinen Hunger mehr. Nicht einmal das Bier schmeckt mir noch, aber ich zwinge mich zum Trinken. So kommt es, dass wir länger hocken als geplant. Immerhin ist Samstag.

Irgendwann aber stehle ich mich davon. Draußen dämmert es bereits. Mir ist kalt, was in erster Linie daran liegt, dass meine warme Übergangsjacke noch immer in der Asservatenkammer liegt. Warum eigentlich, wenn es eh nicht das Blut vom Rosenberger ist, das sie darauf gefunden haben? Meins ist es auch nicht, weil die Blutgruppe nicht passt, das wenigstens hat mir der Lechner noch verraten. Woher hätt's auch kommen sollen, ich habe keine Verletzung, und hätte ich Nasenbluten gehabt, hätte ich das am Morgen danach immer noch gemerkt. Leider komme ich auch nicht dahinter, von wem es sonst stammen könnte. Jedes Mal, wenn ich denke, jetzt hebt sich endlich der Vorhang des Vergessens, bleibt das doch stets dunkel und unscharf. Es ist an der Zeit, endlich das letzte Mysterium dieser verhängnisvollen Nacht zu lüften.

Daheim angelangt, scheuche ich den Herbert vom Sofa, um selber Platz zu finden. Ich hab mich gerade gesetzt, da klingelt es an der Tür. Herrschaftzeiten! Bevor mich die

Resignation völlig lähmt, stemme ich mich wieder hoch und schleppe mich zur Gegensprechanlage.

»Ja, bitte!«

»Geh weiter, lass mich rein!«, krächzt es aus dem Hörer. Ich erkenne die Stimme, und für zwei, drei Sekunden bin ich wie paralysiert. Was will denn der von mir? Noch bevor ich das Für und Wider dieses unerwarteten Besuchs abwägen kann, drückt mein Finger auf den Türöffner. Man könnte auch sagen, die Intuition war schneller als die Vernunft. Es wird schon was zu bedeuten haben, dass er ausgerechnet mich aufsucht. Vorsichtig, als lauerte der Mann von der GEZ im Hausflur, öffne ich die Wohnungstür. Noch bevor mein überraschender Besucher die drei Stockwerke bis zu mir unters Dach bewältigt hat, komme ich mit mir überein, dass es mir in meiner aktuell so prekären Lage nur dienlich sein kann, mir anzuhören, was er zu sagen hat.

Dann schnauft er den letzten Treppenabsatz herauf und steht mit hängenden Schultern vor mir. Der Roßhauptner trägt immer noch seinen lettigen Anzug.

»Ich weiß einfach nicht, wohin«, japst er. Offenbar war es nicht nur das Treppenhaus, das ihn so außer Atem gebracht hat. Vielleicht ist er gerannt, um der Dunkelheit zu entfliehen. Oder, besser gesagt, denen, die sich in ihr verbergen.

Ich bitte ihn rein. So dreckig, wie er daherkommt, lenke ich ihn in die Küche, dort kann er am wenigsten schmutzen. Bei seinem Anblick wird mir klar, dass er seit seiner Entlassung wohl noch gar nicht zu Hause war.

Erschöpft fällt er auf den Küchenstuhl, auf dem heute Vormittag schon der Lechner saß. Er wirkt reichlich verfroren.

»Tee oder Schnaps?«

Er blickt zu mir auf. Schnaps, lese ich in seinen nervösen Augen. Gut, denke ich, und hole den Bärwurz samt zwei Gläsern aus dem Regal. Ich setze mich ihm gegenüber. Mir schenke ich nur der Form halber ein, weil mir bewusst ist, dass ich jetzt absolut nüchtern bleiben muss. Oder zumindest nicht noch mehr laden darf, als ich es ohnehin schon beim Pauli getan habe.

Der Roßhauptner leert das erste Stamperl, noch bevor ich den Korken wieder in der Flasche habe. Sofort gieße ich ihm unaufgefordert nach und schaue zu, wie auch das zweite in seinem Rachen verschwindet. Dunkle Ringe liegen unter seinen eng stehenden Augen, mit denen er mich Mitleid heischend anblinzelt. Tiefe Falten ziehen sich rechts und links seiner Gelernase zum spitzen, unrasierten Kinn. Die Politikerfrisur ist völlig in Unordnung. Ein weiteres Mal nachzuschenken wäre jetzt übereilt. Zuerst muss er was liefern.

»Dann schieß mal los!«

»Ich war's«, gesteht er.

»Du hast den Rosenberger …?«, frage ich verhalten und darum bemüht, meine Euphorie zurückzuhalten.

»Nein, den nicht, aber das mit dem Nashorn, das war ich.«

Doch, ich bin enttäuscht. Wie ferngesteuert nippe ich am Bärwurz.

»Das Nashorn«, wiederhole ich. Jetzt, wo ich es so direkt höre, ist es ziemlich schwer zu glauben, dass sich dieser Irrsinn so zugetragen haben soll, wie ich es mir zusammengereimt habe. Eine absolut wahnwitzige Geschichte – die sich nun tatsächlich bewahrheitet.

»Ich bin da irgendwie reingeraten, weil … na ja, ich brauch halt Geld … furs Pflegeheim, in dem meine Eltern untergebracht sind. Es ist eine Schande, was das in unserem angeblichen Sozialstaat kostet …«

Ich stähle meinen Blick und mustere ihn unnachgiebig.

Er räuspert sich. »Na ja, dann ist da auch noch der Wahlkampf. Ich krieg leider bis jetzt nur wenig Unterstützung von der Partei, weil ich mich erst beweisen muss …«

Diese Verteidigungsrede schmeckt schal, aber ich sage nichts. Lass ihn reden, mahne ich mich selbst und schenke ganz gezielt noch einmal nach, damit seine Stimmbänder schön geölt bleiben.

»Ich *muss* einfach in die Politik, das verstehst du doch! Und mit den Grünen stehen die Chancen gar nicht schlecht. Das wäre halt schon wichtig, denn langfristig kann ich nur so meine Überzeugungen für die Umwelt und den Tierschutz durchsetzen.«

Haben ihn seine Genossen also tatsächlich aus der Öko-partei geschmissen. Und jetzt will er zu den Grünen. Gut, die sind in Bayern im Aufwind; trotzdem sehe ich davon ab, ihn zu beglückwünschen.

»Ich dachte, du willst eine NGO werden?«

»Wer behauptet das?«

Ich mache eine bedauernde Geste. »Tut mir leid, ich kann keine Quellen nennen.«

»Es ist ja nicht so, dass ich da nicht auch ein Angebot hätte, aber diese Organisationen sind leider nicht immer unumstritten.«

NGO bei Madame Ngo, skandiere ich in Gedanken und muss mich zusammenreißen, um nicht zu lachen.

»Nein, wirklich was erreichen tust du nur auf politischer Ebene. Alles andere ist wenig nachhaltig, vor allem die illegalen Aktionen aus dem Untergrund heraus ... Freilich, wenn man jung und überzeugt ist, dann steht man hinter dem, was man tut, ist risikobereit. Man merkt erst nach und nach, dass die Wand, die man einreißen will, zu hoch und zu massiv ist. Außerdem häufen sich die Anzeigen und Klagen allmählich an. Und Anwälte sind teuer. Ich geb's ja zu, die Kosten für den juristischen Beistand haben auch ein großes Loch in meine Finanzen gerissen ... und da habe ich mich aus der Verzweiflung heraus in diese Sache mit reinziehen lassen.«

»Vom Rosenberger?«

Er nickt und trinkt seinen Schnaps.

»Aber ... ausgerechnet von einem Jäger! Ich meine, für dich als Tierschützer war der Rosenberger doch ein natürlicher Feind.« Das macht mich wirklich fassungslos.

Er zuckt mit den Schultern und glotzt in sein leeres Glas.

»Wie ist der Rosenberger überhaupt draufgekommen, dich für sein Unterfangen zu rekrutieren?«

»Mei, wir hatten halt mal wieder eine unserer üblichen Auseinandersetzungen, das war ... ja, so vor einem halben Jahr, im Biergarten von der Linde. Es hat gar nicht zu ihm gepasst, dass er relativ schnell gemeint hat, er hätt heute keinen Nerv, um mit mir rumzustreiten. Stattdessen hat er mir eine Halbe spendiert und ... ja, das war eigentlich das erste Mal überhaupt, dass wir vernünftig miteinander geredet haben. Also so ganz ohne Anfeindungen und Drohungen, verstehst?«

Das tue ich und signalisiere ihm fortzufahren.

»Also, nicht dass du jetzt denkst, wir wären an diesem Abend Freunde geworden. Unsere Feindschaft war ja fast schon eine Art Abhängigkeit. So ein Gefühl des gegenseitigen

Brauchens. Das ist uns damals klar geworden ... Wir haben irgendwie kapiert, dass man so ein Verhältnis durchaus auch anders gestalten könnt.«

Zu viel Bärwurz, denke ich, und dass ich mich hätte versichern müssen, ob er nicht schon vorher was gepichelt hat.

»Der Rosenberger kann fei wirklich gut zuhören«, fügt er noch an, und ich unterdrücke ein Kopfschütteln.

»Konnte«, korrigiere ich ihn und hoffe, dass er jetzt nicht gleich noch losheult. Ihn darauf aufmerksam zu machen, dass der Rosenberger an jenem Abend im Biergarten den aufmerksamen Zuhörer aus rein manipulativer Absicht gegeben hat, spar ich mir vorerst. »Lass mich raten! Neben deinem persönlichen Schicksal hat den Rosenberger damals besonders dein Engagement im Tierschutz interessiert. Und was du gegebenenfalls für Verbindungen hast. Zum Zoll oder zu Artenschutzorganisationen. Ob du weißt, wie die so arbeiten.«

»Ehrlich gesagt, ich war gegen später schon ziemlich betrunken, weil es ja nicht bei einer einzigen Halben geblieben ist, die der Horst da hat springen lassen.«

Ja, im Suff sind schon so einige Seilschaften geknüpft worden, die sich nüchtern betrachtet als nicht wirklich verlässlich erwiesen haben. »Gut«, sage ich, »kürzen wir deine Beichte etwas ab. Ich mutmaße mal, als dir deine finanzielle Situation irgendwann keine andere Wahl mehr gelassen hat, hat dich dein neuer Spezi in sein geplantes Geschäftsmodell eingeweiht. Der Rosenberger hat bei eurer Verbrüderung sicher schnell gemerkt, dass er dich für seine Afrika-Connection gut brauchen könnt. Hast ihnen wohl ein paar wertvolle Tipps geliefert, den Nashornschmugglern. Wie man es am besten anstellt und die Kontrollen umgeht. Oder wie ist das abgelaufen? Habt ihr euch alle getroffen, du, der Rosenberger und die Vietnamesen? Im Saigon?«

Dass er daraufhin nix sagt, reicht mir als Antwort. Ist ja auch logisch. Da ihn die Ngo jetzt hat entführen lassen, muss sie folglich auch gewusst haben, dass er der Geschäftspartner vom Rosenberger war. »Oder war da noch mehr?«, hake ich sicherheitshalber nach.

»Nachdem die Ware ohne Probleme bei ihm gelandet war, hat er sich gemeldet und gemeint, mein Anteil ließe sich noch erhöhen ...«

Ich muss ihn eine Weile lang scharf anschauen, bis er endlich weiterspricht.

»Ich sollte mich über meine Netzwerke erkundigen, ob die Tierschutzorganisationen Listen mit Leuten haben, die als potenzielle Käufer von Nashornhörnern bekannt sind.«

Innerlich wärmt mich die Freude darüber, dass ich richtig gelegen habe. Getrieben von seiner Gier wollte der Rosenberger das Maximum aus seiner heißen Ware rausholen.

»Wie deppert muss man eigentlich sein, um zu glauben, dass euch die Vietnamesen das durchgehen lassen?«

Der Roßhauptner wirft die Hände in die Luft. »Genau, was ich ihm g'sagt hab, aber er hat ja nicht auf mich gehört! Erst später, als sie uns eindeutige Botschaften haben zukommen lassen.«

»Das Wildsaufell«, folgere ich.

Den Roßhauptner schüttelt's bei dem Gedanken, und ich gieße ihm Bärwurz nach. »Bei mir lag das Fell vor der Tür, beim Rosenberger der abgezogene Kadaver. Er hat die Schweinerei gerade noch wegräumen können, bevor seine

Alte heimkam. Dann hat er gesagt, er würde jetzt lieber einlenken, es wäre ihm doch zu heiß geworden …«

»Aber?«

»Weg war's«

»Wie jetzt?«

»Mei, als er das Nashornhorn übergeben wollte, war's verschwunden!«

KARMAMÄSSIG

Der Roßhauptner legt für einen Moment das Gesicht in die Hände, dann blickt er wieder auf. »Kannst du dir vorstellen, was ich für eine Panik geschoben hab? Ich wusste ja, jetzt machen sie uns hin, ziehen uns womöglich bei lebendigem Leib die Haut ab, wie der Wildsau! Anfangs hab ich ihm das gar nicht glauben wollen, dass das Nashornhorn weg ist. Ich meine, es wusste doch niemand davon, dass er überhaupt eins bei sich daheim rumliegen hat. Aber dann habe ich ihm angesehen, wie nervös er war, und hab g'wusst, es stimmt. Das Horn war tatsächlich verschwunden. Ich war schon so weit, mir einen Strick umzulegen, da ruft er mich am Mittwoch an und meint, er hätt eine Lösung ...«

»Eine Lösung«, wiederhole ich nachdenklich und stelle gleichzeitig fest, dass diese Lösung nicht funktioniert hat. Dann kommt mir das Pulver am Schraubstock in der Werkstatt vom Rosenberger wieder in den Sinn. Und der Umstand, dass mir noch was anderes aufgefallen ist, oben in seiner Pseudojagdhütte. So ganz habe ich es noch nicht beieinander, aber ich nähere mich an.

»Wieso hast du das nicht alles der Polizei erzählt?«

»Spinnst du?! Damit meine einzige Chance dahin ist, lebend davonzukommen? Ich verschwind nämlich, heute Nacht noch. Ins Ausland.«

»Wohin?«

Er deutet mir den Vogel. »Sag ich dir nicht. Und zwar nicht, weil ich denke, dass du mich unter normalen Umständen verraten würdest. Aber, das musst du schon verstehen, für den Fall, dass sie dich foltern, muss ich auf Nummer sicher gehen.«

»Roßhauptner, du Arschloch! Hätt ich dich nur bei der Ngo im Käfig gelassen.« Ich trinke jetzt auch einen Schnaps. Wenn dieser Aff keine Aussage macht, bin ich wieder der Gelackmeierte. »Meinst du, du kommst denen so einfach davon? Dafür bist du doch gar nicht der Typ.«

»Das lass mal meine Sorge sein.«

Kreizdeife, dieser sture Hund. Entweder ich gehe das jetzt subtil an und überrede ihn zu einer Aussage, oder ich muss ihn bei mir einschließen und rufe dann den Lechner an. Wobei der wahrscheinlich immer noch beim Pauli hockt und deshalb heute nicht mehr zu gebrauchen ist. »Warum bist du denn überhaupt zu mir gekommen, wenn du mir eh nicht helfen willst, meine Unschuld zu bestätigen?«

Er hält mir sein Glas hin, und ich schenke ein. Schnell kippt er es runter und bekommt auf einmal wässrige Augen. »Ich hab schon dem Nashorn gegenüber so ein schlechtes Gewissen. Auch wenn das vermutlich schon hin war, bevor der Rosenberger sich auf den Handel eingelassen hat. Das Tier war demnach eh nicht mehr zu retten, aber … ich wollte mich wenigstens dir gegenüber erkenntlich zeigen. Vielleicht kannst du der Polizei mit diesen Informationen glaubhaft machen, dass du es nicht warst. Auch ohne meine Aussage.«

»Himmelherrgott, du hättest ja zumindest zu Protokoll

geben können, dass es die Ngo war, die dich entführt und eingeschüchtert hat.«

»Eigentlich hat mir diese Ngo nur einmal am Tag was zu essen gebracht und meinen Eimer geleert, also den ... du weißt schon.«

Madame Ngo hat den Eimer geleert. Irgendwas an diesem Satz macht mich stutzig, und zwar nicht nur der Umstand, dass Madame Ngo nicht so ausschaut, wie wenn sie jemals jemandes Eimer leeren würde. Nein, mir fällt auch die Bemerkung wieder ein, dass große Kraft nötig war, um das Geweih so tief in den Ranzen vom Rosenberger zu treiben ... Allerdings macht die Vietnamesin Tai-Chi und wer weiß was alles für asiatische Kampfsportarten.

Ich appelliere nochmals an den Roßhauptner, zur Polizei zu gehen, aber der schüttelt den Kopf wie ein trotziges Kindergartenkind. Woraufhin ich ihm einen Schnaps zuführe. Einen, noch einen und noch viele mehr. Als der Bärwurz leer ist, steht der Roßhauptner auf. Er wankt und macht mir nicht den Eindruck, dass er sich heute noch ins Ausland absetzen könnte. Samariterhaft, wie ich veranlagt bin, biete ich ihm meine Couch an. In den sauren Apfel mit seinen verdreckten Klamotten auf meinem Bezug muss ich jetzt einfach beißen. Er schafft es gerade so ins Wohnzimmer und schnarcht schon, bevor er das Polster berührt.

Da fällt mir ein, dass ich ihn noch was hätte fragen wollen. Irgendwas, das mir kurzzeitig ziemlich wichtig erschienen ist, nur komme ich jetzt selbst nicht mehr dahinter. Außerdem hat der Roßhauptner vorhin noch was gesagt ... Zefix, mein Hirn war schon wesentlich zuverlässiger. Wie auch immer, ich muss in die Gänge kommen, bevor er seinen Rausch

ausgeschlafen hat. Trotz aller Bedenken rufe ich den Lechner an.

»Nicht mehr fahrtüchtig«, meldet er sich, als könnte er,
vom Alkohol benebelt, meine Ansinnen bereits erahnen. Wie
befürchtet ist mit meinem Polizistenfreund heute nix mehr
anzufangen, deshalb überlege ich es mir anders. Es reicht
auch, wenn ich ihn morgen auf den aktuellen Stand bringe.
»Ich wollte mich nur ordnungsgemäß abmelden für heute«,
verkünde ich.

»Du mich auch!«, erwidert der Lechner. »Und stell mir
bloß nix mehr an heut, ich will auch mal Feierabend machen.«

Den hat er doch schon seit dem frühen Nachmittag! Ohne
ein weiteres Wort lege ich auf und schaue auf die Uhr. Es ist
kurz vor der Tagesschau. Was kann ich heute noch reißen?
Als Erstes krame ich meinen Laptop hervor und recherchiere
im Internet. So ein Nashornhorn kann bis über einen halben
Meter lang sein und wiegt mindestens drei Kilo. Das kann
man sich vielleicht untern Arm klemmen, aber versteckt in
der Mantelinnentasche kann man damit nicht rumlaufen.
Wer hatte demnach Gelegenheit, das Horn beim Rosenberger
mitgehen zu lassen? Immer vorausgesetzt, seine Frau hat es
nicht beiseitegeschafft. Die hatte ja eigentlich die beste Gelegenheit. Und – so wie ich sie kennengelernt habe – auch den
nötigen Weitblick, um zu erkennen, dass sie ihren Mann damit sauber in die Bredouille reiten kann.

Aber besitzt sie auch die kriminelle Energie? Hat sie erkannt, dass ihr hier eine ungeahnte Möglichkeit geboten
wurde, um den untreuen Gatten loszuwerden? Ich überlege,
ob es was bringt, noch einmal zur Rosenbergerin hinauf-

zufahren. Ohne den Lechner an meiner Seite wird sie mir gar nicht erst aufmachen, nehme ich an.

Was für Optionen habe ich sonst? Wer ist in den Tagen vor dem Mord noch im Haus des Jägers gewesen? Die Fischer Moni? Ja, bei der könnte ich anfangen.

Da ich schon dabei bin, lese ich noch einen Artikel, der sich mit den Abnehmern von Nashornhörnern auseinandersetzt. Keratin-Junkies kaufen ihren Stoff in der Regel und je nach Liquidität in kleinen schokoladenstückgroßen Blöcken. Irrsinn ist das, völliger Irrsinn.

Ganz hinten im Schrank finde ich meine Winterjacke. Sie anzuziehen kostet mich ein wenig Überwindung. Ich mag die kalte Jahreszeit nicht besonders, und wenn ich die wattierte Jacke überstreife, lade ich den Wetterumschwung quasi zu uns ein. Das ist so, wie wenn man einen Regenschirm mitnimmt. Auch damit fordert man das Tiefdruckgebiet förmlich heraus. Karmamäßig, meine ich. Aber es hilft leider nix, und so ziehe ich los. Es wird ohnehin eine elendige Sucherei, weil ich keine Ahnung habe, wo es die Fischerin an einem Samstagabend hinzieht. Solange sie im Ort bleibt, bin ich zuversichtlich, sie zu finden, denn da ist die Auswahl nicht so groß. Ist sie allerdings nach Passau unterwegs, kann ich es knicken. Gut, vielleicht pflegt sie den Raik nach seinem Unfall. Leider weiß ich auch nicht, wo der wohnt, und ein weiteres Mal beim Lechner anzurufen, wäre reichlich vermessen. Ganz abgesehen davon, dass ich mir ohnehin nicht zutrauen würde, bei dem Polizisten aufzukreuzen, wenn er gerade sein lädiertes Knie massiert bekommt.

Weil ich so konzentriert am Rumspekulieren bin, fällt mir viel zu spät auf, dass da an der Friedhofsmauer ein schwarzer

Mercedes parkt. Das registriere ich quasi erst, als es anfängt, zwischen den Schulterblättern zu jucken. Ich habe schon die Hand am Türgriff von meinem BMW, da tritt sie aus dem Schatten vom Kriegerdenkmal. Mir wird klar, dass sie den Roßhauptner beschattet und ihn sehr wahrscheinlich in mein Haus hat gehen sehen, die Madame Ngo. Nun ist es ja nicht so, dass die Vietnamesin mich kennen würde, nur hat sie dummerweise ihren Koch dabei, und der Herr Duc weiß durchaus was mit meiner Person anzufangen. Hätte ich nur gleich auch noch eine Pudelmütze aufgezogen.

Der Koch vom Saigon hat jetzt kein Küchenmesser mehr in der Hand, sondern eine Pistole. Nicht dass er damit auf mich zielen würde. Nein, das tut er nicht. Er weiß sehr wohl, es reicht völlig aus, mir zu zeigen, dass er bewaffnet ist. Und sein aufgesetztes Lächeln kann mich jetzt auch nicht mehr beeindrucken.

KOSAKENMÜTZE

Ganz ehrlich, ich bin enttäuscht, dass der Herr Duc sich von seiner Chefin so einspannen lässt, für Zwecke, die weit über seine Stellenbeschreibung hinausgehen. Enttäuscht, weil ich ihn bisher irgendwie sympathisch gefunden habe.

»Ja, bitte?«, frage ich und gebe mich unbedarft, ohne viel Hoffnung, dass mir das gelingt.

»'aben Sie gesproche mit 'errn Rossi?«, will die Madame Ngo wissen. Sie ist eingepackt wie eine russische Oligarchengattin beim Weihnachtsshopping in Nowosibirsk. Was man verstehen kann, denn die Vietnamesen reagieren auf unser raues Klima bestimmt recht empfindlich. Da braucht man auch Anfang Oktober schon einen Pelzmantel und eine Uschanka aus Kaninchenfell. Auch der Herr Duc ist wetterfest vermummt bis unters Kinn. Mit dem Anorak, in dem er steckt, kann man wahrscheinlich auch die Arktis durchqueren. Aber klar, die beiden stehen vermutlich schon eine ganze Weile hier herum.

»Herr Rossi? Wer soll das sein?« Ich stelle mich dumm und muss dem Roßhauptner gedanklich fast ein bisschen meine Bewunderung aussprechen, dass er für dieses illegale Geschäft auf einen Tarnnamen zurückgegriffen hat.

Die Hand, in der Herr Duc die Waffe hält, zuckt ein wenig. Gerade nur so viel, dass es mir auffällt. Was meine Ahnung, der Duc ist gar kein gelernter Koch, untermauert, schließlich kann er ja nicht mal einen Granatapfel spritzerfrei zerlegen. Die Kirchturmuhr schlägt einmal an. Viertel nach acht. Es ist nicht damit zu rechnen, dass hier demnächst noch Leute vorbeikommen. Nicht hier in der Ecke, nicht um diese Zeit.

»So, wir gehe' 'och, sage' gute Tag zu 'errn Rossi.«

Ob der Roßhauptner heute überhaupt noch was von sich gibt, wage ich zu bezweifeln. Doch das wird die beiden vermutlich nicht sonderlich interessieren.

»Gut, dann schauma mal, ob wir ihn finden, den Herrn Rossi«, gebe ich mich geschlagen. Handlungsfähig zu bleiben, wird nicht gerade einfacher, wenn die Angst einem ins Gehirn kriecht. Richtig gute Optionen, die mich aus dieser verzwickten Lage retten könnten, wollen mir ums Verrecken nicht einfallen, während wir im Tross über die Straße gehen. Ich brauche etwas länger, um das Schlüsselloch zu finden. Im Flur springt das Treppenhauslicht an. Widerwillig stapfe ich hinauf in den dritten Stock, dicht gefolgt von den Vietnamesen. Sonst regt sich die Frau Hübl immer auf, wenn ich zu laut im Treppenhaus bin. Streckt ihren Schädel aus der Tür wie eine alte Hex und stößt die übelsten Verwünschungen gegen mich aus. Ausgerechnet heute aber sind offenbar die Batterien von ihrem Hörgerät leer, und so kommen wir leider unbemerkt bis in meine Wohnung.

Vorsichtshalber behalte ich meine Winterjacke an. Besteht so doch immerhin die geringe Chance, dass die zahlreichen Schichten an Isoliermaterial eine eventuell auf mich abgefeuerte Kugel ein wenig dämpfen. Die Hoffnung stirbt bekanntlich zuletzt.

Während die Madame Ngo unaufgefordert bis in die Küche

durchmarschiert und dort am Tisch Platz nimmt, biegt der Herr Duc ins Wohnzimmer ab, gerade so, wie wenn er sich hier auskennen würde. Ich höre den Herbert aus einer Ecke heraus fauchen, bevor er Reißaus nimmt und zwischen meinen Beinen hindurch ins Schlafzimmer flitzt. Wäre auch zu schön gewesen, wenn mein Kampfkater den Herr Duc angesprungen, entwaffnet und so lange mit seinen Krallen und Zähnen traktiert hätte, bis der die Flucht ergreift.

Indessen hat der vietnamesische Koch den Roßhauptner unter der selbstgehäkelten Wolldecke von meiner Mama gefunden und zerrt ihn vom Sofa. Ich verharre wie erstarrt im Gang und schaue ihm dabei zu, wie er den Albin mehrfach abwatscht, ohne dass der deutlich wacher wird.

»Bärwurz«, gebe ich als Erklärung zu bedenken, als der Duc mich mit seinem stets freundlichen Gesicht anblickt. Wie kann einer, der so nett schauen kann, so eine fieser Hundling sein? Ich frage mich gerade ernsthaft, ob der Duc nicht nur ein Handlanger, sondern vielleicht sogar der Kopf der Nashornmafia sein könnte. Er wär perfekt getarnt als Koch, mit einem alten, rostigen Suzuki-Jeep und seinem antiken Nokia-Handy, das die Polizei einkassiert hat, als sie mich verhaftet haben. Zefix, hoffentlich findet die KTU etwas Verdächtiges darauf, was es rechtfertigt, einen Großeinsatz auszulösen.

Besagter Hundling lässt schließlich doch vom Roßhauptner ab, kommt zu mir und schiebt mich unsanft zu seiner Chefin in die Küche. Ich erhalte die Empfehlung, mich zu setzen. Madame Ngo indes behält ihre Kosakenmütze auf dem Kopf und fixiert mich herausfordernd. Ihr Koch bleibt in meinem Rücken, an die Anrichte gelehnt, stehen.

»Wo ist 'orn?«

Gefriertruhe, schießt es mir in den Sinn, ohne dass ich auch nur den Hauch einer Ahnung habe, woher mir der Gedanke zugeflogen ist. »Nicht bei mir! Die Polizei hat gestern alles gründlich durchsucht.« Keine Ahnung, ob sie das beeindruckt, zeigen tut sie es jedenfalls nicht. »Hören Sie, Sie sind bei mir komplett falsch und …«

»… und?«

»Und selber schuld«, sage ich, weil das einfach mal rausmuss. »Hätten Sie den Jäger nicht unüberlegt um die Ecke gebracht, wüssten Sie jetzt, wo Sie suchen müssen. Ich … und der Herr Rossi, wir wissen jedenfalls nicht, wo der Rosenberger es versteckt hat.«

Sie neigt sich ein bisschen weiter über den Tisch, diese alte Giftschlange. »Roseberg 'at versucht dreist bescheiße uns. Bring' uns nur kleine Stück, statt ganze Ware wie vereinbar'. Und meint, wir so dumm und akzeptiere. So war Geschäft mit die Rossi nickt ausgemacht. So nickt! Außerdem wir überprüfe Stück, und Labor sagt, is' 'orn von 'irsch«, zischt sie mir entgegen.

»'orn von 'irsch«, wiederhole ich und verstehe nun endlich, was ich beim Rosenberger in der Werkstatt vorgefunden habe. Weil ihm das Nashorn abhandengekommen ist, hat er eins seiner Hirschgeweihe von der Wand genommen und es mit der Säge so portioniert, dass es wie eines dieser Stücke ausgeschaut hat, welche die Nashorndealer unter die Leute bringen. Und freilich sind sie ihm draufgekommen, weil der Rosenberger, was das Dealen angeht, ein elendiger Dilettant ist.

Genau wie ich. Ich bin diesen Saukrüppln doch gerade recht gekommen in meinem Rausch. Nur darum hat mich der Herr Duc nicht gleich abgemurkst, als ich gestern bei ihm im Restaurant war. Und als ich oben im Pufferholz unterwegs war, hat er mich beobachtet, wie ich über die Leiche vom Rosenberger gestolpert bin und überall sauber meine DNA-Spuren hinterlassen habe. So muss es gewesen sein. Eine andere Erklärung gibt es nicht. Ich war der perfekte Sündenbock, und vermutlich brauchen sie mich immer noch dafür.

Es mag dieser Gedanke sein, der meine Furcht vor diesen skrupellosen Verbrechern etwas zähmt. Die Überlegung, dass es ihnen nix bringt, mich über die Klinge springen zu lassen, solange sie ihren begehrten Schatz nicht haben. Befreit von der Todesangst, fühle ich sofort, wie mein Gehirn wieder zu arbeiten beginnt. Wobei mich das keineswegs zurechnungsfähig macht, denn in himmelschreiender Tollkühnheit unterbreite ich der Vietnamesin einen Vorschlag. »Ich kann's für Sie finden«, behaupte ich, so kaltschnäuzig wie Charles Bronson persönlich.

ZAMMLEITN

Ich bleibe am Leben. Vorerst. Ebenso der Roßhauptner. Wobei der Herr Duc bei dem Tierschützer womöglich davon ausgeht, dass er die Alkoholvergiftung ohnehin nicht übersteht. Mich jedenfalls lassen sie ungeschoren, weil ich jetzt einen Auftrag habe. Und vierundzwanzig Stunden Zeit.

Davon verschlafe ich erst mal acht, weil ich so fertig bin von der ganzen Bedrohung für Leib und Leben. Eigentlich wundert es mich, dass ich überhaupt Schlaf gefunden habe. Da muss die seelische Erschöpfung schon immens gewesen sein. Dankenswerterweise habe ich danach einen klaren Geist, den ich auch brauchen werde, wenn ich die Nummer noch zu meinen Gunsten entscheiden will. Und noch etwas anderes ist mir wieder präsent. Der Schleier aus Alkoholdunst und Verdrängung hat sich zu guter Letzt aufgelöst. Ich weiß wieder, woher das Geweih stammt, dass im Ranzen vom Rosenberger steckte. Und auch, von wem das Blut an meiner Jacke herrührt. Endlich ergibt alles einen Sinn. Jetzt brauche ich den Tathergang nur noch zu belegen. Idealerweise in Verbindung mit einem Geständnis, aber das wird ein harter Brocken.

Der Roßhauptner liegt immer noch regungslos zwischen Kanapee und Wohnzimmertisch, dort, wo ihn der Duc hat liegen lassen. Kein Stück hat er sich bewegt, nicht einmal, als der Herbert ihn irgendwann im Laufe der Nacht angepinkelt hat. Genau ins Genick, weshalb es mich davor graust, ihm näherzukommen, um nach seinem Puls zu fühlen. Später, sage ich mir, zuerst habe ich eine Mission zu erfüllen.

Nachdem das weitere Vorgehen feststeht, begebe ich mich zuallererst auf den Vorplatz unserer Pfarrkirche Sankt Vitus. Frühzeitig und lange bevor die Glocken im Turm zum Gottesdienst rufen, denn ich will niemanden verpassen. Es ist zugig hier. Herbstkaltes Nebelwetter, das einem schon mal den Geschmack des Winters auf die Zunge legt. Jetzt bin ich heilfroh über die unförmige Daunenjacke. Und die gestrickte Mütze, für die die Mama eine arg kratzige Wolle verwendet hat. Man könnte meinen, mit Absicht, damit ich unentwegt an sie denken muss.

Auf halbem Weg an der Kirchengemeindeverwaltung vorbei, bemerke ich, dass die Porzellanreibe in der Innentasche meiner Winterjacke steckt. Ich kann mir nicht erklären, wann und warum ich sie eingeschoben habe. Ich weiß nicht einmal mehr, wo sie seit Freitag war oder warum ich sie der Polizei nicht als Beweismittel ausgehändigt habe. Mit meinem Kopf scheint noch immer nicht alles in Ordnung zu sein.

Die ersten Kirchgänger betreten den Platz, noch ehe das Zammleitn über den Ort und bis hinaus in die umliegenden Dörfer hallt. Der Schöpfer ruft, und sie kommen. Bei uns klappt das immer noch erstaunlich reibungslos. Es ist einfach besser, man bringt den Herrgott nicht gegen sich auf, so nach dem Prinzip *sicher ist sicher*. Viele von denen, die sich nach und nach einfinden, gehen gleich rein, in der Hoffnung, dass es drinnen wärmer ist, oder um einen guten Platz zu ergattern. Einen, von dem aus man nicht nur den Pfarrer gut im Blick hat, sondern auch die Leut. Um schon mal genauer diejenigen zu studieren, über die man sich im Anschluss beim Frühschoppen oder beim nachmittäglichen Familienkaffee das Maul zerreißen will. Gerade so, wie man es halt jeden Sonntag macht. Freilich bleiben auch welche vor der Treppe zum Kirchenportal stehen, rauchen noch eine und holen sich kalte Nasen und Ohren beim Tratschen.

Die, die ich zu sehen gehofft habe, ist nicht darunter. Dafür entdecke ich auf der anderen Seite vom Kirchplatz, wie sich jemand an der Ecke von der Apotheke rumdrückt, wo es runter zum Marktbrunnen geht. Der Raik kommt mir vor, als wäre er in ähnlicher Erwartung wie ich. Entweder das, oder er bespitzelt mich. Zwar macht er im Moment den Eindruck, mich über die Köpfe der Kirchgänger hinweg noch gar nicht bemerkt zu haben, aber er kann auch nur so tun, weil er gespannt hat, dass ich zu ihm rüberschaue. Da es mir mittlerweile recht unwahrscheinlich vorkommt, dass die Fischerin sich heute noch ihre Kommunion und ihren Segen abholt, nehme ich die Treppe runter zum Friedhof. Bis der Raik sich durch die ganzen Leute durchgewurschtelt hat, dürfte ich außer Sicht sein. Noch dazu, wo er nach wie vor humpelt.

Im nächsten Moment trete ich selber deppert auf, und mein Knie lässt aus. Weil ich zu viel Schwung habe, fährt mir ein schmerzhafter Stich hinein, und ich kann mich gerade so abfangen. Mir tränen die Augen; was das Humpeln angeht, ist es zwischen dem Raik und mir jetzt wieder ausgeglichen. Mehr schlecht als recht schaffe ich es zurück auf die Marktstraße. Da es mit dem Bein einfach nicht besser wird, schlüpfe ich nach weiteren dreißig Metern in die Hofeinfahrt vom Kirchenwirt, die praktischerweise gerade offen steht, und verberge mich hinter der Granitsäule beim Tor. Direkt über mir befinden sich die Fenster der Gaststube. So kann ich hören, dass nicht alle von der Gemeinde in die Kirche, sondern einige gleich ins Wirtshaus abgebogen sind. Meine Konzentration gilt jedoch der Straße. Schon bald vernehme ich schwere Schritte, die vom Kirchplatz her in meine Richtung unterwegs sind, und halte die Luft an. Ich wage es nicht, um die Ecke zu linsen, sehe aber im Schaufenster der gegenüberliegenden Reinigung gespiegelt, wie der Raik in eierndem Gang vorbeihetzt. Was hat der bloß mit mir? Treibt ihn nach wie vor die Eifersucht? Hat er immer noch nicht kapiert, dass ich nichts von der Fischer Moni will?

Womöglich hat er ja vorhin dieselbe Idee gehabt wie ich und die Fischerin vor ihrem Kirchgang abpassen wollen. Was mich verwundert, denn als ihr Stecher – oder zumindest als einer von ihren Stechern – müsste er doch wissen, wo die Moni wohnt. Was wiederum nur bedeuten kann, er war heute morgen schon bei ihr, sie jedoch nicht da. Hat ihn das zu der absurden Idee veranlasst, sie könnte bei mir sein? Um nach gemeinsamer Nacht zusammen mit mir den Gottesdienst zu besuchen? Also bitte, so abgedrehte Gedanken kann man doch nicht einmal haben, wenn man aus Erfurt kommt! Oder war's Gera? Ist letztlich auch wurscht. Ich bleibe noch ein wenig hinter meiner Säule stehen und ringe um einen Entschluss. Wenn er mich verfolgt, um die Moni zu finden, könnte das umgekehrt ja ebenso funktionieren.

Ich mache mir bewusst, dass das Henkersbeil bereits in meinem Nacken liegt und keine Zeit mehr zum Zaudern bleibt. Dann nehme ich entschlossen die Fährte auf.

Obwohl ihn der Aschenbrenner angefahren hat, ist er

nicht so langsam unterwegs, wie ich gedacht habe. Und keineswegs unaufmerksam. Nachdem ich ihn gerade noch die Schulstraße hab runterhetzen sehen, verliere ich ihn aus den Augen, als er hinter einem dort abgestellten Lieferwagen verschwindet. Ich beeile mich, auch wenn mich das auffälliger macht, als mir lieb ist. Erst auf den letzten Metern pirsche ich mich an den Kastenwagen heran, um den der Raik vor zwanzig Sekunden gebogen ist und sich damit meinem Sichtfeld entzogen hat. Die Kreuzung ist von hier gut einsehbar. Er ist nirgends zu entdecken. Eigentlich müsste er sich vor einer halben Minute das Gleiche über mich gedacht haben, denn genau genommen verfolgt er ja mich. Es gibt demnach nur eine Möglichkeit. Er hat gemeint, ich bin runter in die Unterführung und habe damit ungesehen die Hauptstraße unterquert. Danach fällt die Straße steil ab, runter zu den Gebäuden der Grund- und Mittelschule. Der einzige Abschnitt, den man von hier aus nicht überblicken kann. Wo meint er denn, dass ich hinwill?

Es gibt eh keine Option, also folge ich ihm möglichst leise die Granittreppe hinunter und hinein in den düsteren Tunnel. Wie es sich für eine anständige Unterführung gehört, stinkt auch die unsere fürchterlich verbrunzt. Spinnweben ranken sich girlandenhaft die stockfleckige Betondecke entlang. An den Wänden hat's Graffiti wie in der Großstadt, bei uns allerdings unter sozialpädagogischer Aufsicht von Grundschülern gemalt. Damit die Kleinen schon früh lernen, wie man es nicht macht. Der Ausgang ist trotz des trüben Tages ein helles Rechteck.

Und genau dort passt er mich ab, verschanzt hinter Hagebuttensträuchern. Ich bin auch zu blöd, mir einzubilden, er hätte mich nicht bemerkt, der Hundling. Blitzschnell packt er mich am Kragen und reißt mich zu sich heran. Die Stacheln des Geästs verhaken sich in meiner Daunenjacke.

»Wer war die Sauhaggsch?«

»Wer?«

»Nu, den im weißen Auddo, den haste doch gekannt, gib's zu!«

»Mobiler Pflegedienst«, sage ich, woraufhin er noch mehr an mir rüttelt.

»Unvärantwortlich, disch hier frei rumlofen zu lassen«, zischt er, als er einsieht, dass ich ihm nicht mehr zu sagen habe. Dafür, dass er noch keine dreißig ist, hat er bereits ungesund rote Wangen. Seine Augen sind grau und stürmisch wie die Ostsee.

»Und ens sog isch dir, lass die Griffl von där Moni!«

Aha, langsam kommen wir auf den Punkt. »Ich will doch gar nix von der Fischerin, also ... nix Zwischenmenschliches. Nur eine Auskunft.«

»Über was?« Beim Sprechen knirscht es von hinten heraus, von den Backenzähnen. Das ist auf Dauer nicht gut für den Zahnschmelz, aber das behalte ich für mich. Was ich stattdessen zu sagen habe, dürfte Reizthema genug sein.

»Es hätt mich interessiert, wie es ihr so gefallen hat, in der Jagdhütte vom Rosenberger.«

Dünnes Eis, ich weiß, aber wie schlimm kann es noch werden, jetzt da ich ein Ultimatum von der Nashornmafia vor der Nase habe?

»Rosenberger! Jagdhütte? Die Moni hatte nichts mit dem Rosenberger«, beteuert er.

Ich bohre noch ein wenig in der Eifersuchtswunde herum.

»Jetzt nicht mehr«, sage ich, und schon wird sein Griff wieder fester und meine Atemluft knapper. Wenn ich nicht so sicher wäre, dass es die Vietnamesen waren, dann wäre der Raik mein aussichtsreichster Kandidat, was den Mord an dem Jäger angeht. Während ich in seine hervorquellenden Augen blicke, quasi ins Angesicht dessen, was einen sonst vermutlich integren Mann völlig unzurechnungsfähig macht, kommt mir plötzlich etwas in den Sinn, was uns beiden helfen könnte. Ist es nicht erstaunlich, wie ich in dermaßen lebensbedrohlichen Situationen immer wieder so brillante Einfälle haben kann?

»Da war wirklich nix, zwischen mir und deiner Moni, und ich hatte auch nie irgendwelche Absichten«, versichere ich ihm erneut, obschon ich weiß, dass er mir nicht glaubt. Aber das war ja auch nur die Einleitung. »Wo sie sich momentan aufhält, das könnte ich freilich schon wissen.«

»Raus damit, du ...!«

»Erst loslassen!«, bitte ich mir aus.

Sein überhitztes Gehirn braucht noch drei, vier Sekunden, bis es den Befehl an seine Hand weitergibt.

»Brav!«, lobe ich ihn. »Und jetzt hol dein Auto!«

HIGH NOON

Er fährt einen Golf. Einen Diesel. Das ist nicht sexy, zumindest nicht bei uns in der Gegend. Bauern fahren Diesel. Coole Polizisten sollten was anderes fahren. Ich kann wirklich nicht nachvollziehen, was die Fischer Moni an diesem Mann reizt. Womöglich steht sie ja auf Uniformen und Handschellen, doch das geht mich eh nix an. Hauptsache, er tut, was ich ihm sage, liebestoll, wie er ist. Ich zeige ihm, wo er lang muss. Obwohl ich ihn so weit gebracht habe, sich mit mir in ein Auto zu setzen, kann ich seine Skepsis immer noch spüren.

»Jetzt sei mal nicht so nervös, nur weil ein Mörder neben dir hockt!«, scherze ich. Prompt verreißt er das Lenkrad, und der Golf schlingert auf der nassen Fahrbahn. Während er ihn abfängt, flucht er unverständlich vor sich hin. Okay, wir teilen nicht denselben Humor. »Nur Spaß!«, kläre ich ihn auf und hebe beschwichtigend die Hände.

Ich und der Raik. Schwer zu erklären, wie es so weit kommen konnte, dass ich ausgerechnet mit diesem Greenhorn auf Mission gehe. Mit einem, der nix versteht von der Art und Weise, wie wir Niederbayern miteinander umgehen. Land, Leute, Traditionen, das ist ihm alles fremd. Und dennoch habe ich mich entschieden, ihm ein gewisses Vertrauen entgegenzubringen. Einerseits, weil es viel zu lang dauern würde, dem Lechner alles zu erklären. Bis mein Spezi kapiert, was

Sache ist, ist meine Zeit nach vietnamesischer Rechnung abgelaufen. Und zweitens … tut der Raik mir tatsächlich ein bisserl leid. Wegen dem, was die Moni mit ihm anstellt, aber auch generell, weil er es nicht leicht hat bei uns, so als Gastarbeiter. Im Grunde ist er nicht nur ein Fremdenlegionär, er ist vor allem eine arme Sau, gesteuert von seinen Hormonen. Da unterscheidet er sich gar nicht so sehr vom Aschenbrenner, auch wenn der von einer viel verwerflicheren Sucht getrieben wird.

Wenn ich richtigliege und sich meine Intuition als zuverlässig herausstellt – wovon ich ausgehe –, dann kenne ich nicht nur den Aufenthaltsort von der Fischerin, sondern auch den der begehrten Schmugglerware. Beides habe ich ihm in Aussicht gestellt: Er bekommt nicht nur die Gelegenheit, mit der Moni ein klärendes Gespräch zu führen, ich habe ihn auch damit geködert, dass er den Mord am Rosenberger aufklären kann. Er, der Polizeimeister, kann es dem Hauptkommissar aus Passau beweisen, vorausgesetzt, er stellt sich geschickt an. Und macht, was ich sage. Vielleicht sollte ich ja Seminare zur Selbstmotivation geben?

Was ich ihm verschweige, ist, dass er mir ganz nebenher auch noch das Leben retten muss.

»Jetzt links«, weise ich ihn an, und er biegt in den Feldweg ein. Die Schlaglöcher haben sich mit Regenwasser gefüllt. Kein Problem für den Dieselgolf. Es geht durch ein kleines Wäldchen, dann kommt der Hof in Sicht. Ohne jegliche Grundlage wächst dennoch meine Zuversicht, dass ich hier richtig bin.

Diesmal steht dem Maier Michl sein Wagen vorm Haus. Ein zusammengerosteter amerikanischer Ford-Pick-up.

Doppelt so alt wie sein Besitzer. Ein echtes Cowboy-Auto. High Noon. Gut, dafür sind wir jetzt eine Stunde zu früh dran, aber so was wie Mittagshitze ist heute ohnehin nicht zu erwarten, genauso wenig wie feinkörniger Präriesand, der uns in die Augen weht. »Ich hoffe, du hast deinen Colt dabei?«, frage ich. Der Raik bremst scharf und schaut mich verdutzt an.

»Diesmal mein ich's ernst«, kläre ich ihn auf.

»Ei verbibbsch! Haben wir denn Gegenwehr zu erwarten?«

Da war's wieder. Kreuzsakrament, wie soll man denn ein ernstes Gespräch führen, wenn man so ein *Ei verbibbsch* um die Ohren gehauen bekommt? Gegenwehr? Gute Frage. Ich habe keine Ahnung. Bedenkt man den Marktwert von einem Rhinozeroshorn, kann eine gewisse Nervosität der Beteiligten nicht ausgeschlossen werden.

»Um was geht's hier äscha genau?«, will er endlich wissen. Und ich hatte schon begonnen, an seinen kriminalistischen Fähigkeiten zu zweifeln.

Ich senke die Stimme. »Ganz heiße Kiste. Internationale Angelegenheit. Organisiertes Verbrechen. Skrupelloser Handel mit Hehlerware. Such dir was aus!«

Bevor er sich entscheidet, geht die Haustür vom Maier-Hof auf und der Michl kommt raus. Das Holzfällerhemd hängt ihm aus der Hose, als hätte er es grad noch schnell reingestopft, nachdem er in großer Eile in die Jeans geschlüpft ist. Dass er diesmal nicht seine Mutter vorschickt, mag daran liegen, dass sie noch nicht wieder vom Kirchgang zurück ist. Oder er will jemandem imponieren. Jedenfalls verleiht die Geste des persönlichen Empfangs dem Ganzen eine nicht zu vernachlässigende Schärfe. Wenn er jetzt auch noch ein

Gewehr dabeigehabt hätte, wäre ich wahrscheinlich sitzen geblieben. Eine High-Noon-Abrechnung überlässt man besser dem Sheriff.

Der Raik, so gar nicht sheriffmäßig, tut es mir gleich, scheint immer noch ratlos, was ihn hier wohl erwartet. Ich bin froh, dass er nicht gleich nach der Fischerin fragt, sozusagen aus der Hüfte. Das macht unseren Auftritt weniger peinlich.

Der Maier wirkt recht locker, nur sein übermäßig häufiges Blinzeln verrät, dass er nicht ganz der hartgesottene Viehtreiber ist, den er uns hier vorspielt.

»Ich rate mal«, kündige ich an. »Du warst neulich beim Rosenberger in der Jagdhütte, uneingeladen, versteht sich.«

Der Maier mahlt leicht mit dem Unterkiefer.

»Hat dich deine Moni draufgebracht, das Ding mitzunehmen?«

»Das is' nisch seine Moni!«, mischt sich der Raik ein und zieht kampflustig den Kopf zwischen die Schultern.

»Deine aber auch nicht!«, kontert der Maier und ballt die Fäuste. Das entwickelt sich jetzt nicht ganz in die Richtung, wie ich es geplant hab.

»Ich gehör gar niemanden!«, ruft es im nächsten Moment aus dem Hausflur. Und dann kommt sie auch schon angeschwebt, die rotblonden Locken reichlich zerzaust. Pheromonell immer noch schwer angereichert. Über dem für diese Jahreszeit zu kurzen, für Blasenentzündungen geradezu prädestinierten Röckerl trägt sie nur eine dünne Bluse, und sie friert. Vermutlich weil sie auch noch barfuß daherkommt.

»Interessiert mich einen Scheißdreck, wer da wem gehört

290

oder nicht«, stelle ich klar. »Ich brauch das Horn, sonst murksen sie uns alle miteinander ab!«

»Ist der Horst etwa wegen dem …?« Das war die Moni, der auf einmal die Unterlippe zittert.

»Horn?«, wiederholt der Raik. »Jetz' kapier isch gar nischts mehr!«

»Kapiert hast du ja noch nie was«, meint der Michl und lässt seinen Blick wieder zu mir wandern. »Is' ganz schön was wert, das Ding.«

Ich nicke. »Die Frage ist nur, ob's dir mehr wert ist als dein Leben … und das von der Moni.«

»Lasst bloß die Moni aus euren griminellen Geschäften raus, ihr Vollidioden!«, brüllt der Raik und stürzt sich mit hochrotem Kopf auf den Maier.

Nun ist der Maier zwar ein Cowboy, der womöglich das Talent besitzt, eine Kuh niederzuringen, wenn es sein muss; gegen einen Polizisten mit Kampfsporterfahrung macht er allerdings keine gute Figur. So viel zur erwarteten Gegenwehr. Ich bin beinahe enttäuscht, wie schnell der Raik den Maier auf dem nassen Boden hat. Der Cowboy bekommt sauber das Gesicht in den Kies gedrückt und gleichzeitig schmerzhaft einen Arm verdreht.

»Raus mit där Sprache!«, fordert der Raik, auch wenn er vermutlich keinen Schimmer davon hat, womit genau der Maier rausrücken soll. Der Jungbauer kann unter den gegebenen Umständen sowieso nur sehr eingeschränkt sprechen, weil er das Maul bereits voll mineralhaltigem Bodenbelag hat.

»Jetzt sag's ihm halt!«, verlangt nun auch die Moni, vermutlich weniger aus Mitleid, sondern weil es sie friert.

»Mmmpf!«, macht der Michl, was alles heißen kann. Sein

Kopf ist jetzt genauso rot wie der seines Bezwingers, der ihm auf dem Rücken kniet.

»Mmmpf, mmmpf!«

»Im Keller, in der Kühltruhe«, übersetzt die Fischerin.

Keller, Kühltruhe. Logisch. Ich hab's gewusst. Mein Verdacht wäre damit bestätigt. »Dann lass uns zwei mal nachschauen, solange die beiden noch so schön miteinander spielen«, sage ich.

Sie zuckt mit den Schultern, dreht sich um, und ich folge ihrer Duftspur ins Haus. Drinnen riecht es, wie es in alten Bauerhäusern üblicherweise riecht, herb und kräftig nach Kuhstall, Milchküche, Silage, verbranntem Kaminholz und Geräuchertem. Es ist dunkel im rundgemauerten Flur, und ich muss aufpassen, mich nicht zu stoßen, bei all dem Zeug, was hier rumsteht. Tatsächlich stolpere ich in der nächsten Sekunde über einen Gummistiefel. Als hätte ich es heraufbeschworen, fängt mein Knie wieder an zu protestieren. *Dreck, dreckerter Dreck!* Lang kann ich mich mit meinem Gebrechen nicht aufhalten, die Moni ist schon ein gutes Stück voraus. Ich beiße die Zähne zusammen, als es die Kellertreppe runtergeht. Aufdringlich setzen sich die Ausdünstungen von alten Kartoffeln und schimmligem Wurzelgemüse in meine Nase. Die Wände sind feucht, in den Ecken wächst der Grünspan. Teilweise ist der Boden nur gestampfte Erde. Das Haus muss von den Grundmauern her älter sein als das unsere daheim.

Wo noch Platz war, hat der Michl hier unten Gefriertruhen verteilt. Sarglange Ungetüme, von den der einst weiße Lack blättert, als hätte er eine Lastwagenladung davon bei Nacht und Nebel von einer Abraumhalde für Kühlaggregate geklaut. Die, die an den unverputzten Stromkabeln angeschlossen sind, brummen und vibrieren. Die Moni hebt bei der ersten den Deckel, schaut rein, macht wieder zu, geht zur nächsten. Deckel auf, kurzer Blick. Ich bekomme den Eindruck, sie tut nur so, als würde sie suchen. Will wohl den Verdacht zerstreuen, dass sie mehr weiß, als sie vorgibt. Bei der dritten wird sie schließlich fündig. Und lacht verlegen, als sie mich heranwinkt.

Ich stelle mich neben sie und spähe in die dampfende Kälte. Fleischpakete stapeln sich hier. Schlecht verpackt, unzureichend eingeschweißt. Gewildertes Wild, unsachgemäß zerlegt, von Gefrierbrand befallen. Eine Zumutung. Aber darum brauche ich mich jetzt nicht zu kümmern.

Das Gesuchte liegt obenauf. Lang wie mein Unterschenkel. In Folie gewickelt. Mir wird seltsam mulmig zumute. Ich spüre Wut und eine heftige Traurigkeit darüber, dass es tatsächlich wahr ist. Dass wirklich eines dieser beeindruckenden Tiere hat dran glauben müssen, für so einen Irrsinn und die Gier von ein paar wenigen. Ich schlucke trocken.

»Ich weiß nicht, ob das mit dem Einfrieren so eine gute Idee war«, knurre ich schließlich.

»Eigentlich wollten wir den Horst damit nur ärgern. Ich konnte doch nicht ahnen, wohin das führt.«

Höre ich da etwa Reue heraus?

»Er hat angegeben damit, als er mich in seine komische Jägerhüttn eingeladen hat. Letztes Wochenende. Da war seine Alte nämlich mit auf dem Ausflug von den Landfrauen, und er hatte sturmfreie Bude. G'sponnen hat er schon immer, der Horst. Jedenfalls hat er das Ding aus einer Kiste geholt, ist damit rumgelaufen und hat obszöne Bewegungen gemacht. Wollte, dass ich es anfasse ...« Sie grinst verlegen. »Es war wenigstens hart, im Gegensatz zu … Egal. Aber nachdem ich dem Michl erzählt hab, was der Rosenberger bei sich daheim versteckt … na ja.«

»Na ja«, wiederhole ich. Dann beuge ich mich hinab ins Eis und nehme das Horn aus der Gefriertruhe.

Mission accomplished!

TESTOSTERONSPIEGEL

Draußen hocken die beiden Streithähne auf dem Grand und rauchen. Der Maier hat eine aufgeschürfte Wange. Beide haben eine Halbe in der Hand und prosten sich zu. Es ist anzunehmen, dass im Grand ein Kasten kühl gestellt ist.

»Aha«, sagt die Moni. »Ist der Testosteronspiegel wieder unten?« Sie hockt sich zwischen die zwei Herren und bekommt auch gleich eine Bierflasche in die Hand gedrückt, gekonnt vom Raik mit dem Feuerzeug geöffnet. So zu dritt geben sie eigentlich kein schlechtes Bild ab, aber ich will jetzt nicht weiter darüber nachdenken, wohin diese Konstellation führen könnte. Jedenfalls wird die Fischerin, durch deren Bluse man deutlich sehen kann, wie kalt ihr hier draußen gleich wieder geworden ist, so von zwei Seiten gewärmt.

»Auch eine?«, will der Maier wissen, und ich frage mich, was ich für ein Bild abgeben mag, wie ich da so vor diesen jungen Leuten stehe, mit einem Rhinozeroshorn unterm Arm.

Ich schüttle den Kopf, drehe mich weg und rufe den Lechner an. Eh klar, dass er um die Zeit noch beim Frühschoppen hockt. Obwohl er genau weiß, dass bei ihm daheim um zwölf der Sonntagsbraten auf dem Tisch steht. Bis er einigermaßen verstanden hat, was ich von ihm will, ist mir der Arm lahm geworden von dem Horngewicht. Was ich da raushöre, ist es ihm gerade recht, dass er nicht heim zu seinen Lieben muss. Jetzt kann er nämlich einen Einsatz vorschieben, der Sauhund. Normalerweise täte mir seine Frau, die Klara, leid, weil sie so einen damischen Lackl als Mann hat, aber heute kann ich mir dieses Mitleid nicht leisten. Immerhin läuft meine Zeit ab.

Nachdem alles besprochen ist, rufe ich die Nummer an, die mir die Madame Ngo dagelassen hat.

Später fährt mich der Raik zurück. Wieso auch immer, auf einmal ist er sanft wie ein Lamm, will nicht mal wissen, was ich da in der Folie habe. Wobei, so wie sich die Plastikver-packung an die Form anlegt, braucht man dafür auch keine große Fantasie. Weshalb ich an seiner Stelle und in der Funktion als Ordnungshüter erst recht nachfragen würde. Nun, offensichtlich hat die Moni ihn verhext. Was mir gar nicht mehr unmöglich erscheint, nachdem ich eingesehen habe, dass sie eine rechte Hexe ist, die Fischerin.

NASHORNTRANSAKTION

Fünf Minuten bevor mein Ultimatum abläuft, fahre ich hinters Saigon und parke neben dem Suzuki vom Duc. Alles genau wie angewiesen. Also, nicht dass ich neben dem Karrn vom Duc parken soll, sondern dass ich hinters Haus zu fahren habe. Von der Straße aus nicht einsehbar. Dass mich die Vietnamesen direkt hierher bestellt haben, erscheint schon beinahe leichtfertig. Und ohne Frage ist es dreist. Was wollen die Ngo und ihr Handlanger damit demonstrieren? In jedem Fall deutet es darauf hin, dass es sich recht sicher fühlt, dieses Pack.

Obwohl Sonntagabend ist, wo man ja meinen könnte, dass der eine oder die andere auswärts isst, stehen keine Autos vorm Restaurant, abgesehen vom Mercedes der Madame. Am Eingang hängt ein Heute-geschlossene-Gesellschaft-Schild. Die Lichter in der Gaststube brennen, aber von einer Gesellschaft – die zu Fuß angerückt sein müsste – ist durch die Fenster nix zu sehen. Das ist schon sauber inszeniert, muss ich sagen. Rein vom Sicherheitsgefühl her wären mir ein paar Leute um mich herum schon sehr recht gewesen. Augenzeugen für den Moment, wenn ich das Horn gegen mein Leben eintausche, um es auf den Punkt zu bringen. Ich erinnere mich nur zu gut, wie mordlüstern der Duc dem Herbert nachgeschaut hat, als er in meinem Wohnzimmer den Albin bearbeitet hat. Und auch das Wildsaufell hab ich nicht vergessen, dass sie dem Roßhauptner vor die Tür gelegt haben. Da braucht man nicht groß Fantasie, wie so eine eindrückliche Warnung in Mafiakreisen ausschauen kann. Und das wäre ja nur der Anfang.

»Steigen wir jetzt aus, oder was?«, fragt der Albin. Sein Tonfall macht deutlich, er hat die Hosen voll. Doch trotz vollen Hosen hat er die vom exzessiven Bärwurzkonsum ausgelöste depressive Phase anscheinend überwunden. Der Roßhauptner war die zweite Bedingung seitens der Mafia. »Bringst die Rossi mit!«, hat der Duc am Telefon gesagt und gleich danach aufgelegt. Ohne mich zum Beispiel daran zu erinnern, jegliche Kommunikation mit der Polizei zu unterlassen.

Nachdem ich beim Maier das Horn sichergestellt und der Raik mich daheim abgesetzt hatte, habe ich den Albin im Wohnzimmer gefunden. Immer noch gefangen in seiner Rauschlethargie. Vielleicht hatte er wegen dem ganzen Stress mit den Vietnamesen auch schon mit dem Leben abgeschlossen und war am Warten auf den Boandlkramer. Aber nicht auf meinem Teppich, habe ich gebrüllt und ihn so lang und laut zusammengeschissen, bis er freiwillig aufgestanden ist. Nachdem ich ihm offenbart hatte, dass wir ins Saigon fahren, wollte er sich zwar gleich wieder hinlegen und sich aufs Sterben konzentrieren, aber den Gefallen konnte ich ihm nicht tun.

»Ja«, sage ich jetzt, »wir steigen aus. Bemerkt haben sie uns ohnehin schon, bei dem mäßigen Andrang, der hier herrscht.« Bevor ich die Autotür öffne, drehe ich mich noch mal nach hinten. Das Horn liegt auf der Rückbank. Ich habe ein wenig Bauchweh, weil der Maier, dieser Depp, es in die

Gefriertruhe gelegt hat. Was, wenn die Qualität darunter gelitten hat?

Es gibt keine Beleuchtung auf dieser Gebäudeseite. Alles Licht kommt von den fettvernebelten Fenstern der Restaurantküche. Der Roßhauptner und ich stehen aber noch gar nicht lange hier im Halbdunkel herum, da geht schon die Tür von der Küche auf, und der Duc tritt aus dem grellen Licht. Erst als die Tür hinter ihm zufällt, erkenne ich, dass er wieder seine Pistole dabeihat.

»Wo is 'orn?«

»Liegt im Auto.«

Mit vorgehaltener Waffe kommt er zu uns her und klopft uns einen nach dem anderen ab. »'andy?«

»Kein Handy, wie vereinbart«, bestätige ich. Unerwähnt lasse ich, dass meins angeschaltet und versteckt in meinem Kofferraum liegt. Zwecks der Ortung. Als Rückversicherung, falls was schiefgeht. Ganz blöd bin ich ja nicht.

»Einsteigen!«, verlangt er und deutet mit dem Lauf auf seinen Karrn. Der Roßhauptner und ich schauen uns an. Das war so jetzt nicht ausgemacht, aber sein Argument ist mit Blei gefüllt, weshalb man besser diplomatisch reagiert.

Der Roßhauptner will sich in Bewegung setzen, da fuchtelt der Duc mit seinem Schießeisen rum. »Du nix, nur die 'ygiene!«

Das bin dann wohl ich. Irritiert trete ich zu seinem Jeep. Die Scharniere von der Beifahrertür quietschen nach wie vor. Es graust mir vor dem dreckigen Sitz, aber ich hocke mich trotzdem hinein, wenn auch ohne die Tür zuzuschlagen. Mehr schlecht als recht beobachte ich im Rückspiegel, wie der Koch den Roßhauptner das Horn aus meinem Wagen in den Kofferraum von seinem Rostkübel umladen lässt. Danach kommt er zu mir an die Seite.

»Du warte!«, verlangt er und haut mir die Tür vorm Gesicht zu.

Gut, warte ich halt. Als wäre es mir nicht schon mulmig genug, bei dem, was hier abgeht. Beinahe wünsche ich mir, dass die Madame Ngo noch irgendwie dazukommt. Die ist immerhin in erster Linie Geschäftsfrau, da kann man gegebenenfalls noch verhandeln.

Ich schaue zu, wie der Koch dem Roßhauptner seine Pistole gegen das Rückgrat drückt und wie sie im Gänsemarsch zurück ins Haus gehen. Nach kaum einer Minute kommt der Duc alleine zurück, hockt sich wortlos hinters Lenkrad und legt sich die Pistole zwischen die Schenkel. Der Suzuki-Karrn springt sofort an. Ohne das Licht anzumachen, rumpeln wir über die Wiese hinterm Restaurant auf einen nahen Feldweg zu. Also nicht auf die Staatsstraße, sondern hinein in die nebelverhangene Pampa. Kreizkruzifix, so war's wirklich nicht geplant! Auf einmal kommt mir meine Vermittlerrolle bei dieser Nashorntransaktion wie eine echte Schnapsidee vor.

MÜLI

Wir fahren über die Grenze ins Österreichische. Vermute ich zumindest, denn der Duc nutzt Schleichwege, die ich nicht kenne. Aber ich schmuggle sonst ja auch nicht. Damit ist natürlich jegliche Chance dahin, dass mich der Lechner noch aufspüren kann. Respektive er zusammen mit dem Raik, den dieser Einsatz zu einem ordentlichen Polizisten machen soll. So mein Vorschlag, den er nicht ablehnen konnte, weil er sich endlich richtig dazugehörig fühlen möchte. Der Lechner und der Raik. Die einzigen beiden, die eingeweiht sind. Irgendwie kamen wir schnell überein, den Kriminalkommissar Reischl da rauszuhalten. Zumindest so lange, bis das Nashornhorn übergeben und die wahren Verbrecher durch den heroischen Einsatz von zwei Ortspolizisten überführt sind.

Im Nachhinein betrachtet, wäre es freilich besser gewesen, diese Aktion nicht beim Kellerwirt zu planen, Sacklzement! Und wie soll's jetzt bloß weitergehen? Auf meine Empfehlung lauern die zwei in dem Bushäusl, in dem ich gestern Posten bezogen hatte. Eigentlich sollen sie auf ein Zeichen von mir warten, um ihren Zugriff zu starten. Doch wir wussten alle, selbst wenn es mir aus irgendwelchen Gründen nicht gelingen sollte, das Licht im Saigon einmal aus und wieder an zu machen, würden sie schon draufkommen, wann der richtige Zeitpunkt ist. Von dem Unterstand aus kriegt man schließlich gut mit, was im Saigon passiert, und auch, ob jemand von dort wegfährt. Halt immer vorausgesetzt, diese Person nimmt die St2128.

Das Licht von der alten Gurke ist so schlecht, dass ich schnell die Orientierung verliere, weil der ausgeleuchtete Bereich kaum über die schmale Fahrspur hinausgeht und allenfalls zwanzig Meter in die Ferne reicht. Der Duc fährt quasi blind in die Nacht und damit ohne Frage eine Strecke, die er sehr gut kennt. Die Pistole klemmt fest zwischen seinen Oberschenkeln. Auch ohne mich explizit darauf hinzuweisen, weiß ich, ich soll das Maul halten. Deswegen habe ich bei dieser fragwürdigen Fahrt in die Nacht fürs Erste Zeit zum Nachdenken. Warum hat er mich mitgenommen? Warum nicht den Roßhauptner? Wieso ist die Madame Ngo nicht mit von der Partie? Soll ich ihm ins Lenkrad greifen? Aber der alte Karrn hat keinen Airbag, der mich vor Schlimmerem bewahrt, wenn wir gegen einen Baum krachen. Was passiert, wenn wir ankommen? Und wo wird das sein? Ist mittlerweile der Lechner-Raik-Zugriff im Saigon erfolgt? Vermissen sie mich schon? Man kann es nur hoffen.

Wir bewegen uns im Nirgendwo entlang des böhmerwäldlerischen Gebirgsrückens, so viel meine ich zu erahnen. Wenn mal irgendwo unverhofft ein paar Gebäude auftauchen, dann ohne dass diese Ansiedlungen Ortsschilder ihr Eigen nennen. Meine Angst, die schon lange eine ausgewachsene Scheißangst ist, steigert sich mit jedem Kilometer Fahrt ins Ungewisse. Was hat der Kerl vor? Will er mit mir rüber nach Tschechien? Wie konnte sich der Lechner, dieser Haubndaucha, nur so leicht von meiner Kompetenz und Einsatzbereitschaft überzeugen lassen? Selbst wenn ich die Gefährlichkeit der Vietnamesen-Mafia heruntergespielt und die Bedrohung durch eine Pistole verschwiegen habe … verantwortungslos ist dieses Verhalten, noch dazu von einem Beamten, allemal.

Ohne Vorwarnung biegt der Vietnamese in einen weiteren Feldweg ab. Über den Hebel neben der Gangschaltung drischt er den Allradantrieb rein. Es knirscht im Differenzial. Schlingernd quält sich der Karrn einen steilen, kurvigen Anstieg hinauf. Er nimmt Serpentine um Serpentine. Es knackt nicht mehr nur im Getriebe, sondern auch in meinen Ohren. Längst gibt es nur noch Wald um uns herum, und als der Baumbestand lichter wird, dämmert mir endlich, wo genau wir sein könnten. Als er anhält, weil der Weg aufhört, sind es fußläufig voraus nur noch ungefähr drei-, vierhundert Meter bis zur tschechischen Grenze. Steil bergauf, versteht sich. Wortlos fordert er mich zum Aussteigen auf und bedeutet mir, das Horn aus dem Kofferraum zu holen. Klar, ich bin jetzt sein Muli. Hat er deshalb mich ausgewählt und nicht den Roßhauptner? Weil ich ihm kräftiger vorgekommen bin?

Der Böhmerwind pfeift uns um die Ohren. Das war noch nie ein freundlicher Wind und von jeher eiskalt. Ein Vorgeschmack auf die Kälte des Grabes, denke ich, und das Horn in meinen Armen wiegt gleich noch ein paar Kilo mehr. Der Duc zieht den Reißverschluss seines Anoraks bis unter die Nase und zeigt mit der Waffe die Richtung, wo es langgeht.

Das Gras ist nass, die bemoosten Felsen sind glitschig. Man könnte meinen, dass der unwegsame Untergrund jede Minute blitzvereist. Wir verzichten auf eine Taschenlampe, das macht es natürlich noch schwieriger. Schlotternd stapfe ich voraus. Bereits nach wenigen Schritten fällt mir das Atmen schwer. Die Luft ist kalt und feucht, aber es ist vor allem die Angst, die mir den Brustkorb zuschnürt. Plötzlich klart es auf, und wir lassen den Nebel unter uns. Die verbesserten Sichtverhältnisse bestätigen meine Vermutung, was unseren Standort angeht. Ich blicke auf die Reihe der über die Kiefernwipfel hinausragenden Säulen, die ihre stählernen Arme in den schwarzen Nachthimmel recken. Dopplmayr steht dort auf Schildern, das weiß ich auch, ohne dass ich den Schriftzug wirklich lesen kann. Darüber ist eine Ziffer vermerkt. Numero zehn ragt direkt vor mir auf. Drei noch, denke ich, dann sind wir oben. Die Sessel sind noch nicht eingehängt, aber in zwei Monaten werden hier Skifahrer auf den Hochficht befördert.

Ich spüre etwas Hartes im Kreuz. Der Lauf der Pistole. Er treibt mich an, weiter die Liftschneise hoch. Es könnte an der Erschöpfung liegen, dass ich mit einem Mal eine ungeahnte Gelassenheit empfinde, obwohl hinter mir der Tod marschiert. Oder es liegt an der eisigen, reinen Bergluft, die zwar peinigend in den Lungen brennt, mir allerdings auch erstaunlich klare Gedanken beschert.

… *vom Geschäft mit die Rossi,* hat die Ngo gesprochen … und da war auch noch diese Aussage vom Roßhauptner, dass der Rosenberger ihn am Mittwoch angerufen hätte … Am Mittwoch? Am selben Tag, wo er angeblich selber von den Vietnamesen entführt wurde? Ich hätte den Lechner bitten sollen, noch mal ins Protokoll reinzulesen. Leider ist es jetzt dafür zu spät. Es hilft mir nicht mehr aus der Situation raus, in der ich stecke.

Bei Numero elf halte ich an und hieve mir das Nashorn auf die Schulter, weil ich es anders nicht mehr tragen kann.

»Aufi!«, verlangt der Duc, und ich könnte ihm eine reinhauen für sein Pseudobayerisch. Nicht nachvollziehbar, dass ich diesen Menschen mal sympathisch gefunden habe. Nach weiteren fünf schweren Schritten am Berg bin ich gedanklich wieder beim Roßhauptner. Nun kommt mir nämlich auch wieder in den Sinn, was ich ihn noch unbedingt hatte fragen wollen. Tatsächlich fallen mir jetzt, wo ich darüber nachdenke, Ungereimtheiten auf, die ich bislang schlichtweg nicht bemerkt habe.

»Du ziehst hier dein eigenes Ding durch, richtig?«, will ich wissen, wo wir ohnehin schon am Plaudern sind. »Ohne deine Chefin!«

»Aufi!«, wiederholt er. Er sagt es ohne jedes Anzeichen von Erschöpfung in der Stimme. Kondition hat er auch noch, diese g'stingade Wuidsau. Aber gut, von mir aus, er muss es nicht zugeben, ich habe ihn trotzdem durchschaut. Ich kann nur nicht abschätzen, ob mir diese Erkenntnis jetzt noch weiterhilft.

Numero zwölf.

Ich sehe das Gipfelkreuz. Wir sind jetzt über tausendvierhundert Meter Meereshöhe. Kein Wunder, dass ich so schwer schnaufe. Andere besteigen solche Bergriesen mit Sauerstoffgerät. Mein einziger Trost: Ab hier hin zur Bergstation wird es flacher. Gleich überm Gipfel drüben beginnt Tschechien. Einen Grenzzaun gibt es nicht mehr, und hier oben patrouilliert vermutlich auch keiner. Das nutzt dieser Saubeutel natürlich aus. Und nicht nur er. Von irgendwo oben raschelt es im Unterholz. Eine Eule ruft, und der Duc uhut im selben Singsang zurück. Jetzt ist es also gleich so weit, ich habe meinen Dienst getan.

Der Mond hat es nun endgültig durch die Wolken

geschafft, weshalb hier oben eine viel bessere Sicht herrscht. Das Auge hatte freilich derweil auch ausreichend Gelegenheit, sich an die Dunkelheit zu gewöhnen. Jedenfalls mache ich zwei Gestalten aus, die von Osten her auf uns zusteuern.

»'alt!«, befiehlt der Duc in Höhe von Liftstütze dreizehn. Einerseits und konditionell betrachtet bleib ich nur zu gerne stehen, andererseits wäre es für mein Weiterleben zuträglicher, wenn der Berg noch ewig dauert.

Im Mondlicht erkenne ich, dass es Asiaten sind, die sich über die abfallende Wiese nähern, die im Winter zur Skipiste wird. Uns trennen vielleicht noch ein gutes Dutzend Schritte, da uhut es erneut, diesmal nördlich unseres Standorts. Der Duc wie auch seine sich nähernden Kumpane oder Geschäftspartner fahren herum. Eine Eule zu viel, denke ich und wundere mich noch, dass man im Zeitalter der digitalen Telefonie kommuniziert wie einst die Abtrünnigen im Sherwood Forest – da antwortet bereits die Südflanke. Mit einem Mal weiß der Duc nicht mehr, wohin er zuerst zielen soll. Deshalb stopft er seine Knarre in die Anoraktasche und reißt mir das Nashorn von der Schulter. Er klemmt es sich unter den Arm wie ein Rugbyspieler das Ei und rennt auf die zwei Asiaten zu, die wie angewurzelt auf der unbeschneiten Piste stehen geblieben sind. Im selben Moment stürmen von links noch mehr Leute heran. Ich zähle vier, und alle tragen sie voluminöse Rucksäcke, wie wenn sie direkt aus dem Basiscamp vom Nanga Parbat abgestiegen wären.

Das müssen Zigarettenschmuggler sein! Bloß rein vom Zufallsprinzip her betrachtet, ist doch so ein Showdown in der Liftschneise schier unmöglich, oder? Die Nacht- und Nebelgesellen brüllen sich unverständliche Sätze zu, die alles andere als freundlich klingen. Ohne Zweifel wäre es klug, die Gelegenheit zur Flucht zu nutzen, aber ich bin zu gespannt darauf, wann die vierte Partei, die offensichtlich die Tabakware entgegennehmen will, aus dem Wald ins Mondlicht treten und damit noch mehr Chaos verursachen wird.

Gerade will ich aufgrund der neuen Entwicklungen ein wenig Hoffnung schöpfen, da fährt der Duc plötzlich herum und schaut in meine Richtung. Im fahlen Schein des Erdtrabanten erkenne ich, wie er mit der Linken das Nashorn an sich drückt, während die Rechte in die Tasche greift. Offenbar ist ihm in dem unerwarteten Trubel wieder eingefallen, dass er mich nicht mehr braucht.

Ich bin mit einem Mal gar nicht mehr neugierig, wie es hier weitergeht, sondern nur noch paralysiert. Und ein leichtes Ziel. Etwas trifft mich gegen die Brust und wirft mich nach hinten, noch bevor ich den Schuss höre.

RELIGIONSUNTERRICHT

Der Schmerz einer Schusswunde – von dem ich keine Vorstellung habe, wie er sich anfühlt – bleibt aus. Ich merke bloß, dass ich falle. Aufschlage. Falle. Aufschlage. Und dann irgendwann wie ein losgetretener Gesteinsbrocken die Liftschneise runterkullere. Weder Felsen noch Gestrüpp oder Geäst können mich aufhalten. Ich federe bergab wie ein Gummiball. Fühle jeden Aufprall, höre es knirschen und rauschen und reißen. Spüre jede Erschütterung, ohne dass die Nerven die Qual bis hinauf ins Gehirn transportieren.

Der Vietnamese hat auf mich geschossen, hallt es echohaft durch meinen Schädel ... auf mich geschossen ... auf mich geschossen ... Mein Geist klammert sich so intensiv an dieses eine Ereignis, dass er gar keine Zeit findet, mein Fallen und Kullern und Aufschlagen zu analysieren und deshalb auch keine Gegenmaßnahmen einleitet.

... auf mich geschossen ...

... auf mich geschossen ...

... auf mich geschossen ...

... auf mich gesch ...

Dann plötzlich Nacht.

Und dann Schmerz. Endlich, möchte ich fast sagen. Nein, schreien will ich, weil es mit einem Mal sakrisch weh tut. Überall.

Außerdem ist da mit einem Mal ein Licht, so grell, dass es durch meine geschlossenen Lider leuchtet. Das Licht am Ende des Tunnels, keine Frage. Davon reden sie immer, alle, die das schon mal mitgemacht haben. Aber natürlich kein Wort von den Schmerzen, diese Arschlöcher! Auch nix von der Kälte ...

»Was machst'n du da?«

Wer?, denke ich. Und eine Sekunde später: O nein, nicht der. Nicht der! Wenn's wirklich der ist, bin ich in der falschen Ewigkeit gelandet.

Laub raschelt. Dann: »Is' er hin?«

Noch einer. Noch eine Stimme, die ich kenne. Die Hölle kennt keine Gnade, das lernt man im katholischen Religionsunterricht schon in der Grundschule. Aber dass es so brutal wird, davor warnen sie einen nicht.

»Ausgerechnet!«, ruft der eine aus. »Komm, den lässt liegen, diesen Dreckhamml diesen elendigen!«

»G'wiss nicht, der hat noch Schulden bei mir«, widerspricht der andere.

Ich spüre, wie kalte Finger an meinem Hals rumtasten. Den Puls suchen. Warum eigentlich? Hin ist hin, da sucht man doch keinen Puls mehr.

»Meinst etwa, du kennst dich aus, nur weil du mit einem von diesen Karrn rumfährst?«

Jetzt wird's mir doch zu blöd, und ich mache die Augen auf. Diese beiden Deppen leuchten mir natürlich direkt hinein und blenden mich mit ihren LED-Lichtern. Die Pulsfühlhand zuckt zurück.

»Aschenbrenner«, presse ich stöhnend hervor.

»Er lebt«, stellt der Texmäx fest.

»Schlimmer als jedes Unkraut«, murrt der andere, der nur der Bachstätter sein kann. Zwei Gauner, die sich gefunden haben. Und die *mich* gefunden haben, in der eisig durchbrausten Liftschneise, weshalb ich ihnen jetzt womöglich auch noch dankbar sein muss. Ich sehe immer noch nix, auch wenn sie beschlossen haben, an mir vorbeizustrahlen.

»Was ... treibt ihr ... hier?«

»Halt bloß dein Maul!«, verlangt der Bachstätter.

»Geh, der sagt doch nix, gell, Fellinger?«

Ich hebe zitternd die Hand und vollführe ein Schwurzeichen.

»Siehst, er ist auf unserer Seite.«

Ein weiteres Murren vom Bachstätter.

»Und ... da oben?« Meine Rede bleibt fürs Erste fragmentarisch.

»Mei, Fellinger«, druckst der Aschenbrenner herum, »nachdem du dich so für die Vietnamesen interessiert hast, hab ich mir halt gedacht, man könnt amal nachhorchen, was sich mit den Schlitzaugen so für Gschäftl machen lassen. Und dass ich eventuell in den Zigarettenhandel einsteigen könnt.«

»Aber nachdem die dort oben so rumgeballert haben ...«, wirft der Bachstätter ein.

»... haben wir uns gar nicht erst blicken lassen.«

Rumgeballert. Dann war der Duc nicht der Einzige, der geschossen hat. Aber vermutlich der, der durch seinen Schuss auf mich die anderen so nervös gemacht hat, dass sie sich ebenfalls nicht mehr zurückhalten konnten.

»Wir sollten schaun, dass wir endlich wegkommen!«, drängt der Bachstätter. »Wenn die ganze Aktion eh schon für nix und wieder nix war, will ich mich nicht auch noch der Gendarmerie erklären müssen, Kreizdeife!«

»Aber den Fellinger nehmen wir mit!«, entscheidet der Aschenbrenner und zerrt an mir. Und das tut richtig weh.

In diese über mir zusammenschlagende Schmerzwelle hinein frage ich mich, warum ich überhaupt noch lebe. Mit einer Kugel in der Brust. Einer Kugel, die brennt. Irgendwo oben an meiner Brust. Und zwar so sehr, dass ich runterschlucke, was der Texmäx mir plötzlich in den Mund kippt. Auch das brennt, aber in der Speiseröhre.

»Gegen den Schmerz«, klärt er mich auf. Ich nehme noch einen Schluck. Gegen die Kälte, sage ich mir. Und dann wird's wieder Nacht.

BRUSTWARZE

Ich wache auf. Auf meiner Lieblingspritsche, in meinem Lieblingsbehandlungszimmer, in der Praxis meiner Lieblingsallgemeinärztin. Die allerdings nicht an meiner Seite sitzt. Stattdessen hockt da der Lechner. Das verstärkt den Schmerz augenblicklich.

»Hat sie mir nix gegeben, Sakrament?«, krächze ich mit ausgetrocknetem Mund.

»Sie hat gemeint, das könnt man aushalten.«

In meiner Empörung hätte ich mich gerne aufgerichtet, aber selbst der Versuch treibt mir Tränen in die Augen. Im Gegensatz zum Erwachen am Freitag kenne ich mich jetzt sofort wieder aus, und mir fehlt auch kein Stück aus meiner Erinnerung. Dafür packt mich das nackte Entsetzen. »Warum bin ich nicht auf Intensiv? Immerhin hab ich eine Kugel in der Brust.«

»Hast du nicht!«, behauptet der Lechner, als wäre er beim Doktor House in die Lehre gegangen.

»Nicht?« Skeptisch betrachte ich den Verband um meinen Oberkörper.

»Nur siebzehn Porzellanspreißl«, erklärt er. »Hat sie in und um deine Brustwarze gefunden. Aber es könnten noch mehr sein, sagt sie.«

»Sagt sie?«

»Sagt sie.«

»Und wo ist sie?«

»Musste noch mal weg, Notfall.«

Bin ich doch auch, denke ich, aber vermutlich nicht mehr akut. »Porzellanspreißl«, wiederhole ich, und gleichzeitig fällt mir ein, was ich in der Brusttasche meiner Winterjacke mit rumgetragen habe. »Die Nashornreibe«, murmle ich.

»Gute Qualität. Hat ausgereicht, um die Kugel abzufälschen. Allerdings hast du dir stattdessen die Brust mit chinesischem Porzellan gespickt. Was noch drin ist, wächst mit der Zeit raus, soll ich dir ausrichten.«

Dass mir dieses Ding das Leben gerettet hat, ist komplett verrückt. Ich tue mich schwer, dafür dankbar zu sein. Was vermutlich auch an den Schmerzen liegt. Wenn es einem überall weh tut und zwickt und sticht, fällt es schwer, Dank zu empfinden.

»Und ein paar Prellungen hast noch«, fällt dem Lechner ein. Da wäre ich auch selber draufgekommen, so zerschunden, wie ich mich fühle. »Aber keine Brüche. Was du da angestellt hast, musst du mir erst mal erklären!«

»Das erklärt sich ganz einfach daraus, dass du mich im Stich gelassen hast und ich der Mafia mutterseelenallein ausgesetzt war.«

Erkenne ich da Reue in seinem Blick? Womöglich nicht, denn statt sich zu rechtfertigen, schnauft er nur schwer.

»Wie bin ich hergekommen?«

»Unbekannte haben dich vor der Praxistür abgelegt und dann die Franziska angerufen.«

Unbekannte. Der Aschenbrenner und der Bachstätter. Zigarettenschmuggel. Der eine kann nicht anders, und der andere braucht das Geld, weil ich ihm das Wirtshaus zugesperrt habe.

Ich denke an meinen Schwur auf dem Berg und halte den Mund, auch wenn ich dem Lechner ansehe, dass er ums Verrecken gern gewusst hätte, wer diese Unbekannten waren.

»Und das Horn?«

Dieses Thema haucht ihm neues Leben ein, und er schaut so beseelt drein, als hätt der Pauli ihm grade eine Halbe hingestellt. »Mei, die Gaudi, die ihr da oben auf dem Berg veranstaltet habt, hat sogar unsere österreichischen Kollegen aufgeschreckt. Selbst die Tschechen sind angerückt. Es wurden sechs Personen gefasst, zudem hat man achthundert Stangen Zigaretten und ein Nashornhorn sichergestellt.«

Ich fühle Erleichterung, bis ich im Kopf durchgezählt habe. »Nur sechs?«

Er hebt die Schultern. »Der, der das Geld für das Horn kassiert hat, ist ihnen ausgekommen.«

»Der Duc! Kreizdeife!«

Der Lechner nickt.

»Dieser Saukrüppl hat auf mich geschossen.«

»Ist bekannt«, sagt der Lechner. »Wenn auch sonst noch viel unklar ist, aber dazu gibt es eine Aussage. Du brauchst übrigens eine neue Winterjacke. Die alte ist in der Forensik und außerdem komplett hinüber.«

Dieser Fall kostet mich wirklich ein Vermögen an Klamotten. Ich sehe mich schon bei der Kleiderspende von der Caritas anstehen. Allerdings gibt es vorerst Dringlicheres zu bedenken. »Und die Madame?«

»Haben wir gefunden. Eingesperrt im Kühlraum, zusammen mit zwei Angestellten und dem Roßhauptner. Der hat uns dann erklärt, dass du mit dem Duc und dem Nashorn auf der Flucht bist.«

»Der Roßhauptner!«, knurre ich. »Ich wär also mit dem Duc auf der Flucht gewesen! Dieses Arschloch!«

»Nachdem nicht wie vereinbart ein Signal von dir gekommen ist, sind wir rein ins Saigon. Vorne war abgesperrt, aber die Tür zur Küche war offen«, erklärt er.

»Ja, der Duc hat irgendwann entschieden, auf eigene Rechnung zu handeln.«

»So wie der Rosenberger. Vielleicht haben die beiden ja schon länger hinter dem Rücken von dieser Ngo herumgemauschelt, und dabei ist es zum Streit gekommen. Dabei hat der Duc den Rosenberger mit dem Hirschgeweih erstochen … Ich kann mir nur noch nicht erklären, warum du das Geweih in den Fingern und was du überhaupt dort im Wald verloren hattest …«

»Aber ich kann's erklären, weil inzwischen weiß ich wieder alles, auch was den Mord angeht«, unterbreche ich ihn und will gerade zu besagter Erklärung ansetzen, da reißt jemand die Tür vom Behandlungszimmer auf. Ich verstumme mit einem Schlag.

Die Höllmüllerin fegt herein. »Du narrischer Hund!«, schimpft sie. Ich sehe ihr an, dass dieser Zorn größtenteils gespielt ist. Dass sie vor allem erleichtert ist, weil ich davongekommen bin. So einigermaßen zumindest.

Noch immer schwer atmend, tritt sie an die Pritsche und betrachtet mich mit leicht schräg gelegtem Kopf. Ihre Haare hat sie zum Pferdeschwanz gebunden, trotzdem schaut sie wild aus. Eine Wildheit, die vor allem aus ihren Augen funkelt. Ich bin hingerissen, trotz der Schmerzen.

»Und wo ist eigentlich mein Mountainbike?«, will sie wissen.

BOCKFOTZN

Es gibt Erinnerungen, die man nicht unbedingt braucht, Dinge, die man verdrängt. Wie beispielsweise das Mountainbike. Ich werfe dem Lechner einen vorwurfsvollen Blick zu, und er blinzelt ahnungslos zurück.

»Ist sicher abgestellt«, wage ich einen Beruhigungsversuch. »Sobald du mich mit ausreichend schmerzstillenden Mitteln versorgt und mich guten Gewissens entlassen hast, werden der Sepp und ich es unverzüglich holen und wieder in deine Garage stellen.«

»Warum ich?«, fragt der Lechner.

»Darum! Und jetzt gib mir bitte endlich eine Spritze!«

Die Höllmüllerin verschränkt die Arme vor der Brust.

»Bevor du ihn wieder betäubst, soll er mir erst mal erzählen, wie es in der Nacht von Donnerstag auf Freitag zugegangen ist!«, fällt mir der Wachtmeister in den Rücken.

»Ja, das interessiert mich auch«, verkündet die Höllmüllerin, zieht sich ihren Rollhocker heran und setzt sich neben den Lechner.

»Das ist Folter«, protestiere ich, ohne auf Gehör oder auch nur einen mitfühlenden Blick zu stoßen.

»Bring's hinter dich, dann wirst du erlöst!«, schlägt der Lechner vor, und die Frau Doktor nickt.

»Okay«, gebe ich mich stöhnend geschlagen und bringe

mich in eine halbwegs erträgliche Position. »Fangen wir mit dem anonymen Anrufer an, der mich bei euch angeschwärzt hat – von wegen dem Geweih, das ich mit mir rumschleppe, mitten in der Nacht – und dessen Stimme dieser Dackel von Kronawitter nicht erkannt haben will.«

»Und, wer war's?«

»Der Windpassinger, dieser ausg'schamte Hund. Es war nämlich *sein* Geweih, also das, was bei ihm bis Donnerstagnacht noch überm Eingang vom Wirtshaus hing.«

»Aha«, kommentiert der Lechner.

»Was passiert ist, nachdem sich die … na ja, nachdem sich die Moni auf dem Feuerwehrfest von mir verabschiedet hat, also, da fehlen mir immer noch ein paar Fetzen Erinnerung.« Ich wage einen Seitenblick zur Höllmüllerin. Die behält ihre neutrale Miene bei, was es irgendwie noch schlimmer macht.

Ich räuspere mich, so gut es mit einem Körper voller Prellungen geht. »Wie auch immer, jedenfalls muss mich meine Wut über den Rosenberger, die unser Aufeinandertreffen neu entfacht hat, rauf zum Sonnenwirt getrieben haben.«

»Und was wolltest du dort? Noch mehr vergammeltes Rehfleisch sicherstellen?«, fragt der Lechner dazwischen.

»Keine Ahnung!«, gestehe ich. Von draußen leuchtet die Sonne durch die Lamellenvorhänge in die Praxis. Demnach hat es dem Herbst gereicht, uns gestern einen ersten Schuss vor den Bug zu versetzen. Dabei fällt mir ein, dass ich ja bereits in der Nacht auf den Höhen des Waldgebirges den Winter gefühlt habe. Und etwas viel Kälteres, dem ich noch einmal ausgekommen bin. Da tut die Sonne gleich doppelt gut. Von meiner Pritsche aus schaue ich am rechten Ohr der Höllmüllerin vorbei in den grellen Lichtspalt …

»Eha, dass du dich hier rauftraust!«

Ich muss mich am Stamm des Kirschbaums festhalten, der links den Zugang zur Gaststätte flankiert. Da plötzlich die Außenbeleuchtung angegangen ist, bin ich geblendet unter dessen Blätterdach gewankt. Leider nicht schnell genug, denn gesehen hat er mich trotzdem, und jetzt walzt er auf mich zu. Zu schnell, als dass meine schwere Zunge eine Erklärung loswerden könnte, warum ich hier vor dem Wirtshaus rumstehe, das ich gestern wegen einem massiven Verstoß gegen die Lebensmittelhygiene-Verordnung vorübergehend geschlossen habe. Ich kann mir nicht einmal selber erklären, warum ich mich hier eingefunden habe. Aufgebracht bin ich, keine Frage. Wegen der Fischerin, dem Rosenberger, dem ungenießbarem Rehfleisch … Und ich bin ziemlich angetrunken. Und verwirrt. Der Windpassinger packt mich mit seiner Wirtspranke und drückt mich gegen den rauen Stamm.

»Wo geht's denn hin, zu so später Stunde?«, frage ich, weil mir in der Situation als Erwiderung nix Besseres einfällt. Auch bei ihm rieche ich den Alkohol in seinem sauren Atem.

»Feuerwehrfest, Aufräumtrupp«, knurrt er, »obwohl's dich nix angeht.«

Für den Moment frage ich mich, warum ich die Jubiläumsfeier verlassen habe. Und wie der Windpassinger in seinem Zustand in der Gerätehalle die Biertischgarnituren zusammenfalten will. »Von wem ist das Rehfleisch?«, rutscht mir dann raus.

»Hab ich dir bereits g'sagt!«

»Der Rosenberger behauptet aber, von ihm wär's nicht.«

»Du verziehst dich jetzt besser, Fellinger!« Er rückt noch einen halben Schritt näher, sodass sich unsere Bäuche berühren. Das ist mir eindeutig zu intim, und ich stoße ihn von mir. Überrascht davon, lässt er mich los, bevor er eine halbe Drehung vollführt und auf dem Hosenboden landet. Ich nutze die Gelegenheit und wanke an ihm vorbei, über die groben behauenen, unebenen Granitplatten auf den Eingang zu. Mir ist nach wie vor nicht wirklich klar, warum ich diese Richtung einschlage. Mich in sein Wirtshaus zu flüchten, macht am allerwenigsten Sinn. Meine Beine behalten den Kurs trotzdem bei.

Der Sonnenwirt ist schnell wieder aufgestanden. Er hat ohne Frage weniger intus als ich. Auf einem der Tische, die vor dem Haus auf der Aussichtsterrasse stehen, bemerke ich ein paar Holzlatten. Bereitgelegt, um was auch immer damit abzustützen oder auszubessern. Jedenfalls sehe ich aus dem Augenwinkel, wie sich der Windpassinger eine davon greift.

Jetzt wird's also ernst. Vor dem Eingang bringe ich mich in Stellung. Mit seinem Vierkantholz kommt er breitschwertschwingend auf mich zu, als hätte er zu viel GoT geschaut. Ich ducke mich, auch wenn ich sogar mit meiner von Bier und Schnaps verzerrten Wahrnehmung registriere, dass er den Hieb deutlich zu hoch ansetzt. Über mir und der massiven Eichenholztür hängt ein mächtiges Hirschgeweih. Ein wahrer Blickfang für die Touristen. Da die Latte obendrein viel zu lang ist, trifft er statt meinem Kopf den verzweigten Hornfortsatz des Hirschschädels. Heftig genug, dass die Aufhängung nachgibt und das ganze Ding direkt neben mir auf die Steinplatte kracht. Beim Aufprall bricht das Geweih auseinander. Falls er noch Hausgäste hat, werden die sich morgen in der Früh über den Radau beschweren. Beiläufig nehme ich hin, dass der Zwölfender mich beinahe getroffen hätte, obwohl dies womöglich fataler gewesen wäre als jeder Hieb mit dem Brett. Doch der Rausch macht mich sorglos.

Jetzt flucht der Windpassinger und starrt hinunter auf seine Hand. Offenbar war da noch ein Nagel im Holz, an dem er sich die Handfläche aufgerissen hat. Da ich irgendwas zur Verteidigung brauche, schnappe ich mir die eine Geweihhälfte, die vom Knochen abgebrochen ist. Kaum blicke ich auf, steht er auch schon vor mir. Das Vierkantholz hat er fallen gelassen, stattdessen packt er mich wieder am Revers.

»Schau, dass du weiterkommst!«, zischt er mir ins Ohr.

Wie, war's das etwa schon? Ist der Kampf rum, bevor er richtig begonnen hat? Ich reiße mich los und stapfe breitbeinig wie ein Matrose in die Nacht hinaus …

»Wenigstens wissen wir jetzt, von wem das Blut an deiner Jacke stammt. Aber warum bezichtigt der Windpassinger ausgerechnet den Rosenberger wegen dem schlechten Rehfleisch?«, gibt der Lechner zu bedenken.

»Er hatte was mit der Frau vom Sonnenwirt«, erklärt die Höllmüllerin nüchtern. »Heißt es jedenfalls. Erst neulich, während des Volksfests hab ich's gehört … was die Leut halt so reden.«

»Klingt logisch«, stöhne ich und lege meine Hand behutsam auf den Verband über meiner Brust. »Es wäre jetzt wirklich an der Zeit, mich zu erlösen!«

»Noch sind wir nicht fertig. Momentan wissen wir ja nur, woher du das Geweih hattest, aber nicht, wie es im Ranzen vom Rosenberger gelandet ist.«

»Quälgeister seid ihr, alle miteinander!«, beschwere ich mich, auch wenn's nix hilft. »Was muss ich da noch groß erklären? Wahrscheinlich hab ich eine Abkürzung gesucht und mich dabei ins Pufferholz verirrt.« Ich brauche den Kopf nur ganz leicht nach rechts neigen, dann schaue ich direkt in den Lichtstreifen, der nun milchig fahl geworden ist. Vermutlich hat sich eine Wolke vor die Sonne geschoben …

Fahl steht der Mond über den Wipfeln, aber sein Licht reicht immerhin aus, um nicht über Wurzeln zu stolpern, wenn auch nicht für viel mehr. Ich weiß nicht, wo ich bin. Das wusste ich allerdings auch nicht, als ich noch Akku hatte, bevor die Taschenlampenfunktion den ganzen Strom gefressen hat. In meinem Kopf tobt mittlerweile der Schmerz. Biermigräne, wie ich es zu nennen pflege. Der Rausch ist kaum weniger geworden, seit ich vom Sonnenwirt weg und direkt in diesen Scheißwald hineingestolpert bin, statt auf der Straße zu bleiben. Abkürzung. Scheißdreck. Alles. Scheißdreck. Meine eine Hand ist klebrig vom Baumharz, weil ich ständig an Stämmen Halt suchen muss. Mit der anderen umklammere ich das Geweih. Beweisstück A, sage ich mir. Damit wollte mich der Windpassinger mundtot machen. Wenn ich endlich wieder nüchtern bin, finde ich auch wieder heim. Alles auskotzen wäre natürlich eine Alternative, aber dem Magen geht's relativ gut, und ich verspüre eine starke Abneigung dagegen, mir den Finger in den Rachen zu stecken. Also stiefele ich weiter. Dann raschelt's. Nicht das erst Mal, logisch, in einem Wald, mitten in der Nacht. Jetzt, wo die Jäger unterwegs sind, die vierbeinigen. Ich bleibe stehen, verborgen hinter einer Anpflanzung von Jungkiefern. Das da ist kein Vierbeiner, stelle ich fest. Es geht aufrecht. Komisch, ich hätt nicht gedacht, dass schon Zeit für die Pirsch ist. Wie ich so dastehe, schaue und horche, fühle ich eine ungeahnte Hitze in mir aufsteigen. Als wäre ich in den Wechseljahren. Eher unbewusst öffne ich den Reißverschluss meiner Jacke. Das macht ein dermaßen lautes Geräusch, dass der Jäger vor mir stehen bleibt.

»Wer da?«, ruft er. Offensichtlich ist ihm sofort klar, dass ich keine Wildsau bin. Mein Verstand ist zwar langsam, bringt aber trotzdem Statur und Stimme des Waidmanns zusammen. Vor mir im Tann steht der Rosenberger, das Gewehr lässig in der Armbeuge. Nach wie vor zum Streiten aufgelegt, torkle ich ihm entgegen.

»Einer von euch zweien lügt!«, erkläre ich.

»Sakrament, Fellinger, du Aff. Ich hätt dich niederschießen können.«

»Tja, das wär doch praktisch, dann wärts mich los, du und der Windpassinger.«

Er lehnt sein Gewehr an einen Baumstumpf und kommt mir seinerseits entgegen. »Ich glaub, du brauchst eine saubere Bockfotzn, damit du wieder nüchtern wirst.«

»Ja, freilich, komm doch her!« Ich streife meine Jacke ab und stelle mich hin, wie ich es von den Jedi-Rittern kenne. Nur halt mit einem Geweih in den Händen statt mit einem Laserschwert. Der Rosenberger schüttelt den Kopf und lacht. Dann macht er zwei schnelle Schritte. Dass ein schwerer, breiter Mann so flink ... Er ist bei mir, bevor ich auch bloß blinzeln kann und entwaffnet mich.

»Und jetzt schleich dich heim!«, fährt er mich an und deutet in eine Richtung. Ohne Widerspruch und geweihlos, wie ich nun bin, füge ich mich dem Befehl und wanke den mir gewiesenen Pfad entlang. Schnell wird mir kalt, aber ich komm nicht drauf, warum ...

»Du Dackel hast deine Jacke im Wald liegen lassen«, kommentiert die Höllmüllerin mit einem Seufzer.

»Ich schätz mal, dass dieser Duc euren Disput beobachtet und kurz darauf seinen Nutzen daraus gezogen hat. Da du ihm ja praktischerweise gleich die Tatwaffe geliefert hast«, meint der Lechner, scharfsinnig, wie er ist. »Meinst du, er hat dich am Tag danach, als du zu ihm ins Restaurant spaziert bist, trotz deinem desaströsen Zustand in der Nacht davor wiedererkannt?«

Ich kann es ihm nicht sagen. Auch nicht, ob ich wirklich noch in der Nähe war, als der Rosenberger kurz nach unserer Begegnung auf seinen Mörder traf. Mitgekriegt habe ich vermutlich irgendwas davon; unterbewusst und rudimentär ist was hängengeblieben, das meine ich zu ahnen. Wie es sich genau zugetragen hat, bleibt allerdings im Dunkel des Waldes verborgen – ebenso wie im Dunkel meines Gedächtnisses.

Nur in einem bin ich mir mittlerweile sicher. »So weit alles richtig«, sage ich. »Nur dass es nicht der Duc war.«

FEIERABENDHALBE

Dass sie den wahren Mörder vom Rosenberger Horst zweimal schon auf der Wache sitzen hatten, aber immer wieder
haben laufen lassen, nimmt den Lechner schwer mit. Wobei
man die Hauptschuld ohne Frage dem Kriminalkommissar
Reischl geben muss. Der Ingo hat es halt von Anfang an nicht
verstanden. Aber gut, ich will mal nachsichtig sein, weil es bei
mir diesmal ebenfalls länger gedauert hat. Wäre ich nicht so
schlecht beieinander gewesen am ersten Tag der Ermittlung,
ich hätte die Zeichen vermutlich schneller richtig interpre-
tiert. Wie auch immer, letztlich haben sie ihn doch noch erwischt. Bis Wien ist er gekommen, hat der Lechner erzählt.
Dort sei er bei einem Tierschutzaktivisten untergekrochen,
der ihn dann wiederum gemeldet hat, als in den Nachrichten
bekannt gegeben wurde, dass nach seinem unerwarteten Gast
nicht nur wegen Mordes, sondern auch im Zusammenhang
mit einem Nashornschmugglerring gefahndet wird. Das war
dem österreichischen Tierschützer dann doch zu viel.

Den Wiener Behörden gegenüber hat er dann auch alles
zugegeben. Das stinkt dem Lechner am meisten, dass das Geständnis nicht bei ihm auf dem Revier erfolgt ist. Aber das
sind nichts weiter als Animositäten. Die Hauptsache ist doch,
er sitzt jetzt hinter Schloss und Riegel und ich bin vollständig rehabilitiert.

An sich ist die Tat genauso erfolgt, wie es sich der Lechner und ich zusammengereimt haben. Halt nur nicht durch den Duc, der immer noch abgängig ist und sich vermutlich in Tschechien aufhält. Den tödlichen Stoß mit dem Hirschgeweih hat der Roßhauptner ausgeführt. Das ist tragisch, vor allem weil ich da nicht früher draufgekommen bin. Der Albin war mit dem Rosenberger im Pufferholz verabredet, wo sie im Morgengrauem auf dem Ansitz das weitere Vorgehen besprechen wollten. Doch als ihm der Horst gesteckt hat, dass er nicht mehr im Besitz von dem Horn war, kam es beim Roßhauptner zu einer Übersprungshandlung mit dramatischem Ende. Tod durch Hirschgeweih. Alles Weitere, wie die Vertuschungsversuche und das Schuldzuschieben hin zu meiner Person, ist bekannt. Der Lechner und ich haben anfangs schlichtweg bloß die falschen Schlüsse gezogen, darüber, wie der Roßhauptner an die Porzellanreibe gekommen ist und wieso Spuren von Keratin in seiner Wohnung waren. Er hat halt keine Beweise gegen den Rosenberger gesammelt, sondern ihm das Zeug nach dem Mord abgenommen, um vom eigentlichen Tatmotiv abzulenken. Doch bevor er die Indizien vernichten konnte, haben ihn die Vietnamesen einkassiert. Oder so in der Art. Für die Polizei ist dieser Fall noch lang nicht abgeschlossen. Aber für mich ist es vorbei, und ich bin gottfroh darüber. Auch über das lange Brückentagswochenende.

Heute, an einem herbstgrauen Montag, bin ich wieder im Dienst und statte zu guter Letzt dem Gasthaus Adler einen Besuch ab. Bei der Rosi, bei der es zu meiner Überraschung heute richtig ordentlich ist, entdecke ich lediglich eine gesprungene Bodenfliese vor der Anrichte für die Beilagen.

Vermutlich ist ihr da kürzlich was Schweres runtergefallen und hat ein Stück abgesprengt. Dieser Umstand reicht allerdings völlig aus. Bei derartigen Rissen in einer Umgebung, wo unmittelbar Lebensmittel verarbeitet werden, muss laut Verordnung der Paragrafen drei bis acht LMHV eine Ahndung erfolgen. In solchen Bruchstellen bildet sich schnell ein idealer Nährboden für Keime. Hervorragend!

»Das kostet hundertachtzig Euro Strafe, und der Boden muss umgehend fachmännisch repariert werden«, verkünde ich mit Pokerface. Die Rosi verdreht die Augen, während sie die Kosten überschlägt, und wahrscheinlich wird ihr ein klein wenig schwindlig, weil sie sich nämlich an ihrer Theke festhalten muss. Ich warte ein paar Sekunden, bis sie mit der Kalkulation durch ist, bevor ich ihr leise, aber bestimmt meinen Vorschlag unterbreite.

»Den Aschenbrenner?«, fragt sie ungläubig, nachdem sie mir aufmerksam zugehört hat.

»Schenkst ihm halt keinen Schnaps mehr aus, nur noch Bier«, empfehle ich.

Sie fragt nicht, warum, sondern fügt sich ihrem Schicksal und nickt zustimmend. Damit wäre also die Schuld bei meinem Fluchthelfer abgegolten.

Im Anschluss fahre ich zum Pauli, weil ich mir meine Feierabendhalbe redlich verdient habe. Ich parke hinter dem Lechner seinen Karrn. Eh klar, dass der schon wieder Dienstschluss hat. Ich steige aus. Es ist kühl geworden. Ich vermisse meine Übergangsjacke, die immer noch als Asservat gilt. Zwischen mich und den Eingang vom Kellerwirt stellt sich ein Asiate. Einer im Anzug. Klein. Ein wenig gebeugt, graumeliert. Er lächelt. Mir schießt das Adrenalin ins Blut.

»Ngo!«, sagt er und verbeugt sich noch etwas tiefer.

Der Monsieur Ngo. Mir wird es bang, egal wie demütig er mir entgegenlächelt. Der Reischl hat seine Frau festnehmen lassen, und daran bin ich nicht ganz unschuldig. Der Mann hat seine Hände so an die Oberschenkel gelegt, dass die Nähte seiner Anzughose exakt zwischen Daumen und Zeigefingern verlaufen. Unglaublich, dass ein findiger Geschäftsmann wie der Monsieur Ngo so harmlos ausschauen kann. Woher weiß er, wer ich bin? Und wo er mich antrifft? Zefix!

»Will sagen Danke!«, erklärt er sein Erscheinen.

»Wofür?«, frage ich verunsichert.

»Rücken zurecht Kopf von Eheweib.«

Keine Ursache, liegt mir auf der Zunge, doch ich frage stattdessen: »Was passiert jetzt mit ihr?«

»Dumme 'uhn, kriegt beste Anwalt, dann, nach Freispruch, ich sie schicke zurück nach 'anoi.«

»Hanoi?« Für mich wäre das jetzt keine angemessene Strafe, um ihre kriminellen Machenschaften zu ahnden, aber ich kenne mich in der vietnamesischen Kultur ja auch nicht aus. Vielleicht muss sie dort in einer Fabrik im Akkord Winkekatzen zusammenschrauben.

Mit der Flinkheit eines Hütchenspielers schnippt er mir eine Visitenkarte entgegen. Zögernd ziehe ich sie ihm aus den feingliedrigen Fingern.

»Falls Sie mal brauche was.«

Was soll ich von einem wie dem Monsieur Ngo schon brauchen, denke ich, während ich sie in die Hosentasche schiebe. Er nickt erneut, dreht sich um und geht zu seinem Mercedes. Dem, den der Aschenbrenner umlackiert hat.

IDYLL

Nach nur einer einzigen Halben beim Pauli breche ich wieder auf. Der Lechner wusste nix Neues zu berichten. Sind die Mühlen des Gesetzes erst in Bewegung, mahlen sie langsam. Ich lasse mein Auto stehen. Wegen der frischen Luft, rede ich mir ein. Aber in Wirklichkeit, weil ich so länger brauche, bis ich bei der Franziska bin. Um zu Kreuze zu kriechen. Um alles wieder zurechtzurücken, so wie ich nach Ansicht des Monsieur Ngo den Kopf seiner Madame zurechtgerückt habe. Das kam mir rückblickend beinahe einfacher vor, als wie das, was jetzt ansteht. Nachdem sich in meinem Schädel unlängst alles sortiert hat, liegt mir nun auch wieder der Grund vor, der mich in das fahrlässige Besäufnis beim Feuerwehrfest getrieben hat. Und deshalb muss ich schleunigst Wiedergutmachung leisten. Am Mittwoch habe ich nämlich nicht nur dem Bachstätter und dem Windpassinger ihre Konzessionen stillgelegt, ich hatte danach auch noch ein sehr eindringliches Gespräch mit der Höllmüllerin. Ein Gespräch, das so tief eingedrungen ist, dass ich nach meinem Absturz eine Weile gebraucht habe, bis es wieder zum Vorschein kam …

»Jetzt sag halt was, oder mach was, zefix! Aber schau nicht drein, wie wenn du gleich einschlafen würdest!«

»Ich hab kein Gesicht für so eine Situation«, versuche ich

mich zu entschuldigen. Nicht einmal in die Augen kann ich ihr schauen. Stattdessen starre ich aufs Wasser raus. Wunderbar funkelt die Abendsonne auf der sich sanft im Wind kräuselnden Oberfläche. So romantisch. Rund ums Ufer verfärben sich die Blätter der Laubbäume. Enten ziehen ihre Bahnen.

Spazieren gehen wollte sie. Einmal um den Freudensee. Läuft man gemütlich, dauert das eine halbe Stunde. Wir waren gerade beim ersten Holzbrückerl, da rückte sie damit heraus, was sie mir mitteilen musste. Und zwar hier. In dem Idyll. Der Ruhe. Seit der Satz gefallen ist, halte ich mich am Brückengeländer fest und starre in dieses Idyll hinein.

»Fellinger!«, mahnt sie und berührt mich am Oberarm.

Mein Mund ist trocken. »Sag's noch mal!«, fordere ich sie auf.

Sie seufzt. Ein Seufzer, in dem alles steckt. Enttäuschung, Unverständnis, Nachsicht. Dann tut sie mir den Gefallen und wiederholt sich. »Ich bin schwanger!«

Bluadige Hennakrepf

Nashornschmuggler im Bayerischen Wald. Mit Recht werden Sie sich fragen: Was für ein unwahrscheinliches Szenario hat er sich da wieder zusammengesponnen, der Kern?

Ich gebe zu, es klingt arg abgedreht, so ein Verbrechen ins beschauliche Niederbayern zu verlegen. Aber ist es nicht so, dass das Unerwartete – wie auch das Böse – überall lauert? Was die für normale Geister unverständliche Jagd auf Nashörner angeht, piesackte mich schon seit Langem ein tiefer Groll, und es war an der Zeit, ihm endlich Luft zu machen. Natürlich ist meine Geschichte frei erfunden und nicht investigativ. Nichtsdestotrotz existieren dieses wahnwitzige Phänomen und die Menschen dahinter – sowohl die einen, die Skrupellosen, welche die vom Aussterben bedrohten Nashörner wildern, als auch diejenigen, die Wahnhaften, deren Konsumbestreben befriedigt werden will. Das Nashorn steht für mich dabei symbolisch für all jene Kreaturen, die aus wirtschaftlichen Interessen, aus Gier und Irrglauben und was weiß ich für Perversionen ihr Leben lassen müssen. Und wenn ich erst mal darüber nachdenke, komme ich immer schnell an den Punkt, wo ich mich für unsereins schäme. Dafür, dass wir zu so etwas fähig sind. Und vermutlich auch dafür, dass ich persönlich nicht wirklich in der Lage bin, etwas dagegen zu unternehmen. Außer meinen Abscheu vor diesen

Verbrechen in Romanform zu bringen und ein wenig Aufklärungsarbeit zu leisten. Ja, das wollte ich noch g'schwind loswerden.

So wie auch meinen Dank, dass Sie es wieder einmal mit dem Fellinger ausgehalten und ihn auf seiner stets etwas wirren, aber aufrichtigen Mission begleitet haben.

Nach wie vor gilt: Alle Figuren und Ereignisse in diesem Buch sind fiktiv. Jede Ähnlichkeit mit realen Personen, lebendig oder tot, ist rein zufällig und nicht beabsichtigt. Und die Vietnamesen, die sind im wirklichen Leben selbstverständlich herzensgut, freundlich und umgänglich. Das durfte ich auf meiner letztjährigen Reise durch dieses wunderbare Land immer wieder aufs Neue erfahren. Von daher war es bisweilen nicht leicht, den Vietnamesen in dieser Geschichte den Schwarzen Peter zuzuschieben. Aber wie es nun mal so ist – ein Spannungsroman braucht seine Bösewichte, und die Fakten, an denen ich mich orientiert habe, belegen leider auch, dass der illegale Nashornhandel zumeist über Vietnam und weiter nach China geht.

Abschließend gilt mein Dank wie immer meinem Lektor Tim Müller mit dem Heyne-Team und meiner Redakteurin Tamara Rapp für die hervorragende Zusammenarbeit – sowie der Agentur Schlück für die vortreffliche Betreuung. Danke auch an Martin Hanns, der meinem Thüringer Polizisten zu einem ordentlichen Dialekt verholfen hat. Es ist zudem stets ein gutes Gefühl, meine Autorenkolleginnen und -kollegen vom Club der fetten Dichter hinter mir zu wissen. Ebenso wie meine Familie, allen voran meine liebe Frau, auf die ich in allen Momenten zählen kann.

Als kleine Hilfe habe ich Ihnen in gewohnter Tradition die verwendeten Begriffe, Ausdrücke und Formulierungen aufgelistet, von denen ich meine, dass sie jenseits der bayerischen Landesgrenzen nicht ohne Weiteres verstanden werden.

Kleine Übersetzungshilfe

anzundn – wörtlich angezündet, *vom Alkohol befeuert und daher nicht mehr so ganz zurechnungsfähig*

aufmandln, sich – angeben, sich aufspielen

ausgschamt – unverschämt

beittln – schütteln

Bißgurn – zänkisches Weib

Blafon – Zimmerdecke, *aus dem Französischen übernommen*

bluadige Hennakrepf – wörtlich blutige Hühnerkröpfe, *Fluch, der einen fragwürdigen Zustand beschreibt*

Bluza – Kopf

Boandlkramer – Gevatter Tod

Bockfotzn – Backpfeife, *nicht mehr zeitgemäße, erzieherische Maßnahme*

brunzn – derb für die Blase entleeren

dablecka – verhöhnen, verspotten, aufziehen

Deife – Teufel

Dorfratschn – *regionales Auskunftssystem; meist ältere Dame, die den hiesigen Klatsch und Tratsch unverblümt in aller Ohren trägt; unterscheidet nicht zwischen Fakten und Fake News*

Dreckhamme – auch Dreckhamml, *Schimpfwort*

Gfries – unschöner, missmutiger Gesichtsausdruck

Glump – unnützes Zeug, Tand

Grand – Steintrog

Graffl – unnützes Zeug, Tand

Grattler – heruntergekommener Typ

g'schnackelt – wenn der Groschen fällt

g'stingade Wuidsau – wörtlich stinkende Wildsau

Haderlump – liederlicher Mensch

Haubndaucha – wörtlich Haubentaucher, *Trottel*

Hefn – Knast, Gefängnis

Henna – Hühnervieh

Hirndüwe – wörtlich Hirndübel, *Idiot*

Hirnkastl – Gehirn, *mechanisch betrachtet*

Hundling – Hund, *abwertend*

Kuchl – Küche

Lätschn – großer, hässlicher Mund

lettig – mit Erde verschmiert, dreckig

Lüngerl – Saure Lunge, *lecker (na ja) zubereitete Innereien*

mieselsüchtig – kränklich, schwächlich, in schlechtem Zustand

Noderhirn – wörtlich Natternhirn, *kleingeistiges Individuum*

Promillestraßl – *Schleichweg für Fahruntüchtige*

Sacklzement – Schimpfwort, *abgeschwächte Form von Sakrament, damit der Herrgott nicht sauer wird*

Sauhamml – Schimpfwort

Schmarrn – Unsinn

Schnaxln – Geschlechtsverkehr

(rum-)schniern – etwas unerlaubterweise suchen oder ausspähen, *von »schnüren«, also das, was der Fuchs macht*

Schraz/Schrazn – negativ für Kind/Kinder

Senft – Senf

Singerl – Küken, frisch geschlüpftes Huhn

Spreißl – Span, Bruchstück, Splitter

Stamperl – *Maßeinheit für Schnaps, Schnapsglas*

Tschamsterer – Liebhaber, *männliche Person für Zwischen-menschliches und intime Bedürfnisse*

Watschn – Backpfeife

Wuzerl – (Staub-)Fluse; *aber auch jegliches (organisches) Material, das sich zwischen Daumen und Zeigefinger wuzeln lässt*

zapfig – ziemlich kalt

zefix – Abkürzung von (Kreuz-)Kruzifix, *religiöser Fluch; ausbaufähig durch Zefixhalleluja*

Luis Sellano

Sonne, Mord und Portugal

978-3-641-17854-3

978-3-641-17852-9

978-3-453-41946-9

978-3-453-43922-1

Leseproben unter **www.heyne.de**